Début d'une série de documents
en couleur

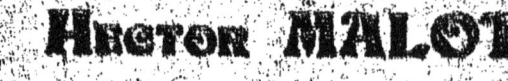

Hector MALOT

Madame Obernin

Roman complet en un seul volume

Albin MICHEL, Editeur
59, rue des Mathurins, 59
PARIS

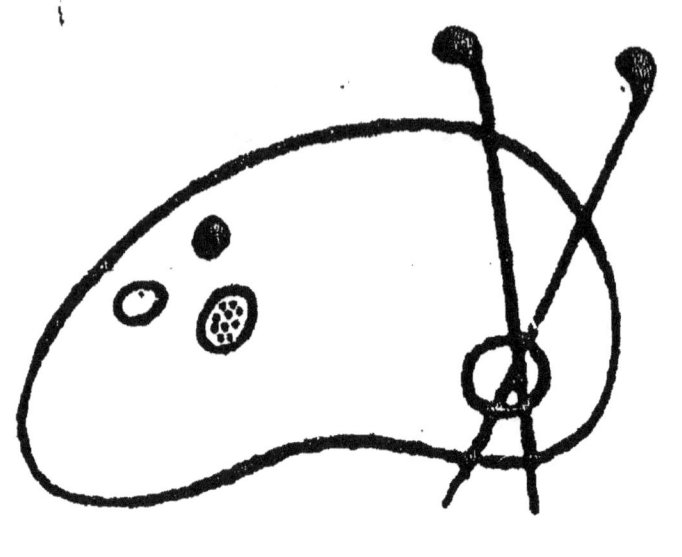

Fin d'une série de documents
en couleur

MADAME OBERNIN

Madame Obernin

PAR

HECTOR MALOT

PARIS

ALBIN MICHEL, Éditeur

59, rue des Mathurins, 59

—

MADAME OBERNIN

PREMIÈRE PARTIE

I

C'en est fait, je n'irai pas à Paris ! Il faut renoncer à tous nos beaux projets, à tous nos rêves. Les châteaux en Espagne que, pendant nos deux années de rhétorique et de philosophie, nous avons bâtis, en nous promenant dans la cour du collège de Nancy, se sont écroulés comme des châteaux de cartes.

Dans trois jours, je quitte Neufchâteau pour Strasbourg; c'est là que je ferai mon droit: l'arrêt a été rendu hier en conseil de famille tenu entre mon père et mon beau-frère; il m'a été signifié ce matin.

Mon père était assez disposé à m'envoyer à Paris; ma mère demandait Nancy pour m'avoir plus près de la maison, mon beau-frère voulait Strasbourg. C'est lui qui l'a emporté; bravement il s'est chargé de m'annoncer son triomphe.

Mon beau-frère n'est pas précisément l'homme le plus doux, le plus gracieux de la Lorraine. Ses cheveux et ses favoris roux, son front carré, sa bouche aux lèvres minces, ses yeux noirs enfoncés sous des sourcils hérissés en brosse, sa démarche mécanique,

ses habits le serrant comme un fourreau, tout en lui
indique, du premier coup d'œil, un homme d'énergie
et de volonté.

Il est réellement cet homme, et il n'a pas eu grand
mal à prendre un ascendant irrésistible sur mon
père, qui paraît avoir pour unique préoccupation
d'assurer à sa vie la paix et la tranquillité de l'intérieur, et sur ma mère qui change dix fois de résolution dans la même journée.

Quand il sortit de la conférence avec mon père,
je compris que mon sort était décidé.

—Robert, me dit-il, tu viendras déjeuner demain
avec moi, j'ai à te parler. A dix heures, tu sais, pas
à neuf heures cinquante-cinq ni à dix heures cinq;
à dix heures : tâche de mettre un peu de régularité
dans ce que tu fais.

Le lendemain, comme dix heures sonnaient à Saint-
Nicolas, j'entrais dans les bureaux de mon beau-
frère.

—Bon, dit-il, quand le dernier coup eut frappé,
tu es exact, j'aime ça. Malheureusement, ta ponctua-
lité aujourd'hui ne prouve que ta curiosité. Déjeunons
d'abord, elle sera bientôt satisfaite.

Il me fit entrer dans la salle à manger : ma sœur
était à sa place, devant la table, non assise, mais
debout, attendant son seigneur et maître. En nous
voyant, elle s'assit et commença à servir.

Chez mon beau-frère, on ne mange pas pour manger, mais pour mettre de l'huile dans la lampe,
comme il dit : le déjeuner fut donc vite expédié.
Lorsque le café fut servi, ma sœur, qui avait été
sans doute prévenue, se leva et nous laissa seuls.

—Tu te doutes bien, n'est-ce pas, me dit-il, de quoi
je te veux parler ?

—De mon départ.

—Juste comme cinq et trois font huit; tu vas à
Strasbourg.

—A Strasbourg !

— Oui, mon garçon, et c'est à moi que tu le dois. Je sais bien que tu vas m'en vouloir pour cela, mais plus tard tu m'en remercieras.

— Je ne cachai pas mon désappointement, mon mécontentement.

— Tu aurais voulu aller à Paris ?

— Assurément.

— A Paris pour t'amuser ?

— A Paris pour suivre les cours de Michelet, de Quinet, pour visiter le Louvre tous les jours, pour voir Rachel, pour vivre avec des gens d'esprit.

— Et au quartier latin avec Mogador et Clara, c'est là justement ce que je n'ai pas voulu moi. Ton père voyait dans ton séjour à Paris les relations que tu pourrais former, il comptait sur ses anciennes amitiés pour te bien poser tout d'abord, et il comptait sur toi pour le reste. Je lui ai ouvert les yeux. Robert n'est pas d'âge à avoir de l'ambition, il ne voit dans la vie que le plaisir et la liberté; à Paris il se donnera des doux à cœur joie. Au lieu d'entretenir les relations que vous lui aurez créées, il se fabriquera un grand homme au collège de France par lequel il jugera tout, une jolie petite femme au quartier latin par laquelle il agira, une opinion de café qui le dominera et nous n'en ferons rien. Ce n'est pas Paris qu'il nous faut.

— Et Nancy ? interrompis-je, dépité de l'entendre parler ainsi, mais sans oser le contredire absolument, car dans ce qu'il disait je sentais qu'il y avait du vrai; et ce qu'il y avait de faux j'aurais perdu mon temps à vouloir le lui faire comprendre.

— Nancy ? Mon cher, ta mère est ta mère, et de plus la mère de ma femme; c'est plus qu'il n'en faut pour que nous la respections. Mais enfin, il est bien permis de dire que si tu avais été à Nancy, par cela seul ta mère eût fait notre malheur à tous. A la moindre difficulté avec ton père, et Dieu sait si les difficultés se seraient souvent présentées, elle eût été

s'établir chez toi : les quinze lieues de Neufchâteau
à Nancy eussent été un plaisir plutôt qu'une fatigue,
son chien sous son bras, une place dans le coupé
de la diligence, et tout le monde eût été sur les
dents, toi le premier, ton père, ma femme et moi.
Ton père n'a pas besoin de cela. Pauvre M. d'Autrey!
De Nancy tu serais souvent venu nous voir, tous
les mois sans doute, et aussi lors de toutes les fêtes.
En ce moment, ces visites eussent été mauvaises. Ton
père est légitimiste, toi tu es républicain, moi je suis
pour les affaires et la tranquillité. Nous aurions re-
commencé entre nous des querelles politiques aussi
niaises qu'elles sont inutiles. Pourquoi diable es-tu
républicain ?

— Parce que c'est l'opinion des gens de cœur et
d'intelligence.

— Bon ! te voilà parti; ton père et moi nous n'avons
donc ni cœur ni intelligence ? Crois-tu qu'il soit agréable de s'entendre dire ces choses-là par un gamin de
vingt ans ? Les jeunes gens prennent au collège des
idées générales sur toutes choses, et, dans leur présomption, ils les appliquent à tort et à travers. Tu as
blessé bien des fois ton brave homme de père par des
opinions tranchantes, et moi tu m'as exaspéré au point
que je t'aurais souvent claqué. Il est bon d'éviter que
cela puisse se reproduire. Nous traversons une époque
difficile où prochainement il y aura des vainqueurs et
des vaincus, il ne faut pas que les victoires ou les dé-
faites politiques puissent allumer la guerre dans notre
famille. Au fond du cœur tu dois convenir que j'ai
raison.

Et de fait, j'en convenais, car depuis le commencement des vacances j'avais eu avec mon père trop
souvent des discussions politiques dans lesquelles je
l'avais froissé.

— A Strasbourg, poursuivit mon beau-frère, rien
de tout cela n'est à redouter. Strasbourg est, après
Paris, la ville de France la mieux partagée sous le

rapport de l'instruction supérieure. Il y a des Facultés de droit, de lettres, de sciences, de médecine. Tu pourras suivre tous les cours que tu voudras.

—Oui, seulement, au lieu d'avoir des chefs d'emploi, j'aurai des doublures.

—Tu me fais rire avec tes doublures; le jour où ces prétendues doublures n'auront plus rien à t'apprendre, je serai le premier à demander qu'on t'envoie à Paris. En attendant, tu peux passer quelques années à Strasbourg; tu sais que j'y ai des amis, particulièrement M. Charles Hummel, le banquier; c'est lui qui sera ton correspondant ou mieux, pour appeler les choses par leur nom, ton surveillant. Sa maison sera la tienne; tu trouveras en lui un homme de tête et de volonté, qui, comme moi, est parti de rien pour arriver à quelque chose par la seule puissance du travail. J'espère que madame Charles voudra bien te prendre en amitié; tu voudras bien, toi, pour l'en récompenser, ne pas la prendre en amour.

—Merci de vos conseils.

—Crois-tu que je ne te connais pas, monsieur le sentimental? Je n'aurais donc jamais regardé tes yeux, quand tu es avec des femmes, et tes soupirs et tes empressements! Je ne t'en blâme pas, c'est de ton âge; à vingt ans, j'étais amoureux de toutes les femmes, les jeunes aussi bien que les vieilles. Madame Charles Hummel, ni jeune ni vieille, approche de la trentaine; elle est assez jolie, elle a de l'esprit, du goût, des manières distinguées, voilà pourquoi je te recommande de n'en pas devenir amoureux. Toutes les autres, excepté celle-là, et si jamais tu te trouves pris dans une position difficile, où il faille de l'argent ou un bon conseil, adresse-toi sans crainte à ton beau-frère, je te promets qu'il te viendra en aide. Il faut que jeunesse se passe, et je ne suis pas si mauvais diable que j'en ai l'air; rappelle-toi ça. Travailler, s'amuser, les deux peuvent aller de front; seulement, ce que je n'admets pas, c'est qu'on s'arouse sans travailler, et précisément c'est là ce que vous demandez presque tous en sortant du collège. Vous ne pensez qu'à une chose : jouir de votre liberté.

Ce long discours de morale commençait à m'ennuyer, et l'ennui se joignant à la contrariété, je faisais une mine peu gracieuse.

— Tu m'en veux de toutes ces précautions, continua mon beau-frère : sois bien persuadé pourtant que j'agis dans ton intérêt et parce que j'y suis poussé par une véritable affection pour toi. Que m'importerait, si j'étais comme beaucoup de beaux-frères, que tu fusses ici plutôt que là ? Paris même ferait mieux mon affaire, j'aurais au moins la chance que tu t'y perdes, et, resté seul, j'aurais la fortune entière de ton père. Mais ce n'est pas ainsi que je raisonne. Tu me plais et je t'aime; j'ai vingt ans de plus que toi, je veux que tu sois l'orgueil de notre famille. Puisque probablement je n'aurai pas d'enfants, je veux que tu sois mon fils; je veux que tu fasses dans la vie et dans le monde le chemin que je n'ai pas pu faire. Ah ! si j'avais eu quelqu'un pour me mettre le pied sur le premier échelon, jusqu'où ne serais-je pas monté ! Mais, fils de paysans, élève à l'école, où durant l'hiver je ne pouvais porter la provision de bois exigée qu'en la cassant sur mon chemin, tant l'argent était rare à la maison, je n'ai pas eu les commencements faciles, et ne suis arrivé à quelque chose que parce qu'il y avait en moi l'énergie et l'obstination de dix bons Lorrains. Aujourd'hui, riche de trois cent mille francs, à la tête de la meilleure banque du pays, la plus solide et la plus considérée, je ne me plains pas, seulement je veux mieux que ça pour toi. Ce n'est pas avec sa petite place de juge que ton père pourra t'amasser un gros héritage, ce n'est pas avec ses opinions royalistes qu'il pourra te pousser dans l'administration, car le vent ne me paraît pas souffler dans la voile de Henri V; il faut donc que j'intervienne; c'est ce que je fais, et je commence au

bon moment, au moment du départ. Ainsi, tout est
entendu, convenu, nous prendrons samedi la diligence pour Nancy, et à Nancy celle pour Strasbourg.

Il me versa un verre de kirch.

—Allons, ne me boude pas !... Je bois à ta santé.
Maintenant, assez causé; va te promener, si le cœur
t'en dit; moi, je vais travailler.

Quand je suis rentré à la maison, mon père arrivait du Palais de Justice.

—Tu as déjeuné avec Harel, me dit-il; il t'a parlé ?

—Il m'a annoncé que je n'irais pas à Paris.

—Tu iras à Strasbourg; oui, il vaut mieux que cela
soit ainsi.

Et, sans un mot de plus, il m'a pris la main et me
l'a serrée.

Pauvre père, sa voix était tremblante; il était presque honteux.

A trois heures, ma mère est rentrée de sa promenade et aussitôt elle est montée dans ma chambre.

—Eh bien, Robert, comment s'est passée ta conversation avec Harel ? m'a-t-elle demandé.

—Il m'a annoncé que j'irais à Strasbourg, et il
m'a donné les raisons qui avaient dicté ce choix.

—Et tu as cédé; tu ne t'es pas défendu ?

—Mais, ma mère...

—Ah ! si tu avais voulu rester à Nancy, tu aurais
bien su l'obtenir. Mais Nancy, c'est trop près de la
maison maternelle. Monsieur veut courir, voir le
monde, être libre. Mon Dieu, que les mères sont mal-
heureuses !

II

Je ne suis à Strasbourg que depuis un mois, et il
me semble que je suis resté enfermé au moins dix

ans dans une prison. Pas gaie, la capitale de l'Alsace, au moins pour moi.

La morale que mon beau-frère avait jugé à propos de me faire sur madame Charles Hummel avait éveillé ma curiosité. J'avais une certaine envie de voir cette femme, ni jeune ni vieille, qui devait me servir de mentor.

Je l'ai vue... Je n'en serai jamais amoureux.

A ma première visite, elle m'a produit une impression assez vive. C'était le soir de notre arrivée. Après avoir fait notre toilette à l'hôtel, nous nous sommes rendus chez elle, où nous étions attendus pour dîner. Elle était seule dans son salon, un grand salon en velours rouge très confortable, avec des tableaux aux murs et un encombrement de dressoirs, d'étagères et de meubles sans nom pour moi, tous garnis de curiosités, de potiches et de bibelots. Pendant que mon beau-frère causait avec elle, j'ai pu l'examiner à mon aise, et cet examen n'a eu rien de désagréable, au contraire. Si elle approche de la trentaine, cela m'importe peu, et je ne comprends pas les hommes qui font les difficiles en disant : « Elle a trente ans; » pour moi, quarante ans, trente ans, vingt ans, c'est exactement la même chose quand la femme est belle ou jolie, et madame Charles est jolie. Elle est blonde, d'un blond pâle comme le lin soyeux et frisant, grassouillette avec des fossettes au menton, des fossettes aux joues, des fossettes sur les doigts; avec cela, de belles épaules rondes et un corsage bombé qui tremble lorsqu'elle rit. Elle rit très souvent, en laissant voir de petites dents blanches entre de grosses lèvres roses : cela aussi est gracieux.

Placé à côté d'elle à table, j'étais très ému lorsque ma main frôlait ses doigts sous l'assiette qu'elle me passait; et quand mon genou rencontrait sa robe de soie qui criait, un frisson me parcourait le corps. Il se dégageait d'elle, de sa chevelure et de sa chair, un parfum inconnu, indéfinissable, qui me faisait battre les artères.

Mon beau-frère quitta Strasbourg quatre jours après ce dîner, par la diligence qui part à deux heures. A quatre heures, j'étais chez madame Charles pour lui faire ma visite. Depuis deux nuits je ne rêvais que fossettes, fossettes sur les mains, fossettes partout.

Je croyais qu'on allait me recevoir dans le grand salon rouge; je ne savais pas ce que je dirais, mais j'étais en disposition de dire une infinité de choses intéressantes. Au lieu de me faire monter l'escalier à rampe de fer, on m'ouvrit une porte du rez-de-chaussée qui donne dans les bureaux.

Je fus abasourdi quand je me trouvai au milieu d'une vaste pièce partagée en une dizaine de compartiments, dans chacun desquels travaillaient nez à nez deux commis. Un garçon m'ayant demandé ce que je voulais, je répondis :

—Madame Hummel, s'il vous plaît.

—Au fond de la salle, à gauche.

Au fond de la salle, à gauche, s'élevait une sorte de cage dont le grillage était garni de rideaux verts; c'était là que se trouvait ma divinité. En face était une autre cage exactement pareille, sur la porte de laquelle on lisait : *Caisse.*

—Ah! c'est vous, monsieur d'Autrey! dit madame Charles en m'apercevant; entrez donc.

Elle me montra une chaise en cuir jaune qui occupait un des coins de sa cage.

J'entrai et m'assis : ce n'était pas à cela que je m'attendais.

Sans plus faire attention à moi que si je n'étais pas là, elle continua la lecture du papier qu'elle tenait entre ses mains, un papier timbré au haut duquel était écrit : «*Compte de retour.*» Devant elle, un commis attendait dans une attitude respectueuse.

—Monsieur Schnegans, dit-elle en le regardant,

vous avez oublié dans votre compte de retour le change à un et quart pour cent.

Prenant une plume, elle écrit quelques chiffres.

— Sur 2,048 — 40, c'est 26 fr. 50, dit-elle; il faut recommencer cela; à l'avenir, respectez un peu plus le papier timbré, je vous prie.

Puis, se levant et penchant la tête en dehors de la cage :

— Monsieur Wentzel, dit-elle, écrivez au correspondant de Barr que si le billet Eissen n'est pas payé, il faut poursuivre activement.

Ces devoirs accomplis, elle se tourna vers moi.

— Qui me vaut le plaisir de votre visite ? dit-elle en souriant.

Les fossettes se creusèrent bien dans les joues à la place même où je les avais vues en rêve, mais il y avait de l'encre au bout des doigts de ma déesse, et j'entendais toujours sa voix disant : « Vous avez oublié le change à un et quart pour cent. » Ce fut à peine si j'eus la force de répondre quelques paroles stupides, et je me sauvai avec un pouce de rouge sur la figure.

Suis-je assez malheureux avec les femmes !

Mais aussi, quelle fatalité faut-il pour que je tombe précisément sur un portefeuille au lieu de tomber sur un cœur. Une femme qui pense au change, aux protêts, aux intérêts, à la commission ! Quelle profanation ! et comment la femme a-t-elle pu en arriver à ce degré d'abaissement ? Est-ce que les Parisiennes sont assez lâches pour travailler dans les bureaux de leurs maris ?

Je ne pourrai jamais aimer madame Charles, cela n'est que trop certain, et je devrai me contenter de ce qu'elle peut seulement me donner, « une maison agréable où je pourrai, je l'espère, me créer d'utiles relations. »

Quant à M. Hummel, c'est, je crois, un excellent homme; il a beaucoup de gaîté avec un fonds inépui-

sable de bienveillance; il a encore cette supériorité
sur mon beau-frère de comprendre qu'on puisse lire
d'autres vers que ceux de Béranger.

Si, pendant mes dernières années de collège, j'ai pu
sans trop d'impatience étouffer les élégies qui du cœur
me montaient à la tête, c'est que j'avais l'espérance
d'être bientôt libre, et que nos murailles me créaient
d'ailleurs une de ces impossibilités matérielles devant
lesquelles il faut, bon gré, mal gré, s'arrêter. Mais aujourd'hui cette liberté après laquelle j'aspirais si ardemment, je l'ai, et je n'en jouis pas. Ce que je
voyais dans cette liberté, ce n'était point la vie de
flânerie, ce n'était point la vie de café, c'était la vie
d'amour, et je n'aime pas ! Je me sens dans le cœur
des trésors de tendresse à dépenser, et cette tendresse, je ne sais à qui l'offrir : personne ne la demande, personne n'en veut. Je ne peux pourtant pas
écrire sur mon chapeau : « Ici l'on aime. » Et cependant l'enseigne ne serait pas trompeuse. Les femmes
sont donc aveugles ou mes yeux n'ont aucune expression, aucune flamme, que pas une ne s'arrête pour
me tendre la main ! Quelle chose étrange que le hasard et l'occasion ! Dans notre voyage, j'ai vu, au
milieu de plates vallées, quelques maigres filets d'eau
qu'on ramassait à grand'peine pour faire tourner
lentement une roue d'usine et de moulin, et dans la
montagne, à quelques pas de là, j'ai vu d'impétueux
torrents dont personne n'avait songé à utiliser la
puissante force, et qui allaient se perdre çà et là,
inutiles. C'est aussi un torrent qui jaillit de mon
cœur, torrent d'amour auquel personne ne fait attention.

En attendant que je trouve une femme qui veuille
bien laisser tomber un regard sur moi, j'ai tâché de
m'organiser la vie la moins triste possible. J'habite,
rue des Pucelles, un appartement tout petit, mais
commode et agréable. Il est dans une vieille maison
en bois à étages saillants, qui, au sommet, rejoint

presque la maison qui lui fait vis-à-vis, laquelle est bâtie d'après le même système. Mes fenêtres ouvrent sur une galerie couverte formant un large balcon à balustrade de bois sculpté. Cette galerie sera charmante l'été pour y mettre des fleurs. En face, sur une cheminée, je vois une énorme bourrée qu'on me dit être un nid de cigogne. Ce sera pour l'été, comme les fleurs sur la galerie, et peut-être aussi comme l'amour dans mon cœur. Espérons tout de l'été.

> Quand l'été vient, le pauvre adore ;
> L'été, c'est la saison de feu,
> C'est l'air tiède et la fraîche aurore
> L'été, c'est le regard de Dieu.

Mon appartement se compose de deux pièces : une chambre et un petit salon. Mon beau-frère a bien fait les choses, et il m'a meublé ces deux pièces très confortablement.

—Quand on se plaît chez soi, on y reste, m'a-t-il dit, et cela vaut mieux que la vie de café.

En cela, comme en beaucoup d'autres points, je trouve qu'il a raison et suis tout disposé à suivre ses conseils. J'ai visité toutes les grandes brasseries de Strasbourg : le *Dauphin*, le *Griffon*, les *Pêcheurs*, les *Trois-Rois*; j'y ai vu mes camarades d'école attablés, mais le cœur ne m'en dit pas. Ce n'est pas de ce côté que je penche; et ce n'est pas la compagnie de messieurs les étudiants qui m'y attirera : je ne sais pas si je me ferai des amis parmi ceux-ci, j'en doute, nous n'avons ni les mêmes goûts, ni les mêmes habitudes, en général bien entendu.

Ma plus grande, ma seule distraction jusqu'à présent, a été de monter sur la plate-forme de la cathédrale. C'est une promenade qui n'est pas pénible, trois à quatre cents marches, ni coûteuse, trois sous de pourboire au gardien, et qui a son charme et son agrément, quand on est arrivé au but, je veux dire

De là terrasse, on jouit d'un immense panorama sur la vallée du Rhin, et l'œil, qui, en suivant ou en remontant le cours du fleuve, se perd dans la courbure extrême de l'horizon, s'arrête avec plaisir d'un côté sur les montagnes des Vosges, de l'autre sur les montagnes de la Forêt-Noire. Pour cette ascension j'ai soin de me munir d'une lunette, car avec mes mauvais yeux qui ne voient guère plus loin que le bout de mon nez, je resterais dans l'enceinte fortifiée, perdu au milieu de la confusion des toits pointus et des hautes cheminées.

Pendant les premiers jours, le gardien se croyait obligé de venir causer avec moi et de me montrer, en me les nommant, les points principaux qui peuvent servir à s'orienter : le cours de l'Ill bordé d'arbres, le Donon, la forêt de Haguenau, le vieux château de Bade; maintenant il m'a jugé comme un original et il me laisse tranquille. Je reste là des heures entières à me promener, ou bien, accoudé sur la balustrade de pierre, je rêve : le vent de novembre me souffle à la face, mais il ne me fait pas froid, sa puissante voix, qui chante ou qui pleure dans les escaliers de la tourelle, est un accompagnement mystérieux à ma rêverie, qui l'élève et l'emporte au-dessus du temps présent. Parmi toutes ces maisons qui se mêlent confusément au-dessous de moi dans des nuages de fumée, il en est une, sans doute, qui renferme le secret de mon avenir, bonheur ou malheur. Laquelle ? Est-ce ici à mes pieds ? ou bien là-bas, quelque part dans ces plaines qui s'étendent entre ces bouquets de bois et ces villages jusqu'à ces montagnes bleues ? C'est une page blanche que ce pays nouveau, sur laquelle va s'écrire ma destinée. Quelle sera-t-elle ? drame ou comédie ?

Redescendu dans le bruit et dans la boue, je flâne. J'ai visité toutes les églises, tous les temples, le mausolée du maréchal de Saxe, le Musée, la Fonderie de canons, la Manufacture des tabacs. Je flâne sur les quais, je flâne dans les rues, je flâne sur le Broglie, la promenade à la mode.

Et les cours de droit ? Je les suis religieusement, non seulement ceux de droit, mais encore ceux de médecine, au moins quelques-uns.

J'ai rencontré, chez M. Hummell, un vieux médecin, le docteur Frost, professeur à l'école, qui m'a tout de suite pris en affection : il m'a fait causer, beaucoup causer, et je crois que je ne lui ai pas déplu.

— Si j'étais à votre place, me dit-il, je suivrais quelques cours de médecine et de chirurgie. Je sais que vous êtes ici pour faire votre droit, mais la première année ne donne que peu de travail. Il vous reste du temps à dépenser; ce temps, je vous conseille d'en employer une partie à suivre le cours de chirurgie et de pathologie générale. Cela pourra vous rendre service. Non pas que je veuille dire que vous ayez un jour à guérir les hommes, puisque vous devez être avocat, magistrat ou administrateur, mais la médecine est une science qui intéresse l'homme tout entier. De plus, ce qu'il y a de bon dans cette étude, c'est qu'elle vous habitue au spectacle de la douleur, et c'est là ce qui me fait vous la conseiller. Il est indispensable que l'homme qui veut faire son chemin dans la vie ne soit pas trop sensible et commande à ses nerfs : la vue des opérations chirurgicales vous aguerrira, et aussi les visites au lit des mourants : l'artiste vit de la sensation et il ne faut pas émousser sa délicatesse; l'homme d'action vit d'observation. Vous ne voulez pas être artiste, n'est-ce pas ?

Tout mon temps n'est pas pris par mes cours de droit et de médecine, ni par mes flâneries, il m'en reste pour la lecture. Qu'ai-je lu ? *Indiana, Valentine, Jacques*, le *Lys dans la vallée, Indiana* et *Valentine* m'ont ému. *Jacques* m'a blessé. Hé quoi ! c'est là ce livre d'amour, ce livre qui, dit-on, a touché toute une génération et perdu des milliers de femmes ! Elles devaient être étrangement sensibles, si cela est vrai, et surtout bien éveillées. Ce n'est point ainsi que je vois la vie et que j'imagine l'amour. Bien entendu, c'est le caractère d'Octave qui m'exaspère et aussi celui de Sylvia. Et puis cette action dans des espaces imaginaires, entre terre et lune probablement, ne me dit rien; il me faut des personnages en chair et en os, que je coudoie dans la rue, qui vivent, jouissent et souffrent comme moi.

Quant au *Lys dans la vallée*, il m'a transporté, je l'ai lu dans une édition de cabinet de lecture, et aussitôt j'ai été acheter le volume de la bibliothèque Charpentier pour le relire immédiatement dans mon exemplaire à moi. Il y a tant de points de ressemblance entre la situation du héros et la mienne : cette enfance sans affection, cet immense besoin d'amour lorsqu'il entre dans la vie, c'est moi.

III

Depuis un mois, j'ai une maîtresse, mademoiselle Salomé Hausach, lingère : parti avec l'espérance de conquérir les pommes hespérides, j'ai trouvé un navet que je presse tendrement sur mon cœur.

Voici comment les choses se sont passées.

J'ai pour voisin au cours de droit romain un grand garçon de vingt-deux à vingt-trois ans, nommé Humbert; il est des environs d'Epinal, et la qualité de compatriotes nous a jusqu'à un certain point rapprochés; mais de ma part avec une certaine réserve, car le train qu'il mène ne me permet pas de frayer avec lui sur un pied d'égalité parfaite : c'est le fils d'un des plus riches marchands de bois des Vosges; il a perdu son père et il jouit en ce moment de plus de vingt mille francs de rente, tandis que sa mère a conservé

un revenu au moins triple de celui de son fils. Ma
pension de 150 francs par mois fait trop petite figure
à côté de ses 1,500 francs. Il est à Strasbourg depuis
deux ans; l'année dernière, il avait commencé la médecine, puis la médecine l'ayant ennuyé, il s'est mis
cette année à l'étude du droit, mais je ne crois pas
qu'il la pousse bien loin : le travail n'est pas son
affaire, celui du droit pas plus qu'un autre.

Plusieurs fois il m'avait engagé à aller chez lui le
soir, dans un assez bel appartement qu'il occupe rue
du Marché-au-Poisson, au coin de la place Gutenberg;
je n'avais jamais refusé, mais jamais non plus je
n'avais formellement promis.

Cependant les invitations devinrent si pressantes
qu'il fallait accepter ou rompre toutes relations. Je
me décidai un soir à monter chez lui. Il m'avait dit
que je le trouverais de huit heures à minuit au coin
d'un bon feu avec un flacon de vin du Rhin sur la
table; je le trouvai en effet installé dans ces conditions : un bon feu brûlait dans la cheminée, et sur la
table se trouvait une bouteille au long cou flanquée
de verres de Bohême.

Seulement il n'était pas seul; en face de lui, à l'angle de la cheminée, était une jeune femme.

En moins d'une minute, je sus à quoi m'en tenir :
cette jeune femme était sa maîtresse. Je crus même
m'apercevoir qu'il mettait une certaine affectation à
me le faire comprendre.

Elle me parut tout d'abord très timide, mais quand
j'eus retiré mes gants et accepté deux verres de vin
qui instantanément m'allumèrent les joues, elle se mit
à son aise.

Pour moi, j'étais assez embarrassé : comment fallait-il la traiter, comment fallait-il lui parler? Madame
ou mademoiselle ? Poliment ou gaillardement ? C'était
la première fois que je me trouvais avec une femme
qui n'était ni une dame ni une fille, mais un être
assez difficile à classer, sans position et sans nom.

La soirée s'écoula gaîment; on alla chercher une nouvelle bouteille de vin du Rhin et des marrons; tous trois nous étions jeunes; on dit des niaiseries qui nous firent rire aux éclats, sans rime ni raison, et, à onze heures, la maîtresse de Humbert voulut absolument me tirer les cartes. De son travail cabalistique, interrompu par nos moqueries et nos mauvaises farces, il résulta que j'étais sur le point de devenir amoureux et qu'avant huit jours j'aurais rencontré la dame de cœur.

Il était minuit quand je rentrai chez moi. Le lendemain je rencontrai Humbert au cours.

—N'est-ce pas, dit-il, que c'est une belle fille ?

Je convins de cela volontiers, ce qui parut lui faire plaisir.

—Et facile à vivre, je la conduis au doigt et à l'œil, vous avez dû vous en apercevoir. Si vous voulez venir dimanche, je lui dirai d'amener sa sœur, une charmante fille; si elle vous plaît, nous pourrons faire ménage à quatre; ce sera amusant.

A cette idée, un pouce de rouge m'empourpra le front.

En nous séparant il me répéta :

—A dimanche.

Toute la semaine je me répétai : je n'irai pas; cette pensée d'une jeune fille donnant un amant à sa sœur me révoltait. Cependant le dimanche soir je fus tout surpris de me trouver vers sept heures devant ma glace, en train de disposer gracieusement les coins de ma belle cravate bleue.

Non seulement les deux sœurs étaient chez Humbert, mais encore il s'y trouvait, lorsque j'arrivai, un autre couple : un étudiant en médecine de troisième année et sa maîtresse. La mienne, je veux dire celle qui m'était destinée, ressemble d'une façon frappante à une gravure de Court que nous avons vue ensemble bien souvent, *Fleur de Marie au couvent*; front pur, visage ovale d'un type angélique, de grands yeux

bleus doux et tristes; de chaque côté des tempes, des
cheveux d'un blond cendré : elle est donc fort jolie :
l'impression qu'elle fit sur moi me troubla profondément.

Pour occuper la soirée, il fut décidé qu'on jouerait
au colin-maillard. L'appartement de Humbert se com-
posant de quatre grandes pièces, le jeu fut facile à
organiser; on alluma partout des lampes et des bougies et l'on tint toutes les portes ouvertes.

Le sort me désigna pour être le premier colin-
maillard : cela me contraria, car j'aurais mieux aimé
me servir de mes yeux pour la regarder que de me
les laisser clore avec un foulard, et puis j'avais peur
de faire quelque maladresse, de me jeter par terre ou
de renverser quelque meuble d'une façon ridicule, ce
qui devant elle m'eût humilié. Mais lorsqu'au milieu
du jeu je la pris entre mes bras, ma contrariété fut
remplacée par une bouffée de bonheur : je n'eus pas
une seconde d'hésitation, je sentis que c'était elle;
comment, pourquoi, je n'en sais rien, seulement mon
sang s'arrêta dans mes veines et j'eus chaud au cœur.
La nommer, c'était la mettre à ma place, et j'étais
trop heureux pour perdre si vite mon plaisir. Je la
serrai doucement contre moi. Sa taille se tordait dans
ma main et je respirais son haleine. Je promenai ma
main sur ses cheveux, sur ses joues; elles étaient
douces et fermes comme une prune; je descendis sur
le cou, sur les épaules.

— Eh bien ! cria Humbert, ne vous gênez pas; seulement, mon brave aveugle, je dois vous prévenir que
nous voyons clair, nous autres.

Les autres, je n'y pensais guère; j'avais la tête perdue. Le mot de Humbert me ramena à la réalité. Je
lâchai Salomé et courus sur Humbert.

Mais où j'éprouvai une sensation tout à fait délicieuse, enivrante, ce fut quand Salomé, colin-maillard
à son tour, m'attrapa, passa ses doigts sur mes cheveux et sur ma barbe.

— C'est M. Robert, dit-elle.

— Non, cria sa sœur.

— C'est lui.

— A quoi le reconnais-tu ?

— A ses cheveux qui sentent la violette et à sa barbe qui est douce.

Elle avait remarqué que ma barbe était plus douce que celle de mes camarades. Cela me rendit tout fier.

Humbert, qui était un grand mangeur, nous avait fait préparer un souper; en me mettant à table, à côté de Salomé, j'étais tellement ému que je cassai son verre.

— Ça ne fait rien, dit Humbert, Salomé boira dans le verre de Robert.

Quand on se sépara, je fus tout surpris de voir à ma montre qu'il était deux heures du matin; il me semblait qu'il était à peine dix heures.

Sur la place Gutenberg, l'étudiant en médecine et sa maîtresse nous quittèrent, et, comme il faisait froid, ils se sauvèrent en courant.

— Où faut-il vous conduire ? demandai-je à Salomé.

— Où vous voudrez.

— Chez vous ?

— Si vous voulez.

Elle demeure auprès de Saint-Marc, c'est-à-dire tout à l'extrémité de la ville; mais jamais route ne me parut plus courte; elle avait passé son bras sous le mien, et nous marchions serrés l'un contre l'autre; je la sentais qui tremblait; quant à moi, malgré le froid, j'étouffais. Ah ! comme la lune était belle dans le ciel sans nuage.

Arrivé à sa porte, je lui demandai quand je pourrais la revoir.

— Quand vous voudrez.

— Demain soir, alors ?

— Si vous voulez.

Lorsque sa porte fut refermée, je me sentis furieux

de n'être pas entré avec elle; j'avais mille choses à
lui dire. Je l'aimais, je l'adorais.

Le lendemain matin, pour la première fois, je
manquai mes cours. La journée fut éternelle à passer.
Vers deux heures, je m'habillai; je mis ma plus belle
chemise, celle à plis creux, j'essayai plus de dix cols
avant d'en trouver un, et j'allai marcher par la ville
pour tuer le temps. A sept heures, je rentrai chez
moi pour changer de linge, ma belle chemise me semblait fripée, la cérémonie des cols recommença:
enfin, comme huit heures allaient sonner et que
c'était l'heure à laquelle elle devait rentrer, je partis.

Elle vint elle-même m'ouvrir la porte de la rue et
me prit la main pour me guider dans l'escalier sombre. Quand je fus entré dans sa chambre, je tombai
à ses genoux et, sans pouvoir trouver une parole,
suffoqué de bonheur et d'émotion, je pris ses mains
que j'embrassai.

J'avoue sans honte que je devais avoir l'air singulièrement nigaud, et je comprends maintenant ses
regards étonnés.

Après quelques mots inintelligibles que je balbutiai
plutôt que je ne les prononçai, je l'attirai vers moi et
j'embrassai son front.

Sans me répondre, elle me laissa faire.

Peu à peu, je retrouvai ma raison; je me relevai
alors et m'assis près d'elle, ses mains toujours dans
mes mains, mes yeux sur les siens, je lui dis que je
l'aimais, que je l'adorais, que j'étais fou. Doucement,
avec un sourire où il me sembla lire de la tristesse,
elle me dit qu'elle était heureuse de mon amour, mais
qu'elle avait peine à croire à mes protestations, que
depuis le peu de temps que je la connaissais, je n'a-
vais pas dû concevoir pour elle une passion si extraordinaire, et que si je voulais lui donner une affection
franche et durable, elle en serait très contente, parce
que je lui plaisais.

Durable, mon affection ! éternelle, et je la pris dans

mes bras; doucement, sans embarras comme sans exaltation, elle me rendit mes caresses.

Je voulus l'emmener chez moi: il me semblait que par sa présence ma chambre allait être sanctifiée.

Le matin du troisième jour, il me prit une envie folle d'aller à la campagne. J'étouffais dans ma chambre, j'avais besoin d'air, j'avais besoin de voir les arbres, le ciel; j'avais besoin de courir, de crier. Salomé, tout prosaïquement, voulait aller travailler à son magasin; je lui dis d'écrire qu'elle était malade: le rhume, une entorse, le choléra, ce qui lui passerait par la tête.

Nous voilà donc en route pour Rosheim; j'avais eu le désir d'aller à Saverne revoir les paysages que j'avais seulement entrevus en les traversant, mais sa famille habite de ce côté-là, je ne sais trop où, et cela nous avait décidés à choisir Rosheim. Que m'importait d'ailleurs, ce que je voulais c'était de l'air et de l'espace.

Je lui avais acheté un manteau et une fourrure; elle n'eut donc pas froid dans la diligence, où, d'ailleurs, étant seuls, nous restâmes blottis l'un contre l'autre.

A huit heures du soir, nous descendions à l'hôtel de l'*Arbre Vert*, où nous passions la nuit. Le lendemain matin, avec le jour, nous partions pour les ruines de Girbaden.

Il faisait une belle journée de janvier, froide, mais ensoleillée; la gelée de la nuit avait déposé sur l'herbe et sur les flaques d'eau des treillis éblouissants, des grappes de givre pendaient aux branches des arbres. En moins d'une demi-heure nous atteignîmes les bois d'Eichwald; les montagnes des Vosges nous abritaient du vent d'est, tandis que du côté de l'orient le soleil nous arrivait en plein visage. La terre résonnait sous mes pas, et les feuilles sèches, que les pluies et les ouragans avaient amoncelées dans les chemins, se soulevaient en petits tourbillons derrière nous.

Soit que l'amour eût créé en moi de nouveaux sens, soit que la gelée de la nuit eût revêtu ce paysage d'une parure virginale, je trouvai à la nature des beautés que je ne lui connaissais pas. J'étais gai, heureux, léger comme si une force mystérieuse m'eût soulevé au-dessus de la terre et enlevé dans un monde éthéré.

Salomé marchait à côté de moi sans rien dire, s'arrêtant seulement de temps en temps pour secouer les feuilles de ronce qui s'accrochaient à sa robe de laine.

Malgré le froid qui bleuissait nos doigts, malgré le frimas des buissons, malgré la neige des montagnes dont la blancheur nous éblouissait, il me semblait que nous étions en plein printemps, et, tout en marchant, je me mis à réciter à haute voix la *Nuit de mai* :

> La fleur de l'églantier sent ses bourgeons éclore,
> Le printemps naît ce soir ; les vents vont s'embraser,
> Et la bergeronnette, en attendant l'aurore,
> Aux premiers buissons verts commence à se poser.

Salomé m'écoutait stupéfaite, bouche béante. Lorsque j'eus achevé la pièce, elle chemina quelques instants sans rien dire, comme si elle s'enivrait intérieurement de cette chaude poésie, puis s'arrêtant :

— La Muse, c'est sa maîtresse, n'est-ce pas ?

Cette question me ramena sur la terre. J'eus un moment d'étonnement, mais après tout, la question n'était pas si absurde chez une fille comme elle.

Cette parole de Salomé avait interrompu la chaîne de mes idées, elle ne l'avait point brisée. Après la *Nuit de mai*, je passai à la *Nuit d'octobre*. J'avais, je l'avoue, une intempérance de poésie tout à fait malheureuse.

Ce fut sans doute le sentiment de Salomé qui, sans me laisser aller bien loin, m'interrompit une nouvelle fois.

— Sais-tu à quoi je pense ? dit-elle au moment où nous approchions d'un hameau.

— Non, dis-je contrarié.

— Eh bien, je pense que je mangerais bien pour déjeuner des saucisses dans de la purée de pommes de terre.

— Et des confitures.

— Oh ! oui; des confitures, si tu voulais.

— Tes désirs vont être réalisés : retournons à Rosheim.

— Tout de suite ?

— Tout de suite.

— Tu es fâché, parce que j'ai faim.

— Je suis enchanté, enthousiasmé, transporté, j'adore les femmes qui ont bon appétit.

Malgré cette assurance, Salomé vit bien que j'étais fâché, seulement elle ne comprit pas en quoi elle m'avait blessé. Elle fit tout ce qu'elle put pour rappeler ma gaieté envolée, elle parla, elle chanta, elle m'embrassa. Puis, dépitée de ma figure maussade, elle s'écria :

— Quel malheur que M. Humbert ne soit pas venu avec nous.

— Pourquoi cela ?

— Parce qu'il est si drôle, si amusant, il nous aurait dit des bêtises et ça vous aurait fait rire.

Des bêtises ! Ah ! si j'avais été seul au pied d'un arbre, assis dans les feuilles sèches, perdu au milieu de ces profondes forêts.

L'inquiétude de Salomé ne tint pas devant la table de l'hôtel de l'*Arbre Vert*. Non seulement elle mangea des saucisses aux pommes de terre, mais encore d'autres saucisses aux œufs, puis trois ou quatre côtelettes de chevreuil, et, pour terminer, une énorme salade de pommes de terre aux œufs. C'était un gouffre.

J'étais venu à Rosheim avec l'intention d'y rester plusieurs jours, mais les réflexions de Salomé m'avaient rendu sensible au froid et à l'hiver : la nature n'était plus si charmante que je l'avais vue à travers mon enthousiasme; la bise était glaciale, les arbres nus étaient bien tristes. Une voiture partait pour Strasbourg, nous montâmes dans le coupé.

Je n'étais pas disposé à la conversation; Salomé, pour me distraire, me raconta son histoire. Alors, pour la première fois, je m'aperçus qu'elle parlait alsacien, mais un alsacien déplorable, elle dit : *mon pon ami, mon anche, ein poudeille, des vriandises, kel ponhire !*

IV

J'ai lu une définition du bonheur qui m'a paru bien étrange : en amour, le bonheur serait le plaisir donné et le plaisir reçu, — ce serait de se sentir nécessaire l'un à l'autre, — ce serait la volupté intime et profonde qu'on éprouve à rendre heureux celui qu'on aime, — ce serait la reconnaissance des sensations reçues.

Voilà une métaphysique bien égoïste, il me semble, et que je n'accepte pas pour moi.

Ce n'est pas ainsi que je comprends le bonheur, et je sens que je peux être heureux à moins de frais, plus facilement et plus naïvement.

Ainsi, que j'aime une femme qui ne me connaît pas, une femme qui ne peut partager mon amour et me le rendre, je serai cependant très heureux.

L'apercevoir au coin d'une rue quand elle passe, la rencontrer sur une promenade marchant doucement, la savoir dans le lieu où je suis, lors même que mes yeux ne peuvent pas se poser sur elle, pour moi, c'est du bonheur. C'est aussi du bonheur que de me sentir troublé à sa vue, de rougir, d'étouffer, de ne plus distinguer rien, de ne plus rien entendre, perdu, abimé dans mes délicieuses sensations.

Il n'y a pas là d'exagération, car ce bonheur n'a rien d'impossible, ce n'est point un rêve, en ce moment je le ressens et j'en jouis.

Et Salomé !

La pauvre Salomé a passé dans ma vie sans laisser plus de trace que n'en laisse dans le ciel l'étoile qui file ou dans l'air l'hirondelle qui nous éblouit. Salomé est *ein anche anfolé !*

Ce n'est donc pas d'elle, ni d'une de ses semblables, qu'il est question.

La femme que j'aime est, il faut bien écrire le mot, une femme du monde, une femme mariée.

Ce fut au mois de mai que pour la première fois je la rencontrai sur le Broglie. Le Broglie est une promenade qui s'étend devant le théâtre; plantée d'arbres, bien sablée, bordée de belles maisons, située dans le quartier le plus propre et le plus aristocratique de la ville, elle est le lieu de réunion de la bonne compagnie, surtout les jours où s'y font entendre les musiques militaires.

J'étais assis sur une chaise, tout seul, au pied d'un marronnier, perdu dans la rêverie que la musique faisait sourdre dans mon cœur. On jouait la *Favorite*, et, en écoutant cette mélodie tendre et passionnée, je me disais que sans doute je ne connaîtrais jamais ces désespoirs d'amour, ces ivresses et ces transports. Tout à coup, bien que mes yeux ne fussent pas attentifs, j'aperçois, venant du côté de la rue de la Mésange, une jeune femme que je n'avais jamais vue.

Précisément, l'orchestre attaquait le motif : *Un ange, une femme inconnue.*

Elle était grande et elle s'avançait avec une démarche légèrement ondoyante pleine de grâce. Quand elle se fut rapprochée, je pus distinguer ses traits : les cheveux d'un blond cendré, un profil grec, des yeux ardents chastement voilés par de longs cils, une bouche mignonne, une carnation fraîche et rosée, tout en elle charmait et attirait au premier coup d'œil.

Ah ! mon père, qu'elle était belle.

Elle s'assit à une petite distance de ma place et je pus jouir de sa vue tout à mon aise. L'impression qu'elle m'avait produite en arrivant sur cette promenade était celle d'un rayon de soleil de printemps qui, tombant sur moi, m'eût éclairé et échauffé. Sans exagération, je puis dire qu'elle avait allumé en moi une flamme intérieure, exactement comme le choc eût fait jaillir une étincelle qui serait tombée sur mon cœur. En la contemplant, je voyais plus loin, je sentais autrement qu'avant sa venue.

N'est-ce pas quelque chose de prodigieux que cet effet physique ou, plus justement, n'est-ce pas quelque chose de curieux, digne d'attention et de réflexion, car je ne me crois nullement un homme providentiel pour lequel la nature se met en frais de prodiges ? Mais, enfin, pour que cet effet instantané puisse se produire, ne faut-il pas que cette étincelle tombe sur un cœur préparé ? Ne faut-il pas, pour m'expliquer par une expression vulgaire dans sa prétention, que l'âme ainsi troublée ait rencontré et reconnu l'âme sœur de la sienne ? Ne faut-il pas que la femme qui nous émeut ainsi soit la matérialisation de notre idéal, et qu'elle vienne donner un corps aux rêveries qui étaient en nous ?

Quoi qu'il en soit de ces hypothèses, il est bien certain que la femme que j'avais devant moi était la réalisation vivante de mes conceptions imaginatives.

Elle m'avait si parfaitement ébloui que je n'avais pas vu qu'elle était accompagnée d'un petit garçon de deux ans et d'une nourrice; elle fit asseoir le bébé près d'elle, et, lui tenant sa petite main dans les siennes, elle parut écouter la musique, sans faire attention à ce qui se passait autour d'elle.

Quelle était cette femme? Une étrangère? Sa mise était trop soignée et trop correcte pour le supposer. Une Strasbourgeoise? Je ne la connaissais point.

Je sus bientôt à quoi m'en tenir: tout ce qui à Strasbourg a un nom et une notoriété la saluait en défilant devant elle. Le docteur Frost, qui vint à passer me compléta cette indication un peu vague. Elle se nommait madame Obernin, elle était de Strasbourg, où elle s'était mariée il y avait environ trois ans.

Et comme je poussais mes questions plus loin, il s'arrêta et me regarda dans le blanc des yeux. Puis, me donnant une petite claque sur l'épaule:

— Tiens, tiens, dit-il avec un sourire narquois.

Mais ce fut tout ce que j'en pus obtenir. Il me quitta après avoir promené son regard moqueur d'elle à moi et de moi à elle d'une façon qui me blessa.

Les musiciens jouèrent leur dernier quadrille. Qu'allait-elle faire? Rentrer chez elle, ou continuer sa promenade? Dans l'un et l'autre cas, j'étais décidé à la suivre.

Elle se dirigea vers la place de la Comédie, puis, longeant le théâtre, elle prit la route de la porte des Juifs.

Au delà de cette porte, à une courte distance des glacis des fortifications, s'étend une vaste prairie qu'on appelle le Contades; elle est plantée de grands arbres qui forment de magnifiques allées fraîches et ombreuses.

En la voyant s'engager dans ces allées, j'eus un mouvement de joie: nous n'allions pas être séparés. C'était la première fois que je suivais une femme: c'est une très charmante et très agréable récréation. Mais beaucoup de phrases ont été faites, très bien faites là-dessus; je n'ai rien à ajouter à ce qu'on a dit avant moi. Je n'aurais jamais cru, avant cette promenade qu'on pouvait devenir amoureux d'une femme rien qu'à la voir de dos : je le sentis en suivant madame Obernin. Et je ne l'aurais pas vue sur le Broglie, je l'aurais seulement aperçue de loin, marchant devant moi, que, par la grâce de sa démarche, elle eût pris mon cœur exactement comme elle l'avait pris, quelques instants auparavant, par le charme irrésistible de ses yeux fauves. Ce fut ainsi que me fut révélée une vérité que je ne soupçonnais guère, à savoir que la femme n'est pas tout entière dans la tête. C'est là une découverte qui, par sa naïveté, ferait peut-être rire un homme de trente ans, mais qui sera comprise d'un homme de vingt.

Elle allait lentement, réglant son pas sur celui de son enfant, qui, à chaque instant, s'arrêtait pour jouer avec des cailloux. Cela me forçait à me tenir à une assez grande distance, car je ne voulais ni me faire remarquer, ni la faire remarquer elle-même par mon insistance à la suivre.

Après le Contades et le joignant immédiatement se trouve une autre promenade, la Robertsau, beaucoup plus vaste et plus belle : dessinée, dit-on, par Le Nôtre, elle a depuis été transformée en un grand parc anglais, avec çà et là des corbeilles de fleurs et des massifs d'arbustes, si bien que ses immenses allées semblent créées exprès pour des amants qui veulent se rencontrer.

J'espérais qu'en quittant le Contades, elle allait prendre le pont jeté sur l'île et passer dans la Robertsau, mais soit que sa promenade fût finie, soit plutôt qu'elle se fût aperçue de ma présence gênante, elle revint vers la ville.

Naturellement je ne l'abandonnai pas, et je revins avec elle jusqu'à la rue de la Nuée-Bleue, où elle entra dans une maison de belle apparence. Lorsque la nourrice eut refermé la porte, je demeurai dans la rue abasourdi, stupide.

Il me fallut attendre jusqu'au soir pour en apprendre plus long que n'avait voulu m'en dire le docteur Frost, c'est-à-dire jusqu'à l'heure où je pourrais me présenter chez madame Charles, que je comptais interroger.

— Madame Obernin, me répondit celle-ci, s'est mariée il y a à peu près trois ans, c'est-à-dire que la famille Ritter a marié sa fortune avec la fortune des Obernin.

— Elle est riche ?

— Les Ritter, dit M. Hummel prenant part à la conversation, valent plus de deux millions; quant à moi, je leur cuvrirais un crédit de cette somme avec plaisir; malheureusement, ils n'en profiteraient pas; ils n'opèrent qu'avec leurs capitaux : ce sont des commerçants de la vieille école.

— Voilà précisément pourquoi, interrompit madame Charles, ils ont choisi M. Obernin pour gendre. Mademoiselle Ritter, avec sa beauté et sa fortune, eût pu faire un très brillant mariage, son père et sa mère en ont préféré un solide.

— M. Obernin, continua M. Hummel, est le fils d'un bonhomme de paysan qui possède dans la vallée de la Bruche, en pleines Vosges, dix ou douze lieues du pays parfaitement aménagé en forêts, en prairies et en vignes.

— Et c'est aussi un paysan comme son père, M. Obernin ?

— Un charmant garçon de vingt-huit à trente ans, intelligent, bienveillant; un gaillard admirablement bâti, qui est en homme ce que madame Obernin est en femme. Quand ils sortent ensemble, les femmes tournent la tête pour le mari et les hommes pour la femme.

C'était en mettant ses gants que M. Hummel me donnait ces renseignements, fort peu encourageants pour mon amour.

— Sortez-vous avec moi ? dit-il.

J'hésitai un moment, mais pensant que j'en apprendrais plus avec la femme qu'avec le mari, je répondis que j'étais venu faire un peu de musique et que je resterais s'il ne le trouvait pas mauvais.

— Restez, mon cher Robert, j'espère vous retrouver dans une heure.

— Que faut-il prendre ? demanda madame Charles en se mettant au piano.

M'était-il possible de penser à autre chose, en ce moment, qu'à la *Favorite*, et dans la *Favorite*, m'était-il possible de chanter autre chose que la romance de Fernand : *Un ange, une femme inconnue ?*

On a fait un conte pour dire comment l'esprit vient aux filles, je sais maintenant comment le sentiment vient aux garçons : bien souvent j'avais chanté cette romance, mais jamais comme je la chantai alors : l'ange c'était madame Obernin; *qu'elle était belle !* je la voyais, elle était là, devant moi, vivante pour mes yeux et pour mon cœur.

Le morceau fini, madame Charles se retourna vers moi et me regarda longuement.

— Quels progrès vous avez faits ! s'écria-t-elle; en arrivant à Strasbourg, vous chantiez comme une mécanique; aujourd'hui vous avez dans la voix une expression douce et passionnée tout à fait remarquable. Je regrette que M. Hummel ne soit pas là pour vous applaudir.

— Je n'aurais pas chanté comme cela devant lui.

Je voulais dire tout simplement que M. Hummel eût été un public, et que devant lui je ne me serais pas livré comme devant sa femme, qui, en m'accompagnant, faisait partie de moi-même.

— Pourquoi donc ! fit-elle d'une voix caressante; c'est là précisément le charme de la musique qu'elle nous permet de tout dire à ceux avec lesquels nous sommes en communion de sentiments ou d'idées.

Je restai un moment sans répondre, me demandant ce que je devais comprendre; mais il ne me convenait pas d'avoir l'esprit trop ouvert; d'ailleurs, j'étais trop étroitement obsédé par ma passion pour pouvoir parler d'autre chose.

—A propos, dis-je tout à coup, et assurément sans aucun à-propos, est-ce que madame Obernin va dans le monde ?

—Pourquoi donc, mon cher Robert, me parlez-vous avec cette insistance de madame Obernin ? Elle vous occupe donc bien ! Seriez-vous amoureux d'elle, par hasard ?

Le rouge me monta au front, par bonheur j'étais dans l'ombre et je ne me trahis point.

—Amoureux, moi ! J'ai vu madame Obernin cinq minutes sur le Broglie, est-il vraisemblable que je me sois enflammé si vite.

—Mon enfant, je ne vous blâmerais pas d'être amoureux; seulement, je serais peiné de vous voir donner votre cœur à madame Obernin. Vous auriez un sentiment pour une femme du monde, j'entends un sentiment honnête, qui occuperait vos vingt ans sans vous entraîner dans des folies, que, jusqu'à un certain point, ce serait excusable; mais il ne faudrait pas que cette femme fût madame Obernin.

— Pourquoi donc ?

—Pour bien des raisons : d'abord parce qu'elle est trop jeune et qu'elle ne saurait ni vous retenir ni s'observer; et puis parce que je la crois fortement égoïste; enfin parce que, si jolie qu'elle soit, et elle est très jolie, j'en conviens, très séduisante extérieurement, elle n'est pas assez maline.

—Comment, maline ?

—Mon cher Robert, si vous aimiez, comme je le supposais tout à l'heure, une femme de notre monde, il faudrait que cette femme eût de l'expérience et du sang-froid pour elle et pour vous qui n'êtes qu'un enfant; et il faudrait aussi qu'elle eût assez de ressources dans l'esprit pour conduire vos amours sans se compromettre elle-même et sans compromettre votre avenir. Voilà pourquoi je dis que madame Obernin n'est pas assez maline, car ce serait là une tâche que je suppose difficile.

Elle avait abandonné le piano et elle s'était assise dans une large chauffeuse très basse de siège; en parlant, elle avait posé le pied sur le tabouret et la robe avait glissé.

Elle eût parlé ainsi huit jours plus tôt, dans cette pose pleine d'abandon, avec les petites fossettes qui se creusaient dans ses joues, avec ses yeux langoureux et ses lèvres humides, que j'aurais sans doute oublié les comptes de retour, le change de place, et le petit bureau aux rideaux verts; mais à cette heure, après avoir vu madame Obernin !

—Puisque M. Hummel ne rentre pas, dis-je, je vous demande la permission de me retirer.

—Vous reviendrez demain, n'est-ce pas ? Je vais étudier ce soir dans le quatrième acte la partie de Léonor, nous la chanterons ensemble: « *Oh ! mon Fernand !* » puisque la présence de M. Hummel vous gêne, je m'arrangerai pour qu'il sorte.

V

Depuis les premiers jours de juin jusqu'à la fin de juillet, j'ai très souvent rencontré madame Obernin.

Mon assiduité à la suivre a fini par la frapper, et un jour j'ai vu ses yeux se poser sur moi. A-t-elle été touchée, a-t-elle été blessée ? c'est ce que je ne sais pas. Tout ce que je puis dire, c'est qu'elle n'a en rien modifié ses habitudes de promenade, et le lendemain je la retrouvai avec son enfant et la nourrice là où je l'avais vue la veille; seulement cette fois elle retourna la tête de mon côté, puis, sans rien laisser paraître au dehors de ce qui se passait en elle, si toutefois il s'y passait quelque chose, elle continua son chemin.

J'ai fini par voir le mari. Ce n'est pas le rival que j'aurais choisi. Il est bien ce que M. Hummel m'avait dit, un beau garçon, grand, robuste, au teint coloré, avec des cheveux bruns, l'air joyeux et bienveillant.

En plus des promenades le Contades, la Robertsau, je l'ai vue aussi très souvent au théâtre, mais là avec moins de facilité, car il aurait fallu que je me servisse de mon lorgnon, ce à quoi je n'ai jamais pu me résoudre : je l'aime et la respecte trop pour la blesser ou la compromettre. Si jusqu'à un certain point j'espère la toucher, c'est par une adoration muette : il me semble que, si vertueuse que soit une femme, elle doit se sentir flattée plutôt qu'outragée par une passion comme la mienne. D'ailleurs, je ne tiens pas à ce qu'elle me remarque : être près d'elle, la voir, respirer le même air qu'elle, suffit pleinement à me rendre heureux.

Jusqu'à la fin de juillet, j'ai ainsi vécu littéralement attaché à ses pas, ne faisant rien, ne pouvant pas rester en place, n'entretenant plus de relations avec personne, sortant à chaque instant de chez moi pour la rencontrer, habitant les voies publiques, heureux quand, après avoir marché quelquefois durant des heures entières, je l'entrevoyais pendant quelques secondes, le temps de la croiser dans la rue.

Puis, vers les derniers jours de juillet, le 26 (mes souvenirs me permettent facilement de préciser), j'ai cessé absolument de la rencontrer; et après quelques jours de recherches vaines et d'inquiétude, j'ai appris qu'elle était partie pour la campagne, aux environs de Soultz-les-Bains, dans une propriété de son père.

Moi-même en août je me suis mis en route pour Neufchâteau, où j'ai passé tristement mes vacances; présent de corps chez mes parents, j'étais d'esprit et de cœur à Strasbourg, sur le Contades et la Robertsau.

J'avais hâte de revenir ici, mais je n'y trouvai pas madame Obernin, qui, je l'appris, devait rester à

Souilz et dans les propriétés de son mari jusqu'à la fin de l'automne.

J'attendais qu'elle rentrât à Strasbourg quand éclata le coup d'État. Comme tous les honnêtes gens, j'en fus indigné. A Paris, je crois que j'aurais eu le courage de me ranger du côté des défenseurs du droit et de l'honneur; mais que faire ici, alors que tout le monde, effrayé par ce qu'on apprenait des hauts faits de l'armée à Paris et dans les provinces, ne songeait qu'à sauver sa peau?

Le résultat immédiat du coup d'État fut de causer une perturbation générale, et les soirées sur lesquelles je comptais pour voir madame Obernin tout à mon aise furent naturellement ajournées. Par là, je me trouvai atteint dans mes espérances; il n'était pas besoin de cela pour me le faire maudire.

Après avoir cru toucher au but (car pour mon amour peu exigeant c'était un but que la voir), je m'en trouvai de nouveau éloigné sans savoir quand et comment je pourrais m'en rapprocher, car madame Obernin, qui avait dû revenir à Strasbourg dans les premiers jours de décembre, restait à la campagne, et ceux de ses amis que je pouvais interroger ignoraient quand son retour aurait lieu et même s'il aurait lieu.

Sur ces entrefaites, un des jeunes gens avec lequel je suis le plus lié m'invita à un réveillon chez lui : il devait s'y trouver une douzaine de nos camarades et quelques femmes. Cette partie me souriait peu; cependant, après avoir longtemps hésité, j'y allai.

Quand j'arrivai, la compagnie était au complet; je connaissais tous les hommes, c'est-à-dire que j'avais eu des relations plus ou moins suivies avec chacun d'eux; mais des femmes, qui étaient au nombre de quatre, je n'en connaissais qu'une seule, pour l'avoir souvent vue au théâtre, où elle joue les premières amoureuses.

Comme je suis très gauche avec les lorettes et les filles, ne sachant comment les traiter, et toujours beaucoup trop retenu, beaucoup trop respectueux avec elles, ce fut à celle-là qu'après quelques instants d'hésitation je m'attachai; elle paraissait libre de tout engagement, le théâtre me fournirait un fond de conversation : d'ailleurs, je n'avais jamais connu de comédienne, et je n'étais pas fâché de savoir comment c'était fait.

Me voilà donc en conversation avec elle; bientôt je devins assidu, empressé, ce qui ne parut pas lui déplaire : toute la nuit se passa à boire, à rire, à chanter, à danser; pris d'une gaieté nerveuse, j'étais le plus bruyant, et toujours j'entraînais Florine, c'est le nom de notre amoureuse.

Vers le matin, nous étions tous un peu gris, quelques-uns d'entre nous l'étaient même tout à fait. L'air de l'appartement était lourd, chargé de fumée de tabac, de mauvaises odeurs de viande et de punch, j'ouvris la fenêtre pour respirer; du côté du Rhin, par-dessus les toits des maisons, de larges bandes rouges rayaient le ciel, martelé de petits nuages roses.

—Si nous nous en allions à la campagne, dit Florine, qui était venue s'appuyer sur mon épaule.

Sans remarquer la façon intime dont ces mots m'avaient été dits à l'oreille, je me retournai :

—Je fais une proposition : nous ne pouvons pas nous séparer ainsi, que ceux qui sont d'avis d'aller à la campagne lèvent la main.

—A la campagne, oui.

—A la campagne, jamais.

Nous nous trouvâmes huit pour accepter la proposition de Florine, les quatre femmes et quatre jeunes gens.

Nous nous entassons donc dans un break, et en route pour Kehl. On avait longtemps discuté le but de notre excursion; les uns avaient proposé Sainte-Odile, les autres Girbaden; mais Florine jouait le soir, nous ne pouvions pas trop nous éloigner de Strasbourg.

Notre break était découvert, et sans qu'il fît très

grand froid, il soufflait un petit vent du nord qui, après notre nuit de réveillon, nous faisait grelotter; seul je n'avais pas de gros vêtements; mais Florine me plaça à côté d'elle et voulut à toute force partager avec moi son grand manteau doublé de fourrures. Un de nos camarades avait pris une trompette de postillon, et il soufflait dedans tant qu'il pouvait : les bons bourgeois, éveillés par le tapage, se mettaient sur leur porte pour nous voir passer.

Nous allions arriver au monument du général Desaix, quand je sentis un pied se poser sur le mien; je reculai, le pied me suivit. J'étais toujours enveloppé dans le manteau de Florine, et nous étions serrés l'un contre l'autre. Je relevai les yeux sur elle; en même temps elle tourna la tête de mon côté, et son regard plongea dans mes yeux tandis que son pied s'appuyait doucement sur le mien.

Un long frisson m'agita, je cherchai sa main et la pressai fortement : la route s'acheva sans que nous changions de position, les mains dans les mains, sa poitrine battant comme la mienne.

A Kehl, il fallut descendre de voiture et recommencer à boire.

Lorsque Florine ne fut plus dans mes bras, je retrouvai un peu de ma raison.

Sans être belle, Florine est très agréable : de beaux yeux, une physionomie parlante, une bouche délicieuse, faite pour le baiser. Son seul défaut, c'est d'être toujours en scène, je veux dire qu'elle est un peu maniérée, mais cela tient sans doute à sa qualité de comédienne. Au théâtre, où elle a beaucoup de succès, je l'avais remarquée pour sa grâce et son talent, mais jamais je ne m'étais senti attiré vers elle. Lorsque je ne fus plus sous l'influence qui m'avait entraîné dans le break, je me retrouvai à son égard exactement dans les mêmes sentiments d'indifférence.

Après notre déjeuner, on décida de se promener

dans la campagne. Il faisait le plus beau Noël que j'aie jamais vu, du soleil, un ciel bleu et un vent sec. Toute la population était dans les rues, endimanchée dans ses habits de fête : les hommes en culotte courte avec des jarretières roses, le gilet rouge brodé, la redingote noire et le bonnet à poil de martre terminé par une houppe brillante; les femmes avec le bonnet brodé d'or surmonté d'un grand papillon de rubans noirs, la veste d'hiver brodée de rubans gaufrés et la jupe fendue par devant. Dans les maisons, à toutes les fenêtres, on apercevait des branches de sapin auxquelles pendaient des rubans et des jouets d'enfant.

—Laissons-les aller devant, dit Florine en prenant mon bras.

Nous restâmes donc seuls en arrière, et tandis qu'ils se dirigeaient vers la plaine, nous prîmes une route qui devait aboutir au Rhin.

Florine a beaucoup d'esprit naturel, et elle cause très agréablement de toutes choses, en véritable Parisienne qu'elle est. Pas plus que moi, elle ne semblait se souvenir de ce qui s'était passé dans le break, et nous cheminions en bavardant joyeusement.

Arrivés sur le bord du Rhin, nous trouvâmes un endroit qui était abrité du vent par un petit bois de peupliers et de saules; un tronc d'arbre était couché dans le chemin; elle s'assit dessus et voulut me faire asseoir près d'elle. Comme je parlais du vent du nord, elle m'enveloppa gentiment dans son manteau de fourrure. Nous étions seuls, serrés l'un contre l'autre, et devant nous le fleuve roulait ses eaux jaunâtres; en soufflant contre le courant, le vent soulevait de petites vagues qui, de chaque côté, frangeaient la rive d'une blanche écume; sur le ciel pâle, des arbres dressaient leurs rameaux dénudés, et tout au loin, à l'horizon, les pics neigeux des Vosges rayonnaient dans une vapeur confuse. Ce paysage avait véritablement un caractère de grandeur et de tristesse qui pesait sur le cœur.

— C'est presque la mer, dit Florine; mais j'aimerais mieux être au bord de la mer... avec vous.

— Parce que ?

— Parce que la mer nous parle de continuité et d'infini, tandis que cette rivière, с а ses eaux qui passent rapidement, semble vouloir nous entraîner dans son tourbillon.

Je ne sais pourquoi, mais instantanément je me reportai en pensée à la promenade que j'avais faite l'année précédente avec Salomé; il y avait loin de ces idées à celles de la petite lingère qui, en face des Vosges, ne pensait qu'à manger des saucisses. Je regardai Florine; une fois encore je sentis ses deux yeux me pénétrer jusqu'au cœur.

Nous restâmes ainsi, les yeux dans les yeux, quelques secondes, une demi-minute peut-être, et la tête commençait à me tourner, quand derrière nous j'entendis un grand bruit de voix et de rires. C'étaient nos camarades qui nous avaient découverts.

Ils ne nous quittèrent plus, et nous rentrâmes tous ensemble à Strasbourg. Avant de nous séparer, Florine me fit promettre d'aller la voir le soir au théâtre; elle donnerait mon nom au concierge, et je pourrais monter dans sa loge.

Cependant, malgré cette promesse, je n'allai point au théâtre, et le lendemain je n'allai pas davantage chez elle; je ne voulais pas me lancer dans une aventure dont la fin n'était que trop facile à prévoir; mais le soir, je ne pus pas résister au désir d'entrer dans la salle.

J'étais à peine installé à ma place quand un jeune homme, nommé Paul Haxo, que j'avais rencontré dans quelques maisons et qui m'avait toujours témoigné beaucoup de sympathie, vint s'asseoir auprès de moi.

— Je vais vous faire une question ridicule, mais je

vous demande comme un réel service d'y répondre
franchement... Etes-vous l'amant de Florine ?

— Permettez, mon cher,

— Je sais combien ma demande est sotte, mais je
vous supplie d'y répondre.

— Non, je ne suis pas son amant.

— L'aimez-vous ?

— Non.

Il me serra les mains avec effusion, et je vis deux
grosses larmes dans ses yeux.

— Hé bien ! moi, je l'aime; depuis deux mois, j'as-
siste à toutes les représentations et ne la quitte pas
des yeux; ma place est là-bas, contre l'orchestre des
musiciens, pour être plus près d'elle. Malheureusement, je ne sais pas encore si elle m'a remarqué, car
jamais elle ne se tourne de mon côté.

— Lui avez-vous dit que vous l'aimez ?

— Je lui ai écrit plus de dix lettres, et, tous les
soirs, l'habilleuse lui remet un bouquet de ma part.

— Lui avez-vous parlé ?

— Lui parler !

Je vis à son émotion combien il ressemblait au
jeune homme timide qui arrivait l'année dernière à
Strasbourg sous le nom de Robert d'Autrey; lequel
jeune homme se trouvait presque mal à la pensée
d'aborder une femme. Cela me fit rire.

— Vous vous moquez de moi, dit-il tristement, cela
me fait peur doublement : j'avais un service à vous
demander.

— Quel service ? parlez, mon cher, je suis tout à
vous.

— Je sais que vous avez soupé avec Florine et que
vous avez passé la journée d'hier ensemble, vous
êtes donc bien avec elle ?

— Mais oui.

— Hé bien ! parlez-lui de moi; dites-lui que je suis
fou d'elle, que j'en perds la tête, que je l'adore.

— Jolie ambassade.

—Si vous saviez comme je suis malheureux, vous ne me repousseriez pas; d'ailleurs, si vous avez de l'amitié pour Florine, j'ose dire que ce ne serait pas un mauvais service à lui rendre, elle aura en moi un esclave qui l'aimera bien et lui fera une vie heureuse, je vous le jure.

Ce rôle de confident me parut amusant à jouer, j'acceptai.

—Quand la verrez-vous ?

—Tout de suite, je vais monter à sa loge; demain, en sortant du cours, je vous ferai savoir ce qu'elle m'aura répondu.

A la politesse avec laquelle me répondit le concierge du théâtre, je vis que j'avais été bien recommandé.

Je trouvai Florine dans sa loge en train de se passer une patte de lièvre sur la figure.

—Ah ! enfin, s'écria-t-elle, vous voilà, avez-vous été malade ? je voulais aller chez vous.

Elle me dit cela avec tant d'intérêt et des yeux si touchants que j'en fus tout ému.

—J'ai été souffrant, dis-je pour cacher mon embarras, mais ce n'est rien, je voudrais vous parler... sérieusement.

—Sérieusement ?... — elle me regarda longuement, — ici ce n'est pas possible. Voulez-vous venir ce soir chez moi, après le théâtre ?

En même temps une voix cria dans l'escalier :

—On va commencer le deuxième acte.

—Il faut que je vous quitte, dit Florine; à ce soir; puis, se penchant à mon oreille : Attendez-moi devant ma porte, nous entrerons ensemble; si cela vous est égal, déguisez-vous pour qu'on ne vous reconnaisse pas, j'ai des propriétaires très bégueules.

VI

Rentré chez moi, je me déguisai comme Florine me l'avait demandé : je pris un bonnet de martre que j'enfonçai jusque sur mes yeux, je m'enveloppai dans un caban, et, à mes pieds, par-dessus mes bottines, je mis de gros chaussons fourrés.

A onze heures et demie, j'étais devant sa porte; à minuit moins un quart, je la voyais arriver : mon déguisement me servit, car dans un homme qui la suivait de loin, je reconnus Paul Haxo.

Elle ouvrit vivement sa porte et, me prenant par la main, elle me fit entrer.

— Pas de bruit, dit-elle à voix étouffée.

Mais la recommandation était superflue, je marchais comme un ombre impalpable.

— Des chaussons, dit-elle, c'est parfait.

Et, me tenant toujours par la main, elle me guida dans l'escalier, qu'une mauvaise veilleuse éclairait fort mal.

Sa chambre est au premier étage; lorsque nous fûmes entrés, elle commença par raviver un brasier de charbon de terre qui se consumait à l'étouffée et elle alluma une bougie. Je vis alors que sur la table était servi un souper : une assiette de viande froide et une terrine de pâté.

— Avant tout, dit-elle gaiement, nous allons commencer par souper, après nous causerons.

— Je n'ai pas faim.

— Pour me tenir compagnie.

Tandis qu'elle mettait mon couvert, trottinant joyeusement par la chambre, je me débarrassai de mon accoutrement ridicule.

—Pourquoi diable m'avez-vous imposé cette mascarade ?

—Pour qu'on ne vous reconnaisse pas et aussi pour qu'on ne vous entende pas sortir : demain on dirait que j'ai renvoyé un monsieur à deux ou trois heures du matin, ce n'est pas la peine.

Ce fut seulement plus tard que je me rappelai que les chaussons étaient de mon invention; donc cette réponse n'était pas sincère.

Nous nous mîmes à souper.

—On est mieux ici que dans le break, n'est-ce pas ? dit-elle.

—Mais non.

Ce mot m'échappa involontairement.

—Vous le regrettez donc, le break ? dit-elle d'une voix légèrement tremblante.

Il ne fallait pas se laisser aller à ces souvenirs ou tout était perdu.

—Ma chère Florine, dis-je gravement en reculant ma chaise et en fixant mes yeux sur le foyer, car je n'osais la regarder, je vous ai dit que j'avais à vous parler; je me suis engagé, il faut que je m'exécute.

—Vous me faites peur.

—Ce que j'ai à vous apprendre n'est pas bien effrayant. Voici de quoi il s'agit.

Alors, en hésitant, en cherchant mes paroles et toujours les yeux baissés, je tâchai de m'acquitter de ma mission; mais je m'entortillai si bien dans mes phrases, qu'elle resta longtemps sans comprendre.

—Le jeune homme dont il est question, dis-je en terminant, est celui qui, tous les soirs, vous fait remettre un bouquet.

A ce mot, elle se leva d'un bond, courut à une étagère, prit dans un vase un bouquet de camélias rouges, ouvrit brusquement la fenêtre et le jeta dans la rue.

Puis, revenant vers moi :

— Vous ! dit-elle, vous ! Ah ! Robert !

Et elle se cacha le visage entre ses mains.

J'étais très embarrassé, ému aussi.

Tout à coup elle releva la tête et, me regardant en face :

— Voulez-vous donc m'insulter, dit-elle, vous, monsieur d'Autrey ?

Mes regards, mon attitude parlèrent pour moi.

— Non, n'est-ce pas ? Mais alors comment avez-vous pu me parler comme vous l'avez fait tout à l'heure ? Après ce qui s'est passé hier entre nous, vous me parlez d'amour au nom d'un autre !

Elle dit cela d'une voix profonde, douloureuse, brisée, et des larmes, de vraies larmes, grosses et rondes, coulèrent sur ses joues.

Je n'avais pas pensé que notre entretien tournerait ainsi, je me trouvai mal à mon aise : si je n'avais pas d'amour pour Florine, j'avais au moins de la sympathie, une sympathie vive et tendre; je ne pus pas résister à ses larmes; sans trop savoir ce que je faisais, je lui pris la main et l'attirai vers moi. Elle ne résista pas.

Nous restâmes ainsi quelques instants, elle pleurant toujours, moi ne sachant que dire : j'étais dans une situation ridicule et ne savais comment en sortir : d'un côté, je voulais être fidèle à la promesse que j'avais faite à Paul Haxo; d'un autre, je ne voulais pas peiner Florine, en même temps je me sentais de plus en plus troublé : mes yeux malgré moi se relevaient sur Florine, et ma main serrait la sienne dans une étreinte qui me brûlait.

Je fis un effort pour me remettre et lui dis que, si je m'étais chargé de la commission de Paul Haxo, c'est parce que je n'étais qu'un pauvre étudiant sans fortune dans l'avenir, sans le sou dans le présent, tandis que lui il était riche.

— Si vous n'étiez pas un enfant, interrompit-elle, si

vous comprenlez ce que vous dites, je me fâcherais;
mais vous, vous êtes un enfant, — elle me regarda
longuement, — un méchant enfant. De l'argent à
moi ! Est-ce que je vous ai parlé d'argent hier ? Est-ce
qu'on vous a dit dans la ville que j'étais une femme
d'argent ? Est-ce que je n'en gagne pas de l'argent
en travaillant ? J'ai mes appointements, je n'ai besoin de rien. Non, Robert, non, ce n'était pas de
l'argent que je voulais de vous.

En parlant, elle s'était encore rapprochée, et sa
main était toujours dans la mienne; à ce dernier
mot, elle appuya sa tête sur mon épaule; je sentis
ses cheveux effleurer mon oreille, et son souffle me
brûla le cou. Je ne fus plus maître de moi; je la pris
dans mes bras.

Vraiment ! c'est un rôle difficile que celui de confident; par malheur, je n'ai appris cela que trop tard.
Si madame Putiphar était jeune et belle, il est certain que Joseph est le personnage le plus étonnant
de la Bible, où l'on trouve cependant une riche col-
lection d'originaux. J'étais certes dans de meilleures
conditions que ce fils de Jacob : le cœur pris par un
puissant amour, la conscience protégée contre toute
faiblesse par un devoir à remplir, et cependant, là
où il a résisté, j'ai succombé.

La femme est véritablement un être bien étrange.
Pourquoi donc va-t-elle toujours à l'homme qui ne
pense pas à elle ? J'aurais fait la cour à madame
Charles, il est à peu près certain qu'elle m'eût mis
à la porte; je reste avec elle parfaitement insensible
et froid, elle me fait comprendre que je n'ai qu'un
mot à dire. Au lieu de m'empresser autour de Florine,
comme tous mes camarades, je me mets dans un
coin, elle vient à moi, par cela seul que je suis dans
un coin, tandis que les autres n'y sont pas; je lui
parle d'amour au nom d'un charmant garçon qui
souffre pour elle, c'est moi qu'elle aime, moi qui ne
l'aime pas.

Et ce qu'il y a de curieux, c'est qu'elle était sincère dans cet amour.

Tant que j'avais été de sang-froid, j'avais pu me conformer à la recommandation de Florine de ne pas faire de bruit, mais le sang-froid et la recommandation furent bientôt oubliés.

Tout à coup on frappa à la cloison de la pièce voisine et une grosse voix se mit à crier :

— Est-ce que vous allez recommencer votre train de la semaine dernière.

A ce mot je regardai Florine, elle baissa les yeux; mais tout à coup, me jetant les bras autour du cou :

— Crois-tu que je t'aime, le crois-tu ?

Il était difficile de répondre non.

— Hé bien, continua-t-elle, que t'importe le reste ? Si tu avais dû sortir d'ici comme tu es entré, j'aurais voulu qu'on ignorât que tu étais venu; mais maintenant que m'importe. Tu sortiras de chez moi à midi, en plein jour, devant tout le monde, comme tu voudras. Tu es mon amant, je t'aime.

Le lendemain, il fallut comparaître devant Paul Haxo.

Je le trouvai à notre rendez-vous, et il me sembla remarquer qu'il était pâle, ses yeux étaient rouges. Que signifiait cette physionomie bouleversée ? Il me l'expliqua lui-même.

— Vous n'avez rien à m'apprendre, dit-il tristement, je sais tout.

— Ah ! vous savez ?...

Et je le regardai, stupéfait de ce qu'il me disait autant que de la façon dont il me le disait. C'était ainsi qu'il prenait les choses, et moi qui me proposais de lui offrir toutes les excuses, toutes les réparations !

— Oui, elle a un amant, continua-t-il, je l'ai vu entrer hier soir chez elle.

— Vous l'avez vu ?

— Une espèce de commis, de paysan, je ne sais

4

trop quoi : il avait un bonnet de fourrure et des chaussons.

J'avoue à ma honte que ces paroles m'enlevèrent un gros poids de dessus le cœur : je ne fus pas soulagé dans ma conscience et dans mes remords, mais je le fus dans mon embarras.

—Ils ont dû se quereller à cause de mon bouquet, continua-t-il, car dans la nuit, comme j'étais resté à me promener devant sa porte, elle a ouvert sa fenêtre et elle a jeté mon pauvre bouquet dans la rue avec un geste de colère. C'est fini, je ne lui en enverrai pas d'autres maintenant; je voulais lui faire plaisir, je ne veux pas lui attirer des désagréments.

J'étais ému; cette parole douce et désolée me faisait payer cher ma faiblesse.

—Vous êtes un brave garçon.

—Je le crois, M. d'Autrey.

—Elle aime un autre homme que vous, renoncez à elle.

—Non. Je le voudrais, d'ailleurs, que je ne le pourrais pas. Vous croyez donc qu'on arrache ainsi l'amour de dedans son cœur, parce qu'un ami vous dit: « Cette femme ne vous aime pas, renoncez à elle. C'est malgré moi que je l'ai aimée, c'est malgré moi que je l'aime et l'aimerai encore. Dites-lui cela de ma part.

—Je le lui dirai, je vous le promets.

—Peut-être l'homme qu'elle aime ne l'aimera-t-il pas toujours; il viendra sans doute un moment où elle sera libre, un moment où elle sera dans la peine, désolée, découragée; dites-lui qu'à ce moment-là elle pense à moi, et que j'irai pleurer avec elle. Voulez-vous me promettre de lui dire cela ?

—Je vous le promets.

—Vous me trouvez bien faible, lâche peut-être. Mais vraiment, puis-je lui en vouloir de ce qu'elle aime un autre que moi qu'elle ne connaît pas ? m'a-t-elle trompé ?

Sans que je puisse m'en défendre, il me prit la main et, après me l'avoir serrée, il me quitta.

Je demeurai stupide, regardant ma main comme si la sienne l'eût marquée d'une flétrissure. Je voulus courir après lui, lui avouer la vérité, me confesser, me mettre à sa disposition.

Mais ce bon mouvement ne fut qu'un éclair. Il y a une fleur sur notre délicatesse, comme il y en a une sur les joues d'une vierge; la mienne s'était ternie sous les baisers de la Florine. Je n'étais déjà plus l'homme de la veille.

Mieux je connus Florine, mieux je m'attachai à elle : ce n'est pas seulement une bonne fille, c'est encore une fille intelligente, à l'esprit fin, plein de gaieté, de ressources, avec un fond naturel de bonne humeur et d'entrain. Auprès d'elle les heures m'étaient plus courtes que ne l'avaient été les minutes auprès de Salomé. Si bien que je ne la quittais jamais sans regret et sans avoir envie de revenir au plus vite. Avec cela un mélange de sentiment et de tempérament, de tendresse et d'ardeur qui fait d'elle une adorable maîtresse.

Chaque découverte que je faisais en elle m'éloignait de madame Obernin. Je jugeais ma passion sentimentale et je la trouvais insensée. Pourquoi m'occuper d'une femme qui avait un mari, un enfant, qui était très probablement un modèle de vertu, et qui, dès lors, ne m'aimerait jamais ? Pourquoi me lancer dans une aventure dont je ne pouvais prévoir ni les différentes phases ni la fin ? En la supposant la plus heureuse, ne serait-elle pas toujours pleine de chagrins, de luttes, de dangers peut-être ? Pourquoi ne pas m'abandonner tranquillement au doux sentiment qui, de jour en jour, me rendait Florine plus chère ? Où trouver une maîtresse plus charmante ?

Je suivais exactement ses représentations, et chaque soir, en sortant du théâtre, je revenais près

d'elle plus épris. Si elle n'est pas une artiste extraordinaire, elle a cependant ce talent rare et difficile d'être le personnage même qu'elle représente.
J'avais ainsi le plaisir d'être l'amant non seulement
de mademoiselle Florine, du théâtre de Strasbourg,
mais encore celui d'Abigaïl, de Manon Lescaut, de
Philiberte. On dit que les hommes qui aiment les
comédiennes ressentent une irritante jalousie à voir
leur maîtresse passer des bras de l'un à l'autre : pour
moi, je n'ai jamais éprouvé ce sentiment, mais plutôt
une satisfaction d'amour-propre en l'entendant applaudir et en me disant : Je suis son amant, c'est
moi qu'elle aime, c'est moi qu'elle préfère à tous. Il
est vrai qu'elle jouait pour moi; elle m'avait fait
placer à l'orchestre, à l'encoignure de l'avant-scène,
et toutes les fois qu'elle pouvait se tourner vers la
salle, ses yeux ne quittaient pas les miens.

Ainsi s'écoula près d'un mois, de la fin de décembre
à la fin de janvier, pendant lequel nous fûmes pleinement heureux : un ciel bleu sans nuages et sans
orages. Je ne pensais plus à madame Obernin.

Un soir, on donnait la *Vie de Bohème*. J'étais à
ma place ordinaire attendant que Florine parût;
c'était la première fois qu'elle jouait le rôle de Mimi,
et nous comptions sur un succès. Tout à coup mes
regards, en errant dans la salle, aperçoivent au premier rang d'une loge madame Obernin et son mari,
et instantanément Florine n'existe plus.

Comme un flot tumultueux, mes souvenirs jaillis-
sent de mon cœur et ils emportent le mois de bonheur que la pauvre fille m'a donné; je ne vois p'us
que madame Obernin, je ne sens plus en moi qu'une
seule impression, celle que madame Obernin m'a
causée en paraissant sur le Broglie.

Ce fut en vain que pendant toute la représentation
Florine se tourna de mon côté. La tête perdue, elle
manqua de mémoire cinq ou six fois et fut exécrable.

J'éprouvai presque de la satisfaction à l'entendre chuter.

A minuit elle arriva chez moi furieuse. Sans savoir sur qui précisément mes regards étaient portés, elle avait vu cependant que c'était sur une femme de la galerie ou des premières loges. Elle voulut une explication, que je refusai d'autant plus durement que tous les torts étaient de mon côté.

Elle n'avait encore ôté que son manteau, elle le remit et partit.

Sans doute elle avait cru que je l'arrêterais, mais j'étais trop soulagé de ce départ pour courir après elle.

Le lendemain, elle m'envoya un mot pour me prier de l'aller voir. Mécontent contre elle, mécontent contre moi, embarrassé aussi, j'y allai à contre-cœur.

La nuit n'avait point calmé sa jalousie : elle reprit l'entretien à l'endroit même où elle l'avait laissé la veille, mais avec plus d'aigreur et d'emportement.

Je n'avais rien à répondre, je ne voulais pas me laisser aller à la colère, je sortis.

Pendant quatre jours, je restai sans la voir.

Enfin, le quatrième jour, je reçus un mot d'elle ne contenant que trois lignes : « Il faut que cela finisse ; si mardi vous n'êtes pas chez moi à minuit, décidé à une explication franche et précise, ne vous en prenez qu'à vous de ce qui arrivera. »

Le mardi, précisément, il y avait bal à la préfecture. C'était la première grande fête que donnait le nouveau préfet ; sans doute madame Obernin s'y trouverait. J'avais une invitation. Que m'importaient les menaces de mademoiselle Florine ?

A dix heures j'arrivais à la préfecture, et à la porte du premier salon j'apercevais madame Obernin, qui faisait son entrée appuyée au bras de son mari.

VII

Depuis six mois je n'avais eu qu'une idée, qu'un désir, — me rencontrer avec madame Obernin dans une maison amie: pour mon rêve, cela renfermait tout un monde d'espérances.

Malheureusement, comme tous les rêves, celui-là avait fait trop bon marché de la réalité, et d'un bond il m'avait porté au but, sautant par-dessus les difficultés de la route: dans cette maison amie, je la verrais tout à mon aise, je lui parlerais, je lui dirais mon amour: quelle joie! C'était parfait. Illusion des amoureux et illusions des pauvres diables, vous êtes bien les mêmes: quand je serai aimé, quand je serai riche. Mais comment vous ferez-vous aimer, comment deviendrez-vous riches?

Avant de me faire aimer de madame Obernin, il fallait commencer par me faire bien accueillir d'elle; naturellement mes rêves n'avaient point pensé à cela, et je dus convenir que ce n'était pas chose si facile.

Je m'étais placé à une dizaine de pas derrière elle, de manière à la regarder sans qu'elle-même pût me voir; c'était une excellente position pour admirer ses épaules sur lesquelles ondoyaient deux grosses mèches de cheveux mêlées aux fleurs rouges de sa coiffure; mais j'aurais pu passer ainsi toute la nuit sans avancer en rien mes affaires: il fallait lui parler; il fallait qu'elle sût que j'étais là.

Je manœuvrai donc pour me trouver en face d'elle, ce qui fut tout un travail, car il fallut déranger une vingtaine de femmes, et si avec un salut et un sourire on apaise les jeunes, les vieilles ne sont pas si faciles; cependant j'arrivai où je voulais : je la voyais en plein visage, je voyais ses yeux, je voyais ses lèvres, je voyais sa poitrine se soulever dans son corsage échancré; mais ce n'était pas tout : maintenant, comment l'aborder? Encore, si j'avais connu ses voisines; mais précisément celle de droite et celle de gauche étaient deux jeunes femmes auxquelles je n'avais jamais été présenté.

Je restai là assez longtemps, cherchant et ne trouvant rien : le seul moyen qui se présentât était de l'inviter à danser, c'était simple et naturel. Mais si elle refusait? Ceux-là seuls sont entreprenants et courageux qui n'ont rien à risquer. Je ne l'aurais pas aimée, j'aurais bravement marché vers elle; je l'aimais, je tremblais et restais en place.

Tout en délibérant ainsi avec moi-même sans pouvoir m'arrêter à rien, je ne la quittais pas des yeux. Ce n'est pas un vain mot que le magnétisme, car bien que je fusse éloigné d'elle d'au moins quatre ou cinq mètres, et pour ainsi dire caché derrière trois gros Strasbourgeois, ses paupières se soulevèrent comme si elles obéissaient à une force étrangère, et son regard, passant par-dessus les groupes qui l'entouraient, traversant l'espace vide qui nous séparait, glissant entre mes voisins, vint se perdre dans le mien. Assurément les oiseaux qui se jettent la nuit sur une lumière ne sont pas autrement attirés.

Durant quelques secondes, nous restâmes les yeux dans les yeux, puis tout à coup une vive rougeur empourpra ses joues, et brusquement elle détourna la tête.

Elle m'avait reconnu pour celui qui, pendant l'été, s'était si obstinément attaché à ses pas, cela n'était pas difficile à comprendre; mais quelle impression avait produite cette brusque reconnaissance? De l'ennui? de la satisfaction? Je n'en savais rien. La seule chose certaine, c'est que, pour elle, je n'étais pas un indifférent.

Je serais probablement resté toute la nuit dans mon embarras et mon indécision, sans le secours que m'apporta le docteur Frost. Pendant que je me répétais pour la centième fois « que faut-il faire ? » je le vis s'approcher de madame Obernin et causer avec elle et ses voisines.

Lorsqu'il les eut quittées pour continuer son voyage de politesse, je l'arrêtai au passage.

— Mon cher maître, tirez-moi donc d'embarras; quelles sont ces dames que vous venez de saluer ?

— Comment ! mon bon Robert, mais vous m'avez fait déjà cette question pour l'une d'elles, il y a huit ou neuf mois, je m'en souviens très bien.

— Madame Obernin, mais les deux autres ?

— Celle de droite est madame Human, sa belle-sœur; celle de gauche, une jeune femme de Schelestadt.

— Eh bien, présentez-moi donc, que je puisse les inviter, je les trouve charmantes.

— Toutes les trois ?

— Toutes les trois.

— Venez.

La présentation se fit, accompagnée de quelques plaisanteries du docteur, qui aimait fort les propos salés, et qui avait bien de la peine à les adoucir pour les jeunes femmes. Qui, de madame Obernin ou de moi était le plus mal à son aise pendant ce temps ? Je n'en sais rien; mon cœur ne battait plus, et madame Obernin était plus rouge que les camélias de sa parure.

L'orchestre jouait le prélude d'une valse; pour échapper à mon oppression, je présentai ma main à madame Human et je l'entraînai au milieu du salon. Jamais je n'avais désiré aussi vivement paraître aimable et spirituel, ce qui fut cause que je fus parfaitement nul et gauche. Cependant, lorsque je ramenai ma valseuse à sa place, j'eus l'intelligence de ne pas inviter immédiatement madame Obernin.

Enfin, j'osai faire ma demande; mais j'étais si ému, si tremblant, qu'elle dut répéter deux fois qu'elle acceptait pour que je comprisse.

Qui m'eût dit le matin que cette heure, que j'avais si ardemment désirée, serait une des plus douloureuses de ma vie m'eût bien étonné; cela fut ainsi cependant.

A peine madame Obernin eut-elle frôlé mon bras que je perdis absolument la direction de ma volonté. J'avais mille choses à lui dire, mon esprit ne put pas joindre deux idées, et tandis que je restais ainsi incapable d'exprimer ce que je sentais, je me jugeais avec une lucidité parfaite et j'avais honte de moi. En même temps, je souffrais horriblement de mon silence : je ne pouvais pas parler parce que les seuls mots qui me vinssent m'auraient rendu ridicule, et je ne voulais pas me taire parce que je comprenais que mon silence me rendrait plus ridicule encore. Je fermai les yeux et de désespoir, je me jetai à la mer :

—Il y a à Strasbourg de bien belles promenades, dis-je avec un enthousiasme joué.

—Elles sont très agréables pour les enfants.

La bataille était engagée, je n'avais qu'à riposter « et pour moi donc », et aussitôt la situation se dessinait. J'eus peur; j'avais trop à risquer pour m'aventurer; je calculai tout ce que ce mot pouvait entraîner, je ne le dis pas.

Je la reconduisis à son fauteuil presque heureux d'être libéré. Mes tourments n'étaient pas finis : toute la soirée les remords me harcelèrent : « J'ai manqué de sang-froid, j'ai manqué d'esprit, j'ai été lâche; il fallait dire ceci, il fallait dire cela... » Et toutes les angoisses d'avoir perdu une occasion qui ne se représenterait peut-être pas de la saison.

Le lendemain, je la rencontrai dans la ville, mais je n'osai pas la suivre comme autrefois, et me contentai de lui faire le salut le plus éloquent possible :

« Je vous adore et j'ai une envie folle de vous accompagner, mais comme en même temps je vous respecte, je me prive de ce bonheur. » Comprit-elle tout cela ? C'est peu probable : il eût fallu que je fusse un mime merveilleux, et mes yeux comme mes gestes, s'ils dirent quelque chose, ne purent parler que de mon embarras.

Le soir, on donnait au théâtre la première représentation des *Noces de Jeannette*. Après les fatigues de la veille, il n'était guère permis de croire qu'elle y assistât; cependant, comme c'était possible, j'y allai. Pendant le vaudeville dans lequel jouait Florine, je montai au foyer et j'aperçus devant la cheminée M. Ritter, le père de madame Obernin, en conversation avec un vieux négociant que j'avais souvent rencontré dans la maison de M. Hummel. En me voyant, celui-ci me fit signe d'approcher et me demanda un renseignement sur un commerçant de Neufchâteau.

— Ce n'est pas pour moi, dit-il, mais pour mon ami, M. Ritter.

Si j'avais été stupide avec la fille, je ne fus pas trop maladroit avec le père. Je n'avais pas les mêmes motifs d'embarras et de malaise. Quoique connaissant parfaitement le commerçant sur le compte duquel on m'interrogeait, je me tins dans des indications assez vagues, mais en promettant de les compléter bientôt; précisément j'avais à écrire à mon père, et soit par lui, soit par mon beau-frère, je pouvais avoir les renseignements les plus sûrs. Aussitôt que j'aurais cette réponse, je m'empresserais de la communiquer à M. Ritter. Là-dessus défense de celui-ci, insistance de ma part; bref, je fais la conquête du brave homme. Et au moment où je le quitte en serrant la main qu'il m'a tendue, je vois entrer sa chère fille au bras de sa mère.

La surprise fut si vive chez madame Obernin, qu'elle ne put pas la dissimuler; elle resta les yeux fixés sur moi, se demandant évidemment comment je m'étais mis sur un tel pied d'intimité avec son père. Ah! madame, je vous en réserve bien d'autres. Je serai l'ami de votre père, de votre mère, de votre mari, de votre enfant, de vos domestiques, de votre chien, si vous en avez un, et finalement, je l'espère bien, le vôtre.

Quatre jours après, je me rendis chez M. Ritter pour lui communiquer la lettre que j'avais reçue de Neufchâteau: je trouvai madame Ritter travaillant dans le bureau de son mari, car ici cela paraît être une habitude générale chez les femmes, et du même coup je commençai la conquête du père et de la mère. Ce sont de braves gens qui, bien qu'ayant passé toute leur vie dans le commerce, ont de la dignité et un certain air de grandeur. Ils prirent pour eux mes amabilités et mes avances, et nous nous quittâmes dans les meilleurs termes.

Et le mari? Il est pourtant assez intéressant dans l'affaire pour que je ne l'oublie pas. Cela est juste. Mais le mari n'est pas en ce moment à Strasbourg, il est resté dans la vallée de la Bruche à faire exécuter des travaux importants pour mettre ses propriétés à l'abri des inondations.

VIII

C'est une étonnante passion que l'amour.

Étonnante pour un homme de vingt ans, je veux dire. Puisqu'on nous donne en philosophie un professeur pour nous expliquer ce que c'est que l'âme, on devrait bien nous en donner un pour nous enseigner les lois de l'amour. L'âme! Combien parmi nous meurent sans savoir s'ils en avaient une, tandis que l'amour, qui n'apprend à ses dépens à le connaître ?

Je rencontre madame Obernin et, pendant six ou huit mois, je ne sais si malgré mon amour je pourrai m'approcher d'elle.

Tout à coup le hasard nous met en présence et, en quelques jours, je vais assez vite pour en arriver à lui faire savoir que je l'aime; sans trop de présomption, je peux tout espérer.

Depuis ce moment jusqu'au jour où nous sommes, près d'une année s'est écoulée, et j'en suis toujours au même point.

Pour être exact, il faudrait dire que j'ai reculé, car en devenant l'ami de cette famille, j'ai naturellement perdu beaucoup de ma liberté d'action et je me suis mis dans une situation difficile.

M. Ritter, le père de madame Obernin, est le type du brave homme, honnête, droit et bienveillant. Heureusement, il a un travers : il ne veut pas être dupe. Pour cela, il outre sa finesse naturelle et prend partout et à propos de tout des airs de diplomate entendu, qui jurent étrangement avec sa bonne figure ouverte. C'est par ce côté faible que je suis entré dans son cœur, c'est en lui disant : « Vous, qui êtes si fin, vous qui ne vous laissez pas tromper. » Tout d'abord, sensible au seul avantage de me mettre bien avec lui, je n'ai commencé à avoir honte de ma flatterie qu'en reconnaissant une à une ses qualités de cœur et de caractère.

Née dans la petite bourgeoisie, pour ne pas dire dans la classe ouvrière, madame Ritter a été prise d'ambition mondaine et nobiliaire quand sa fortune a été faite. Elle a voulu avoir un salon, une cour. La particule qui est à mon nom et l'origine de ma famille ont fait plus pour moi auprès d'elle que des années de roueries. J'ai été poli, empressé comme si elle avait trente ans, je l'ai écoutée sans jamais l'interrompre, je lui ai témoigné la déférence que j'au-

rais eue pour une marquise ou une duchesse : elle
m'a trouvé charmant.

Quant au mari, quant à M. Obernin, si nous nous
sommes liés, ç'a été involontairement. Chose curieuse ! à première vue, nous nous sommes pris
l'un pour l'autre d'une véritable sympathie. De lui à
moi, cette sympathie s'explique, non pas que je pré-
tende être irrésistible, mais tout simplement parce
qu'il ignorait mes sentiments pour sa femme. Mais
que moi aimant la femme j'aille me prendre de tendresse pour le mari, c'est ce qui me parait difficile
à comprendre. Et pourtant cela est, j'ai pour lui, à
l'heure où j'écris ces lignes, une amitié réelle. C'est
ce qu'on appelle un beau garçon; grand, bien bâti,
tête ouverte, démarche décidée, santé de fer dans un
corps moulé pour la statuaire; avec cela une grande
droiture, de la franchise et de la générosité. Assurément ce n'est pas un esprit remarquable, ni même
cultivé, mais ce qui lui manque du côté de l'instruction, il le rachète par la simplicité et la bonté.

Ces facilités, dues à un concours de circonstances
heureuses et aussi, je l'avoue, à une diplomatie peu
honnête, m'ont mis en rapport presque chaque jour
avec madame Obernin. Deux fois la semaine je vais
faire le whist chez son père, où je la vois; le dimanche on se réunit chez elle, et les autres jours
nous nous rencontrons au théâtre, dans les soirées,
dans les concerts, tout cela bien entendu sans parler
des promenades de l'après-midi, promenades pendant
lesquelles je l'accompagne si elle est avec son mari,
ou je la suis de loin si elle est seule avec son enfant.

Il y a dix-huit mois, au commencement de mon
amour, j'aurais supposé qu'une pareille intimité pouvait s'établir entre nous, que j'aurais considéré ma
cause comme gagnée; cependant elle ne l'est pas, et
souvent même je me demande si elle le sera jamais.
L'imagination a des ailes, la réalité traine des semel-
les de plomb.

Quoi d'étonnant à cela, d'ailleurs ? Ne serait-ce pas le contraire qui serait étrange et invraisemblable ? J'entends étrange pour qui connaît madame Obernin.

Honorine est la femme vertueuse par excellence; vertueuse d'éducation, de goût, de tempérament, vertueuse de regard, d'attitude; si je n'avais peur d'être ridicule, je dirais vertueuse de carnation; et pourquoi ne pas le dire : une belle pêche sur l'arbre n'a-t-elle pas quelque chose de virginal et d'immaculé, cela précisément qui charme dans Honorine ?

Comme madame Ritter a passé sa jeunesse à surveiller sa maison de commerce et à aider son mari à faire une grosse fortune, elle n'a pas pu s'occuper de sa fille, et celle-ci en quittant sa nourrice a été mise aux mains d'une gouvernante anglaise qui ne l'a quittée que le jour de son mariage. Or, cette gouvernante, quinzième ou dix-huitième enfant d'un ministre anglican, était une puritaine qui a donné à son élève une éducation austère où la pruderie a tenu une large place.

Comment une femme née avec ces dispositions et élevée de cette manière, ouvrirait-elle son cœur à un amour coupable, surtout alors qu'elle a pour mari un homme excellent, jeune, plein de tendresse et de bonté ?

Que lui donnerait un amant ?

En m'entendant parler ainsi, avec un sentiment si net de la situation, tu dois te demander comment je m'obstine dans ma passion.

Assurément, je suis stupide, ridicule, insensé :

> ... Ma raison me le dit chaque jour,
> Mais la raison n'est pas ce qui règle l'amour.

Et puis, je le confesse, je ne suis pas absolument sans espoir. Oui, Honorine est bien telle que je l'ai dépeinte : vertueuse, heureuse. Mais la Bible nous montre dans Eve une femme qui, elle aussi, était parfaitement heureuse, et qui, cependant, a voulu plus qu'elle n'avait et s'est laissé tenter par l'inconnu. Or, je suis l'inconnu, c'est là ma force, ma seule puissance, mon seul mérite, mais c'est quelque chose. Un jour ou l'autre le ciel bleu fatigue et ennuie, on voudrait des nuages; la chaleur de l'été devient écœurante à la longue, et l'on pense avec plaisir aux ouragans et à la neige. Si cette heure sonne pour Honorine, je serai près d'elle.

Voilà pourquoi je ne me décourage point. J'attends. Par ce qui s'est passé depuis un an entre nous, je sens très bien que si Honorine cède jamais à mon amour, ce sera non dans un élan de passion, mais lentement, petit à petit, après que successivement, elle aura été forcée dans tous ses retranchements, toutes ses défenses.

Peu d'hommes probablement se contenteraient de ma situation, et Parisien comme tu l'es maintenant, habitué aux femmes qui mènent la passion gaiement et vivement, tu dois joliment rire de ces amours bourgeoises qui vont à pas lents comme si elles avaient l'éternité devant elles. Eh bien! ris à ton aise: ne sommes-nous pas des bourgeois, après tout, et, ce qui est bien autre chose, des Strasbourgeois. Quand toi et moi nous aurons quarante ans et que nous nous raconterons notre jeunesse, nous verrons lequel des deux aura les souvenirs les plus doux et les plus vivaces; tu es parti pour faire le tour du monde, moi je n'irai pas plus loin que ma fenêtre, mais l'étude de mon fraisier me donnera peut-être des sensations plus intenses que ne t'en donneront, à toi, tes études de l'univers entier.

En attendant, je conviens que les joies dont j'ai à parler n'ont d'autre valeur que celle qu'il me plaît de leur reconnaître, mais qu'importe? Ce qui ne serait rien pour un homme plus positif est pour moi du bonheur.

Honorine serait ma maîtresse que nous ne pourrions pas mieux nous entendre.

Chaque soir nous nous donnons rendez-vous pour
le lendemain.

— Où irez-vous, que ferez-vous demain?

Et, rigoureusement, elle me donne le programme
de sa journée : « A trois heures, je sortirai de chez
moi; s'il fait beau, j'irai aux Contades, s'il fait mauvais, je me promènerai dans la ville par le Broglie,
la rue de la Mésange, la place Kléber; le soir nous
irons au théâtre. »

Et à trois heures elle est certaine de me trouver
au coin de la rue de la Mésange : nous nous saluons,
nous nous regardons. En entrant au théâtre, son
premier coup d'œil est pour ma place, et son sourire
répond à mon sourire.

C'est moi qui choisis ses toilettes : cela est entre
nous le sujet de longues discussions, et toujours j'ai
la satisfaction de la voir paraître avec la robe ou la
coiffure que j'ai conseillée. Elle ne me dit pas brutalement : « Est-ce bien, suis-je à ton goût? » Mais
son regard ! Elle est heureuse de mon bonheur.

Au jeu, au jeu de famille bien entendu, nous sommes complices, et je l'ai amenée à tricher; quand je
suis près d'elle, je lui passe la carte qui doit la faire
gagner : si je suis loin d'elle, j'écarte celle qui pourrait la faire perdre. Je ne connais pas de plus âpre
plaisir que cette association.

Je règle ses lectures et lui prête les livres que je
veux lui faire connaître. Naturellement, je ne prends
que ceux qui peuvent la pousser plus avant, l'entretenir dans la disposition où je la veux voir : c'est
Raphaël de Lamartine, le *Lys* de Balzac, *Indiana*,
Mariana, le *Rouge et le Noir*, les romans de l'amour,
le nôtre en serait un; cela nous permet de parler
d'amour, sans mettre dans nos entretiens rien de
personnel ou d'intime; en condamnant ou blâmant
les héros de roman, je me fais connaître et j'ap-

prends à la connaître elle-même; surtout je la jette au milieu d'un courant d'idées qui n'aurait pas pris sa source dans son âme tranquille. Je la force à discuter, à admettre des possibilités qui, sans le secours de ces livres, lui eussent toujours paru des monstruosités.

Nous avons une façon de nous tendre la main qui n'est pas celle de tout le monde. Sans doute ce ne sont pas ces serrements, ces étreintes à l'usage des amants; mais par cela seul que notre poignée de main dure un dixième, un vingtième de seconde plus longtemps, c'est tout un ciel de félicité. Lorsque je suis assis près d'elle, mon genou frôle sa robe, et ce simple contact fait passer en moi un courant électrique.

A chaque instant elle cherche à faire briller à mes yeux son talent de musicienne. Elle joue pour moi des morceaux qu'elle a travaillés à mon intention. Elle ne brode pas un œillet qu'elle n'aille chercher son ouvrage et ne me demande mon avis.

Je peux dire sans exagération qu'elle veut me plaire et qu'elle ne laisse échapper aucune occasion de le faire paraître; mais de là à dire qu'elle m'aime, il y a l'immensité.

Peut-être au fond, tout au fond de son cœur, a-t-elle pour moi un sentiment de tendresse qui touche de près à l'amour. Cela est possible; à vrai dire, c'est même ce que j'espère. Mais ce sentiment, elle ne le connaît pas elle-même, et si elle pouvait le voir tel qu'il est, j'en suis certain, il lui ferait horreur. Non, elle n'a pas ouvert les yeux, elle ne sait pas où elle va, où elle est arrivée. Jamais elle ne s'est interrogée sur ses sentiments à mon égard; mes attentions, ma contenance, l'habitude, une sympathie involontaire, le contraste qui existe entre son mari, bon enfant, bon vivant, un peu grossier dans ses goûts, ses manières, ses paroles, et moi, plus affiné, plus délicat, plus jeune, l'ont amené à trahir ses impressions, mais jamais à l'amour.

Voilà pourquoi, tout en ne négligeant rien pour lui montrer que je l'aime, le mot amour n'est pas encore venu sur mes lèvres. Qu'il y monte malgré mes efforts pour le refouler, et il tombera en elle comme la foudre : en jetant l'éclair dans son cœur, il frappera les sentiments de tendresse pour moi qui commençaient à s'y développer. Avant de tenter ce grand coup, il faut attendre qu'ils y aient implanté de solides racines.

De cela, j'ai chaque jour la preuve. Hier elle me montrait des échantillons de robe de bal à la nouvelle mode, avec des rubans d'or et d'argent.

—Cela fera une jolie robe, lui dis-je, mais jamais aussi belle cependant que celle que vous portiez au bal de la préfecture, il y a deux ans, la première fois que je vous parlai. Celle-là, je la vois et la verrai toujours.

Elle était devenue pourpre et sa poitrine se soulevait; un mot de plus eût été de trop, je m'arrêtai.

On ne s'occupe pas d'une femme comme depuis deux ans je me suis occupé d'Honorine sans provoquer l'attention et la curiosité. Un de mes amis m'a dernièrement prévenu, avec forces ménagements, que mon amour était connu de la plupart des jeunes gens de Strasbourg. Depuis longtemps j'étais observé, deviné. Parmi mes camarades ou mes connaissances, il en est qui m'épient depuis quinze ou dix-huit mois, ce qui, soit dit entre nous, ne fait pas honneur à leur perspicacité, car il n'y a qu'à ouvrir les yeux pour voir, je ne le sens malheureusement que trop. On dit tout haut que lorsque dans un bal, dans un concert, sur une promenade, on voit Honorine arriver, on peut être certain de me rencontrer aussitôt, soit en avant d'elle, soit en arrière. On dit aussi qu'Honorine sait parfaitement ce qu'il en est, et que si cela ne lui plaît pas, au moins n'en est-elle pas fâchée.

IX

Un soir, après avoir fait un whist, madame Ritter me dit à l'oreille qu'elle avait besoin de me parler en secret à l'insu de son mari, de son gendre et de sa fille, et qu'elle m'attendrait chez elle le lendemain à trois heures.

Je voulus l'interroger, elle mit la main sur ses lèvres.

Je ne dormis guère de la nuit, car je n'avais pas à me méprendre sur le sujet de la communication annoncée.

Que savait-on ? Tout était là.

Je me rendis chez madame Ritter à l'heure indiquée. En me voyant, le domestique laissa paraître qu'il m'attendait, et il me fit entrer dans le boudoir, dont il referma la porte sur moi. J'avoue que j'étais tremblant; mon cœur, serré dans un étau, ne me laissait pas respirer.

Je trouvai madame Ritter en pleurs. Dès qu'elle me vit, elle se jeta dans mes bras, m'embrassa plus tendrement que ma mère ne m'a jamais embrassé, et me supplia de lui pardonner d'avance tout ce qu'elle allait me dire. Depuis huit jours elle était tourmentée, malade, par la fièvre et l'inquiétude; si j'avais de l'amitié pour elle et pour sa famille, il fallait absolument que je répondisse en toute franchise à ses questions.

Un pareil début était peu fait pour me rassurer : je vis Honorine perdue pour moi.

—Il y a eu hier huit jours, commença madame Ritter, j'ai reçu la visite d'un ami de mon mari : sans qu'il soit, à proprement parler, de notre intimité, il

y a liaison de sympathie et d'estime entre nous;
c'est, d'ailleurs, un des hommes les plus honorables
et les plus considérés de Strasbourg. Il me dit qu'il
venait faire auprès de moi une démarche qui lui
coûtait beaucoup, mais à laquelle il se croyait obligé
d'honneur; cette démarche avait pour but de m'apprendre les propos qui, dans le monde, couraient sur
ma fille; que ces propos il les connaissait depuis quelque temps déjà, mais qu'il y attachait maintenant une
certaine importance, parce qu'ils lui avaient été rap-
portés par plusieurs personnes dignes de foi. Après
cet exorde qui me jeta dans une étrange inquiétude,
il continua en m'apprenant que, dans l'opinion publique, vous passiez pour l'amant de madame Obernin.
Du reste, dit-il, M. d'Autrey fait tout ce qu'il faut
pour accréditer ce bruit, il se vante de sa liaison à
qui veut l'entendre; en plein café, il répète à tous
qu'il est l'amant de votre fille; au théâtre, il en fait
ses beaux bras, il est constamment tourné vers votre
loge et il fait des signes et des coups de tête à
madame Obernin qui paraît lui répondre, ils se sa-
luent, ils se sourient; ils s'arrangent pour se rencontrer partout; M. d'Autrey demeure sur le Broglie
pour attendre que madame Obernin sorte, et la suivre. En un mot, il l'affiche et la compromet.

Je reproduis d'une seule haleine toute cette conversation, la vérité est cependant qu'elle fut souvent in-
terrompue par des mouvements d'indignation de madame Ritter. Elle n'avait pas laissé l'officieux monsieur défiler son chapelet sans protestation, elle m'a-
vait défendu en disant : qu'elle me connaissait trop
pour admettre une seconde que j'eusse parlé de sa
fille comme on le prétendait; que, quoi qu'on inventât,
quoi qu'on fît, jamais on n'entamerait l'affection
qu'elle avait pour moi; que si ces sottes accusations
continuaient, elle ne ferait qu'une chose, elle me
les dirait, et si je répondais qu'elles étaient fausses,

elle avait une telle confiance en mon honneur que sur cette simple parole elle me croirait.

En présence d'une douleur aussi profonde, en écoutant cette brave mère qui pleurait, et qui, malgré les attaques adressées à sa fille, trouvait encore la force de me défendre; en voyant la confiance qu'elle avait en moi, en ma dignité et en mon honneur, le cœur me manqua, et avec la honte, les larmes me montèrent aux yeux.

C'était un mouvement de fierté et de conscience; mais à cette heure ce n'était point de remords et de repentir qu'il s'agissait; il fallait se défendre. Que dire? Au moment où j'ouvrais la bouche pour commencer ma justification, elle m'arrêta:

—Ce n'est pas tout, dit-elle, cette dénonciation ne s'appuyait pas seulement sur des propos en l'air, elle était encore accompagnée d'une lettre anonyme répétant à peu près les mêmes insinuations.

—Vous avez cette lettre?

—La voici.

A la première ligne je reconnus l'écriture de Florine, qui d'ailleurs n'était nullement déguisée. C'était donc d'elle que venait ce coup. C'était sa vengeance.

Cela me donna beau jeu auprès de madame Ritter. Je lui racontai mes amours avec Florine.

A mesure que je parlais, la figure de madame Ritter s'épanouissait. Quand j'eus terminé, elle me prit les deux mains avec effusion.

—Maintenant, dit-elle, me voilà rassurée; ne vous inquiétez désormais de rien, je me charge de tout arranger. La seule chose que je vous demande, c'est de ne point parler de ces bruits à ma fille, elle en mourrait de honte, ni à mon mari, ni à mon gendre; quant à vos relations avec nous, elles resteront ce qu'elles étaient: de la froideur entre nous causerait trop de joie à vos ennemis.

Il y avait là assurément de quoi réfléchir; mais, comme si ce n'était pas assez, un autre danger, auquel je fus exposé quelques jours après cet entretien, vint rendre mes réflexions encore plus pénibles et plus pressantes.

Bien que ne vivant que pour Honorine, je n'ai pas rompu absolument toutes mes relations avec les jeunes gens de mon âge.

Un de ces jeunes gens, qui venait de passer son examen de licence, nous avait invités à un souper d'adieu avant son départ : nous nous trouvâmes une douzaine d'hommes et cinq ou six femmes. On s'était mis à table à onze heures du soir, à quatre heures du matin on y était encore. Comme les femmes ne me disaient rien, je m'étais rejeté sur les liquides, car il ne me convenait pas de faire une figure triste et maussade qui eût été commentée et expliquée. A deux heures j'étais gai, à trois heures j'étais échauffé. J'avais conservé cependant assez de lucidité d'esprit pour entendre et comprendre ce qui se disait autour de moi.

—A qui lègues-tu ta maîtresse ? demanda l'un de nous, s'adressant à notre hôte.

—A personne, elle est honnête. A qui lègueras-tu la tienne quand tu partiras ?

—Et vous, d'Autrey, à qui la vôtre ?

—Vous savez bien que je n'en ai pas.

A ce mot, il y eut une explosion de cris, de rires, de grognements.

—La discrétion est une belle chose, cria au milieu du tumulte celui qui avait demandé à qui notre hôte léguait sa maîtresse; mais, entre nous, c'est de la bêtise. Est-ce que tout le monde ne sait pas que Jobey est l'amant de madame Bourdon, Moine l'amant de madame de Ver, Molh l'amant de madame Vischer, et vous, d'Autrey, l'amant d'une jeune et belle femme dont le nom est sur les lèvres de chacun de nous.

La colère m'emporta :

— Vous êtes tous des brutes ! m'écriai-je, et je jetai à travers la table mon verre qui était plein.

Instantanément il s'éleva un tumulte effroyable; les hommes, les femmes, tout le monde hurlait en même temps. Un officier d'artillerie qui était de notre bande et trois jeunes gens vinrent se ranger auprès de moi.

Ce qui se passa alors, je n'en sais trop rien; seulement, je me souviens qu'après beaucoup de cris, notre hôte parvint à mettre le provocateur à la porte.

Le lendemain nous nous battîmes aux environs de Kelh, et j'eus la chance de ne le blesser que légèrement au bras.

Deux jours après, j'appris que le pauvre garçon était de l'intimité de Florine. C'était donc un piège qu'on m'avait tendu.

Ainsi elle me poursuivait, elle me poursuivrait partout, et si je ne prenais un parti décisif, un jour ou l'autre elle en arriverait à compromettre Honorine. Mais quel parti ? Agir sur Florine, je la connaissais trop pour croire qu'on pourrait l'intimider. Un seul se présentait : donner le change aux soupçons en prenant ostensiblement une maîtresse...

Dans mes parties avec amis ou mes camarades, j'avais souvent rencontré une comédienne, qui joue les Déjazet, et qui est la femme ou la maîtresse de notre ténor, nommé Marnier. Ce fut à elle que je pensai. De toutes les femmes que je connaissais, c'était elle qui me plaisait le mieux, et si je n'avais pas d'amour pour elle, ni même de caprice, elle m'inspirait pourtant une certaine sympathie, et je n'aurais pas été fou d'Honorine, qu'elle m'eût assurément plu.

Résolu à tenter l'aventure, je lui écrivis aussitôt. De ma liaison avec Florine il m'était resté une sorte d'habitude des coulisses; je parvins à lui faire remettre ma lettre par un des coiffeurs du théâtre, ce qui était assez difficile, car Marnier la surveille de près. Elle accueillit parfaitement ma lettre, me dit mon messager; seulement elle se plaignit que je n'eusse pas eu la confiance de signer. Là-dessus je m'empressai d'en envoyer une seconde beaucoup plus catégorique, avec mon nom, mon adresse et la demande d'un rendez-vous. Que m'importait un esclandre! N'était-ce pas en grande partie pour faire parler de mes fredaines, que je m'étais lancé dans cette affaire.

De ce côté, je fus servi à souhait, mon billet tomba dans les propres mains de Marnier. Celui-ci fit un tapage de tous les diables. On lui conseilla de garder le silence; il ne voulut rien entendre, déclara partout qu'il se vengerait de moi, qu'il était là pour défendre sa femme, qu'il la défendrait.

Le bruit devint tel dans la ville qu'il parvint aux oreilles de M. Obernin.

— Ah çà! mon cher, me dit-il, en arrivant un matin, est-ce vrai ce qu'on raconte, que vous allez vous battre avec Marnier?

— Je le crains.

Là-dessus il partit d'un grand éclat de rire.

— Ce diable de Robert, cachait-il étroitement son jeu. Vrai, je ne me doutais de rien. Je me disais bien que vous deviez avoir des amours quelque part; un garçon de votre âge, avec une tournure comme la vôtre, naturellement il faut que ça s'amuse; mais quand je pensais à cela et me demandais qui pouvait bien être votre maîtresse, l'idée ne m'est jamais venue que c'était la petite Marnier. Ah! vous êtes un garçon discret, vous. Mes compliments, vous savez, elle est très gentille, et drôle, je parie qu'elle est drôle au possible; vous me direz ça, hein, monsieur le sournois.

Et les rires recommencèrent. Quelle chose bizarre que la vie. Voici un mari qui m'eût tué si on avait dit que j'étais l'amant de sa femme, et qui trouvait prodigieusement amusant qu'on dît que j'étais l'amant de la femme d'un autre.

L'affaire n'en vint pas à un duel, malgré l'exaspération de Marnier : je payai d'audace. Eut-il peur de se battre, ou, ce qui est plus vraisemblable, craignait-il de se mettre à dos tous les jeunes gens de la ville, je ne sais ; mais ce qu'il y a de certain, c'est qu'il s'apaisa, et je n'entendis plus parler de lui.

Ainsi entravé dans mes idées de conquête par ce concours de circonstances, je le fus encore bien mieux par ce qui se passa entre Honorine et moi à quelques jours de là.

C'était un soir ; j'étais auprès d'elle, debout devant son piano, c'est-à-dire que je tournais le dos à M. et madame Ritter et à M. Obernin, qui faisaient un robber, et, profondément absorbés dans leur jeu, ne s'occupaient pas de nous le moins du monde ; Honorine, assise sur une chaise basse, brodait.

Depuis le commencement de la soirée j'étais gai, enjoué, heureux de ce tête-à-tête, et je continuais avec elle une conversation plus ou moins futile qui m'enivrait doucement non par les paroles que nous échangions, mais simplement parce que ces paroles sortaient de ses lèvres accompagnées de ses gestes, soulignées de son sourire.

Tout à coup elle vint à parler de son prochain départ pour la campagne. Certes, il n'y avait là rien de bien étonnant. Je devais m'attendre à la voir partir bientôt, je m'y attendais même ; mais ce mot : départ, dit au moment où, goûtant les joies de l'intimité à deux, j'étais envolé dans le rêve, me rejeta rudement sur la terre. Je fus frappé brutalement de la manière la plus cruelle et, machinalement, je répétai à mi-voix :

—Vous partez, vous partez donc ?

Là-dessus, elle me fit une réponse que je n'entendis pas, car mes oreilles bourdonnaient.

Elle s'aperçut de mon trouble, et il me sembla la

voir jeter un regard inquiet du côté du groupe des joueurs. Puis elle se mit à parler avec rapidité, à voix presque basse. Pour moi, il m'était impossible d'articuler une parole; je tourmentais un cahier de musique, je le feuilletais, je l'écornais.

Ce qu'elle disait, je n'en sais vraiment rien; j'entendais seulement souvent répétés les mots : mon mari, la campagne, mon enfant. Enfin, étonnée de mon silence, embarrassée aussi de cette étrange situation, elle se remit à son travail, ne le quittant des yeux que pour me regarder.

Cela fut loin de me remettre; l'horrible malaise qui me serrait la poitrine s'augmenta, des larmes me montèrent aux yeux.

Honorine vit mon angoisse, et, étendant vivement la main sur le guéridon qui était à portée de son bras, elle prit son nécessaire à ouvrage, qu'elle ouvrit.

— Tenez, dit-elle, respirez cela.

Puis, me regardant en plein dans les yeux, comme jamais elle ne m'avait regardé :

— Cette bonne odeur de violette vous fera du bien.

Ce mot n'est rien et pourtant il renfermait un monde de félicité, le bonheur, l'aveu le plus doux, la récompense de deux années de soins et d'amours. Quinze jours avant cette soirée, j'avais placé dans ce nécessaire un bouquet de violettes, et depuis je m'étais souvent demandé si elle m'avait vu l'y mettre, et si, l'y trouvant, elle avait su de qui il venait : au moment où je touchais à ce nécessaire et le refermais précipitamment, ses yeux avaient rencontré les miens, mais depuis elle ne m'avait rien dit, rien laissé entendre.

A ce mot un élan de joie me souleva; mon visage prit une telle expression de bonheur qu'elle en fut effrayée, je tremblais, mes lèvres s'agitaient sans former des paroles et mes mains se serraient l'une contre l'autre dans un mouvement d'extase. Elle mit son doigt sur sa bouche pour me recommander le silence et la prudence. Mais j'étais éperdu, j'étais fou.

— Allez donc dans le petit salon me chercher la partition de la *Norma*, dit-elle à haute voix.

Ce petit salon n'est séparé du grand que par un mur percé de deux larges baies. J'étais dans un coin, tâchant de me remettre, lorsque je la vis s'avancer vers moi.

Lorsqu'elle ne fut plus qu'à quelques pas, j'ouvris les bras, mais elle leva la main, et à ce signe, me prosternant devant elle, je pris sa robe que je baisai. Alors, sur mon front, je sentis passer un souffle; de ses lèvres, elle l'avait effleuré.

X

Honorine m'aimait.

Les scrupules et les remords de ma conscience furent emportés dans ce torrent de joie. Le mari, l'enfant, le père, la mère, j'avais pu m'inquiéter d'eux quand je ne me savais pas aimé, mais maintenant? Ne nous faisons pas meilleurs que nous ne sommes, et soyons au moins sincères dans la confession: en balance avec ma passion, ils ne pesèrent pas plus qu'une plume.

Ce n'était pas à comprimer et combattre cette passion qu'il fallait travailler désormais, mais à la faire triompher.

Le temps n'était plus où je redoutais un tête-à-tête avec elle, toujours en garde contre moi-même, de peur qu'un mot, qu'un regard ne me jetât à ses pieds, — elle m'aimait.

En posant ses lèvres sur mon front, elle avait mis l'audace dans mon cœur. Je ne doutais plus de rien, et, en allant chez elle le lendemain de cette soirée, je marchais en vainqueur : volontiers je me serais baissé pour passer par la grande porte.

Que je connaissais peu les femmes, celle-là au moins !

Elle m'accueillit avec un air glacial, les yeux baissés, sans me tendre la main; puis, comme je voulais l'entraîner dans un tête-à-tête, car j'étais éperdu d'inquiétude, fou d'anxiété, ne comprenant rien à ce qui se passait, elle prit place à la table de jeu, elle qui ne jouait jamais. De toute la soirée elle ne m'adressa pas la parole et ne leva pas les yeux sur moi. Furieux, après une heure d'attente cruelle, je me retirai.

Jamais je ne la reverrais, c'était une coquette, elle se jouait de moi.

Cependant, le lendemain, à l'heure habituelle, j'entrais chez elle. Même accueil et même attitude.

Ce fut seulement après quelques jours, quand ma colère commença à s'user, que je compris ce qui se passait dans Honorine.

Elle a eu un moment de vertige; elle a cédé à la tendresse, surtout à la pitié, mais dans cette âme honnête et calme, la raison n'a pas tardé à reprendre le dessus. Alors, j'en suis certain, elle a souffert, elle a eu honte d'elle-même, elle s'est repentie de ce qu'elle regarde comme un crime, et la nuit que je passais dans l'ivresse, elle la passait dans les pleurs et le désespoir. Pour combler la mesure, je l'ai le lendemain abordée en vainqueur : elle m'avait donc donné des droits sur elle !

Assurément, j'avais le droit de parler, j'avais le droit de dire qu'il ne fallait pas s'avancer si loin si c'était pour reculer aussitôt. Néanmoins, je ne parlai pas; pourquoi m'exposer au risque de tout perdre.

Alors commença entre nous une lutte de tous les instants, lutte cruelle pour tous les deux, et qui de ma part ne fut pas toujours loyale; combien de fois, au moment même où j'aurais été heureux de donner ma vie pour Honorine, ne l'ais-je pas traitée plus durement qu'un ennemi mortel !

Je me fis un plan de conduite et je le basai sur le raisonnement suivant : Jamais Honorine ne se donnera librement; je ne l'obtiendrai que morceau par morceau, si l'on peut s'exprimer ainsi; c'est un véritable siège à entreprendre, et, comme dans la vieille tactique, on m'opposera une série de défenses que je devrai enlever méthodiquement les unes après les autres.

Je crois que ce plan était juste, appliqué à une femme aussi peu passionnée qu'Honorine, mais il ne pouvait pas y avoir de supplice plus atroce que son exécution; juges-en.

Aussitôt que j'eus compris à quelles causes je devais attribuer la froideur et la retenue d'Honorine, mon premier soin fut de la rassurer : je redevins l'amant respectueux, soumis, timide et malheureux que j'avais été au premier mois de nos amours, malheureux surtout, car la compassion, je le sais, est toute-puissante sur son cœur; elle ne peut pas voir souffrir.

Cette attitude, car ce n'était qu'une attitude, c'est-à-dire de l'hypocrisie, il faut bien appeler les choses par leur nom, réussit à souhait : Honorine, rassurée, ne se tint plus sur ses gardes.

Alors je commençai l'exécution de mon plan en lui demandant un souvenir : un souvenir après un baiser, c'était singulièrement se rabaisser; mais pour avancer désormais, il fallait revenir sur le chemin parcouru et partir d'assez bas pour ne point l'effrayer.

Naturellement elle refusa. Quel besoin d'un gage matériel? Qu'ajouterait-il de plus à ce qui existait? J'insistai, elle me supplia de ne pas la tourmenter; elle me conjura par des paroles si tendres et en même temps si logiques, que j'aurais cédé si je

n'avais pas obéi à une règle fixe. J'attendis une occasion où je serais à peu près seul avec elle. Alors
à son refus j'opposai la prière, et lui présentai cette
faveur que j'implorais comme l'unique récompense
de mon amour.

Précisément, le soir du jour où ceci se passait, il
y avait une grande soirée, à laquelle Honorine assis-
tait, et moi aussi, bien entendu. Mécontent contre
elle, je lui parlai à peine et m'attachai à la femme
d'un colonel d'artillerie qui fait sensation à Strasbourg. Jeune encore, jolie, elle est d'une coquetterie
insatiable, il faut que tous les hommes lui fassent la
cour; avec cela, cependant, elle sait manœuvrer de
telle sorte que sa réputation n'a pas encore reçu de
trop grands accrocs. Futée, curieuse, éveillée comme
une souris, elle m'avait vingt fois tourmenté de questions sur madame Obernin, me prouvant de toutes
les manières qu'elle voulait en savoir sur elle plus
que n'en disait le monde. Cela m'avait mis en garde,
mais ce soir-là ma bouderie contre Honorine me rapprocha de cette femme : je fus empressé, aimable,
attentif, et plusieurs fois je dansai avec elle.

Il arriva un moment où Honorine nous fit vis-à-vis
avec un de mes amis. Je dois dire que je n'avais
pas préparé cette rencontre, mais je l'acceptai.

Soit que ma colonelle voulût montrer à tous que
j'étais devenu enfin l'un de ses esclaves, soit qu'elle
prît plaisir à exciter la jalousie d'Honorine pour voir
où en étaient les choses entre nous, toujours est-il
qu'elle me traita comme si j'avais été son amant déclaré, me parlant bas, se haussant sans cesse à mon
oreille, et riant à tout propos comme une folle. Elle
était arrivée avec un énorme bouquet de violettes
de Parme; pendant le quadrille, le bouquet se des-
serra.

—O mon Dieu, s'écria-t-elle, les fleurs se détachent,
dans cinq minutes je n'aurai plus de bouquet, au
moins gardez-en un souvenir.

Et elle me tendit quelques violettes.

Je restai assez embarrassé, j'avais rencontré les yeux d'Honorine, et son regard avait une expression de tristesse qui me remuait le cœur. Cependant, il fallait se décider, je pris les violettes et les gardai à la main.

—Vous allez les perdre, dit la colonelle, tenez, placez-les avec celles que voici à votre boutonnière.

Là-dessus elle détacha une touffe de fleurs de son bouquet et me la donna.

Une larme mouilla les yeux d'Honorine. Cependant, je pris les fleurs et les mis à la boutonnière de mon habit.

Quand la contredanse fut finie, je voulus m'approcher d'Honorine, mais elle me tourna le dos et se dirigea vers un autre salon. Je la suivis et parvins à la joindre dans une pièce où l'on jouait. Presque de force, je l'entraînai dans une embrasure de porte.

—M'était-il possible de refuser ces fleurs? lui dis-je.

—Je ne sais pas.

—Je vous jure que je méprise la colonelle pour ce qu'elle a fait.

Alors ses yeux se plongèrent dans les miens; et, me tendant la main :

— Prenez cela, dit-elle, et gardez-le.

C'était son mouchoir qu'elle me présentait : fou de bonheur, je le pris d'une main, et de l'autre j'arrachai les violettes de ma boutonnière.

Je piétinais dessus, quand j'aperçus la colonelle qui se dirigeait de notre côté. J'avoue que je n'eus pas le courage de l'affronter. La discussion eût été embarrassante pour moi, et pour Honorine compromettante.

Je me sauvai, emportant son mouchoir.

Ce qui se passa à propos de ce bouquet se renouvela à propos de tout; pendant six ou sept mois, tous les quinze jours nous nous sommes brouillés, et après chaque brouille j'ai obtenu ce que je demandais. Mais chacune de ces faveurs qui, librement accordée, m'eût rempli de joie, me laissait mécontent : peut-on être heureux en amour lorsqu'on raisonne et calcule. Chaque fois que j'avais une bataille à livrer, je partais avec ma leçon dans ma tête. « Je dirai ceci, je ferai cela. » Ce qui plus que tout m'était horriblement pénible, c'était de ne jamais m'abandonner aux mouvements de mon cœur et d'être toujours en garde contre moi-même; car si je cédais à la tendresse ou à la reconnaissance, j'étais certain d'être battu. Ce qui m'était arrivé lorsque j'avais voulu lui remettre ma première lettre, m'avait été un enseignement plus que suffisant.

Nous étions alors dans la saison des bals et des soirées, et assez souvent nous avions l'occasion de nous voir, chez elle, en visite ou bien chez des amis où nous nous rencontrions. Cependant ce n'était point assez pour moi; je voulais lui écrire. Pourquoi ? Pour lui répéter ce que je lui avais dit dans la journée, pour lui achever ce qui avait été interrompu, pour lui écrire enfin et laisser librement causer mon cœur. Toujours elle avait trouvé des raisons pour ne pas prendre mes lettres. Un jour, je la trouvai chez elle sans son mari et sans personne; aussitôt, je voulus lui remettre une lettre que j'avais sur moi : je tenais d'autant plus à la lui donner que j'avais exprimé mes souffrances depuis longtemps contenues et que je la croyais assez éloquente pour enlever tous les obstacles; j'y tenais aussi parce qu'elle était une des pièces principales de mon jeu, et que le moment était venu de la faire marcher. Cela ne me faisait aucun plaisir de violenter Honorine, mais je le devais à ma tactique.

Elle se refusa obstinément à la recevoir, et, comme je l'avais malgré elle posée sur la cheminée, elle voulut la jeter au feu.

— Que voulez-vous qu'elle m'apprenne ? me dit-elle;

que vous m'aimez. Croyez-vous que je ne le sache pas ? Que vous souffrez; croyez-vous que je n'en sois pas malheureuse ? Je vous aime autant qu'on peut aimer.

Je fis un geste pour lui tendre ma lettre que j'avais reprise, car m'étant butté à mon idée, il fallait la faire triompher quand même.

— Autant que je peux aimer, continua-t-elle sans se laisser interrompre; à chaque instant, je suis sur le point de me trahir; mon amour pour vous parle par mes yeux, par mes silences, et il faut que ceux qui nous entourent soient aveuglés pour ne pas le surprendre. Pourquoi voulez-vous ajouter une mauvaise chance de plus à toutes celles qui déjà nous menacent ? N'exigez pas que j'accepte cette lettre, celle-ci en entraînerait une autre, je devrais vous répondre, et demain, dans six mois, dans un an, nous serions découverts : avez-vous pensé que cela pouvait arriver un jour, ah ! mon ami.

Que répondre à de pareilles paroles, lorsque c'est une bouche adorée qui les prononce ? Ah ! que les yeux qu'on aime sont éloquents !

Je ne persistai pas ce jour-là, mais bientôt, furieux contre moi-même, je me fâchai avec Honorine; je ne lui parlai plus, je cessai de la regarder, et, comme dans tous les salons je ne pouvais pas ne pas danser avec elle, je me contentai de lui offrir mon bras et de faire un tour de valse sans lui adresser un seul mot. Bientôt elle commença à laisser paraître son chagrin : elle était abattue, morne et maladive, moi-même j'étais lugubre, et, avec tout le monde, insupportable par mon humeur hargneuse. Les choses en vinrent au point qu'Honorine sentit que la situation était tendue à éclater; j'étais presque fâché avec son père, sa mère et son mari, qui ne comprenaient rien à ce qui se passait. Un soir, au moment de nous quitter, elle me donna en deux mots rendez-vous chez elle pour le lendemain. Je refusai.

—Apportez votre lettre, dit-elle, je serai seule.

Le lendemain j'étais chez elle, et ne trouvais pas de paroles pour implorer mon pardon. Longtemps nous pleurâmes dans les bras l'un de l'autre. Tous deux nous avions la tête perdue; elle me pressait les mains, elle me regardait, et ses larmes recommençaient à couler.

—Pauvre ami, pauvre ami, murmurait-elle sans bien avoir conscience de ses paroles.

Alors je la serrais contre ma poitrine. J'étais éperdu de bonheur, exalté par l'enthousiasme, ivre de ses pleurs que j'avais bus. Elle était anéantie, sans défense, sans volonté contre son amour, enflammée de mon ardeur. Cependant elle eut la force de se dégager.

—Robert, dit-elle, en me repoussant doucement, voulez-vous me perdre à jamais et ne plus me revoir? Je suis en ton pouvoir, épargne-moi.

Ce tutoiement me brûla le cœur; je m'avançais vers elle les bras ouverts, je m'arrêtai.

—Ah! cher enfant, dit-elle, tu aimes une femme indigne de toi et qui n'a pas le courage de sacrifier son honneur à ton amour.

—Veux-tu que je parte?

Quel regard me récompensa de cette parole.

—Non, reste, dit-elle, reste.

Durant assez longtemps, plusieurs minutes, je pense, nous gardâmes le silence, les yeux dans les yeux, transportés dans un monde idéal, divinisés par la passion.

La première elle rompit ce silence.

—Robert, dit-elle, l'heure est solennelle, et c'est en ce moment, qui marquera dans notre vie comme le plus délicieux, qu'il faut nous expliquer, car en ce moment, n'est-ce pas? tu es bien certain que je t'aime. Eh bien, il faut que tu me promettes de ne jamais exiger ce que je ne peux pas t'accorder.

—Qu'ai-je donc demandé? dis-je blessé par cette

précaution qui me semblait être une exploitation de mon enthousiasme.

—Je suis femme, je suis mère, ne me fais pas mourir de honte et de remords. Ah ! pourquoi m'as-tu aimée ? Pourquoi n'as-tu pas aimé une jeune fille digne de ton amour ? Veux-tu prendre l'engagement de prononcer le vœu que je te demande ?

—Ah ! Honorine, à cette heure, quand nous sommes seuls, quand j'ai encore sur les lèvres tes larmes de joie et tes baisers d'amour, c'est toi qui exiges un pareil engagement ?

—Oui, pour t'aimer plus librement de tout mon cœur et de toute mon âme; pour t'aimer à jamais comme nous nous sommes aimés dans les quelques minutes qui viennent de s'écouler.

—Tu le veux, eh bien, cet engagement je le prends.

—Jamais...

—Jamais.

Alors cette femme dont tant de fois j'avais désespéré de me faire aimer, cette femme à l'âme altière, se mit à genoux devant moi et me prenant les deux mains qu'elle embrassa :

—Mon Robert, dit-elle, je t'adore.

XI

Quand on aime une femme et qu'on en est aimé, quand on l'a serrée palpitante dans ses bras, quand on garde brûlant et vivace le souvenir de ses baisers, quand on la voit chaque jour et que chacune des paroles qu'on échange est une parole de tendresse et de passion, chaque sourire une caresse, chaque geste une promesse, quand on a vingt ans, il est difficile, il est impossible de tenir un engagement comme celui qu'Honorine m'avait arraché. Je le sentis bientôt.

Alors commença pour nous une vie affreuse : naturellement nerveux, je devins impressionnable à la moindre chose, irascible pour la plus légère contrariété, je rompis avec presque toutes mes connaissances, particulièrement avec les jeunes gens de mon âge, et n'ayant plus personne à tourmenter, ma mauvaise humeur retomba sur Honorine et sur sa famille. Son père, sa mère, son mari, elle-même, son enfant, je rendis tout le monde responsable de mes tourments.

Pouvais-je rien faire de plus absurde ? Non, assurément. Mais, hélas ! il y a des circonstances où c'est précisément l'absurde, et rien que l'absurde, qu'on choisit. Cela est classique, et depuis le *quos vult perdere* des Latins jusqu'à *l'esprit d'imprudence et d'erreur* de Racine, tous les écrivains l'ont constaté.

Jupiter et le dieu de Joad voulaient-ils me perdre ? J'en doute, car ces dieux devaient avoir mieux à faire; cependant, le résultat de cette étrange conduite fut de me mettre au plus mal avec la famille Ritter et M. Obernin. Honorine m'en avertit, ce qui était inutile, car je ne m'en apercevais que trop.

Mais cet avertissement fut en pure perte, je ne changeai rien à mes manières; j'arrivais chez eux dans les meilleures dispositions, puis, insensiblement, sans en avoir conscience, je m'irritais et je disais ou je faisais quelque sottise. C'était à croire, pour quelqu'un qui m'eût observé, que je voulais me faire fermer ces deux maisons. Que de fois j'ai vu Honorine, les yeux gros de larmes, être obligée de se réfugier dans le coin le plus obscur du salon pour ne pas éclater.

Trois mois de cette existence tourmentée changèrent aussi tristement la pauvre femme; elle pâlit, elle maigrit, et souvent dans le monde j'entendis ses amies s'inquiéter de son état.

—Qu'a donc madame Obernin, disait-on? Adorée de son mari, heureuse dans son enfant, comblée par la fortune, sans une occasion de souci et de chagrin, il n'est pas naturel qu'elle change ainsi.

Souvent c'était la bienveillance qui inspirait ces observations, mais quelquefois aussi elles étaient faites d'un air de discrétion mystérieuse et de pitié protectrice qui voulait laisser supposer bien des choses.

Un soir que j'avais été plus maussade encore que d'ordinaire, Honorine me dit qu'il fallait absolument qu'elle me vît le lendemain, et que, dans l'impossibilité où elle était de me recevoir chez elle, elle me priait de l'attendre dans la Robertsau.

A l'heure fixée, je la vis arriver: elle était extrêmement pâle, ses yeux étaient battus, et ses lèvres sèches annonçaient la fièvre.

—Marchez près de moi, dit-elle, il faut que je vous parle.

—Mais si l'on nous rencontre?

—Eh bien, tant pis pour moi. Ne vous inquiétez pas de cela.

Je fus effrayé de cette exaltation et voulus faire quelques pas en arrière pour m'éloigner; elle me retint.

—Pas de générosité, dit-elle, demain vous me la feriez payer trop cher; je suis venue pour avoir une franche explication, expliquons-nous.

—Expliquons-nous, dis-je avec un air de défi, car le mot «payer», si juste qu'il fût, avait réveillé ma colère.

—Je ne sais pas, dit-elle, quelles raisons vraies dictent votre conduite avec moi, mais ce que je crois comprendre, c'est que vous voulez rompre.

—Rompre!

—J'admets que vous êtes dans une cruelle position et que vous ne puissiez plus la supporter; mais si votre intention est d'en finir, au moins dites-le franchement, ne me torturez pas comme vous le faites depuis trois mois, ne me déshonorez pas. Ah ! Robert, pourquoi m'avez-vous aimée si vous deviez me rendre si malheureuse ? Qu'ai-je fait pour cela ? Pourquoi m'avez-vous poursuivie, pourquoi vous êtes-vous imposé à moi ?

— Vous n'avez pu défendre votre cœur contre l'a-mour, et vous demandez pourquoi je n'ai pas défendu le mien.

— Oh ! oui, coupable, bien coupable. Mais j'ai lutté, combattu, souffert; vous, Robert, en m'aimant, avez-vous vu l'abîme où vous m'entraîniez ?

Ce mot fut prononcé avec un accent si déchirant que je fus pris d'une irrésistible pitié. Je me plai-gnais, je souffrais, j'étais à bout de force, mais elle-même était-elle donc heureuse ? A qui la responsa-bilité de nos douleurs ? Je l'avais rencontrée, elle m'avait plu, et sans réfléchir, sans m'inquiéter d'elle, sans me demander si jamais elle pourrait se donner à moi, je m'étais dit : « Je me ferai aimer de cette belle jeune femme à l'air si calme et si pur. » Et je m'étais fait aimer. Maintenant elle était là devant moi, brisée par son amour, torturée par ses remords, malheureuse femme, malheureuse mère, malheureuse amante.

Nous aurions été seuls dans un salon, je me serais jeté à ses genoux, et une fois encore j'aurais imploré mon pardon, mais dans cette promenade il fallait se hâter; d'un moment à l'autre nous pouvions nous trouver face à face avec des gens de sa connaissance. Quelle preuve d'amour n'était-ce pas déjà que de s'être exposée à ce danger ?

Vivement je me défendis de vouloir rompre et re-jetai tout sur mon détestable caractère.

— S'il en est ainsi, dit-elle, je ne vous demande rien pour moi, car vous avez bien le droit de me faire expier les souffrances que je vous cause; mais je vous en conjure, avec mon père, avec ma mère, avec mon mari, soyez autre chose que vous n'êtes.

— Dans une heure je serai chez votre mère.

Et pour lui donner le temps de prendre les devants, de telle sorte qu'on ne nous vît pas rentrer ensemble dans la ville, je restai à me promener à travers les pelouses de la Robertsau. J'étais léger, dispos, il me semblait qu'elle m'avait réveillé de mon cauchemar. Qu'y avait-il de changé dans notre situation cependant ? Rien assurément. Mais j'étais heureux de cette marque de tendresse, flatté de sa crainte de me perdre, touché de la façon courageuse dont elle avait bravé le danger de ce rendez-vous. Je jouissais du printemps qui commençait, des feuilles vertes, du chant des oiseaux, de la chaleur du soleil, de la senteur des herbes nouvelles; la campagne était belle, le ciel radieux, les enfants qui jouaient sur la prairie étaient charmants, j'avais envie de les embrasser tous.

Il y avait longtemps que je n'avais fait une visite à madame Ritter : elle me reçut froidement. Mais j'étais décidé à ne me fâcher de rien et disposé à tous les mensonges pour rentrer en grâce. Je lui dis que si, depuis quelque temps, ma conduite avec elle et avec son mari avait pu lui paraître étrange, elle avait cependant une explication ; ma position fausse vis-à-vis d'eux, à cause des bruits du monde, m'avait fait croire qu'on me recevait froidement pour en arriver à une rupture; mais la réflexion m'avait montré combien ces craintes étaient absurdes, et je revenais à elle en lui demandant son pardon et aussi celui de M. Ritter.

Les choses reprirent donc leur cours régulier, mais ce fut pour peu de temps : l'égalité d'humeur que je m'imposais ne put pas tenir contre mes contrariétés de chaque jour, et la situation redevint pire qu'avant la tentative d'Honorine; les rares instants où nous pouvions nous voir ne furent bientôt plus employés qu'à nous quereller et à nous brouiller. Çà et là seulement s'ouvraient quelques éclaircies de joie : un serrement de main, un sourire, venaient nous prouver la profondeur de notre amour.

Alors, le mot prononcé par Honorine s'imposa à moi : rompre. Pourquoi continuer cette vie douloureuse pour tous deux ? A quoi bon nous aimer, si notre amour ne pouvait nous apporter que des souffrances ? Quand j'aurais donné toute ma jeunesse à Honorine, que me resterait-il ? A mon âge, n'était-il pas ridicule, n'était-il pas humiliant d'avoir une maîtresse qui n'était pas ma maîtresse ? Si elle n'avait pas la force de se sacrifier à moi, fallait-il que j'eusse toujours la bêtise de me sacrifier à elle ?

Si je ne voulais pas compromettre ma vie entière, il était temps d'ailleurs de prendre un parti. Depuis trois ans que j'étais à Strasbourg, je n'avais littéralement rien fait; mon temps, mon énergie, mon intelligence, tout avait été englouti dans cet amour. Sans doute, c'est une curieuse étude que celle du cœur des femmes; mais quand même je ferais dans cette science les plus intéressantes découvertes, où cela pouvait-il me conduire, si je n'étais pas poète ou romancier ? En attendant, j'avais été refusé à mon dernier examen, et cela autant par ignorance que par des habitudes de suffisance prises dans le monde de traiter les choses légèrement.

Après avoir assez convenablement répondu à mes trois premiers examinateurs, j'arrive enfin au quatrième : celui-là était presque mon ami, c'est-à-dire que nous nous étions souvent rencontrés; je me crois sûr de mon affaire. Il me lit quelques lignes du *Digeste* et me passe le volume. Je lui demande étourdiment ce qu'il veut que j'en fasse. Il me répond de commenter le passage qu'il m'indique.

— Ah bien, lui répliquai-je, je croyais qu'il fallait le traduire, et je vous avoue que je ne comprends le

latin qu'avec de la réflexion et pas ainsi à première
vue.

La foudre fût tombée sur la table, que les examinateurs n'eussent pas été plus stupéfaits. Le professeur
qui m'avait passé le *Digeste*, et qui me voulait du
bien, me dit :

— Monsieur, quand on pense ainsi, on ne le crie
pas tout haut.

Comment me représenter devant ces juges ? Je sais
que Gardenous, le doyen, est exaspéré contre moi, il
a dit que j'étais un sot et un fat et qu'il me ferait payer
mon inconvenance.

Du reste, il n'y avait pas que mon intérêt personnel
et l'égoïsme du moment qui me poussaient à abandonner Strasbourg; l'intérêt aussi d'Honorine l'exigeait, et même plus impérieusement que le mien.

Mon aimable caractère avait à la fin porté ses
fruits; le père Ritter, fatigué de mon humeur, blessé
aussi des propos qu'il entendait, s'était expliqué nettement à mon égard.

Pour me maintenir dans la maison, Honorine avait
été obligée de prendre ma défense et presque de se
fâcher avec ses parents. Elle n'était arrivée à me faire
tolérer qu'en disant que toutes les mesures dirigées
contre moi le seraient en même temps contre elle, et
par là de poser en quelque sorte la question de rupture.

Avec le mari aussi ma situation était difficile. Aux
bruits du monde qui lui étaient revenus, il avait commencé par opposer son bon gros rire.

— Robert, l'amant de ma femme, avait-il dit, ce
serait trop drôle; c'est un garçon intelligent qui ne
s'amuserait pas à avoir la passion platonique que
lui prêtent les bonnes âmes. Voyez-vous un jeune
homme comme lui, plein d'avenir, passer sa jeunesse
à soupirer de loin pour une honnête femme, une mère
de famille ? Mais si cela était, je serais le premier à
l'aller trouver et lui démontrer que c'est absurde. Je

vous en prie, laissez-moi tranquille avec Robert, c'est
mon ami, il restera mon ami.

Mais à la longue cette foi robuste avait reçu des
atteintes. Ma froideur à son égard quand j'étais dans
un accès de jalousie, mon embarras à lui serrer la
main quand, au contraire, j'étais dans un accès de
remords, l'avaient bien souvent étonné, et toujours
sans qu'il pût rien comprendre à ma conduite.

En ces derniers temps il avait surpris plusieurs
fois sa femme en larmes, et un soir — c'était après
une brouille entre elle et moi qui durait depuis quatre
ou cinq jours — il lui avait dit : « Qu'as-tu donc, tu
changes, tu maigris, tu pleures sans cesse; tu finiras
par me faire croire que c'est l'absence de Robert qui
te désole ainsi. » Il commençait à se tourmenter, à
s'inquiéter; de là à trouver et à voir clairement ce qui
crevait les yeux, il n'y avait qu'un pas. S'il le fran-
chissait, c'était la perte d'Honorine.

Pendant plusieurs semaines, je roulai ces réflexions
dans ma tête, ce qui fut loin de me rendre plus aimable avec Honorine; décidé à partir lorsque j'étais loin
d'elle et que je pensais à Paris, décidé au contraire à
rester lorsque je la voyais, car alors j'éprouvais toute
la solidité des liens qui m'attachaient à elle et me
sentais incapable de les briser.

Enfin, j'écrivis à mon père à peu près comme j'aurais joué pile ou face. S'il me permettait d'aller à
Paris, j'irais; si, au contraire, il voulait me laisser à
Strasbourg, je resterais. Par ce moyen, je ne tran-
chais rien moi-même, et c'était le sort qui décidait à
ma place. Cependant, comme tous, tant que nous sommes, nous ne pouvons guère hasarder notre destinée
ou notre argent sans tricher un peu, j'écrivis en même
temps à mon beau-frère pour lui demander Paris.
N'était-il pas temps de me permettre le changement,
et trois années de séjour en province ne m'avaient-
elles pas gagné la capitale ?

La réponse de mon père se fit attendre un mois,

mais un matin elle arriva; elle était accompagnée
d'une lettre du duc de Saint-Nabor.

« Lis cette lettre, me disait mon père, et décide toi-
même ce que tu veux; il s'agit de ton avenir, tu as
maintenant l'âge de te prononcer; en ces temps de
trouble, où la conscience chancelle, je n'ose prendre
la responsabilité de ta destinée. »

Il faut dire que le duc de Saint-Nabor est l'ami
intime de mon père, avec qui, malgré ses grandeurs
et sa fortune, il a toujours entretenu les relations les
plus étroites. Autrefois l'un des c . s du parti légitimiste, il s'est dernièrement rallié au nouveau gouvernement, non par sympathie bien entendu, mais par
intérêt, pour donner des positions à ses quatre fils
et à ses cinq gendres. Pour le renégat comme pour
tous les renégats passés et à venir, le gouvernement
a ouvert à deux battants toutes les portes des grâces
et des faveurs. Le duc n'a qu'à demander pour obtenir, c'est lui qu'on remercie de l'honneur qu'il fait
en manifestant un désir.

En recevant ma lettre, mon père, comme toujours,
embarrassé de prendre une résolution, avait écrit à
son ancien camarade pour le prier de m'appuyer dans
la vie, et c'était à cette demande que le duc répondait.

« Mon cher d'Autrey, de tout temps la France et son
» budget ont été à ceux qui ont eu l'habileté de les
» prendre. Ce n'est pas le suffrage universel qui chan-
» gera cela, au contraire. Mon avis est donc que ton
» fils Robert se fasse de bonne heure la main, c'est-à-
» dire qu'il entre dans l'administration, où je me
» charge de lui faire faire place. S'il a des scrupules
» politiques, je le caserai dans les finances; alors il
» doit venir à Paris. Si au contraire il juge froidement
» les choses, il doit rester à Strasbourg, où il sera
» attaché comme secrétaire à la personne de mon
» gendre, qui dans trois jours sera nommé préfet du

» Bas-Rhin. Mon avis est qu'il ferait bien de rester à
» Strasbourg, où je ne l'oublierai pas.

» Ton vieux camarade,

» NÉRESTAN. »

Rester à Strasbourg, servir ce gouvernement,
jamais. Honorine elle-même ne me conseillerait pas
cette apostasie.

Elle était en ce moment dans la vallée de la Bruche,
à sa maison de Kirnec. Je me mis en route pour aller
lui annoncer ma résolution et lui faire mes adieux.

Le sort avait parlé. J'irais à Paris.

XII

Kirnec, le centre des propriétés de la famille Obernin, est un petit village sur la Bruche, au pied du
Donon, à huit ou dix kilomètres de Mutzig.

A partir de cette petite ville, où l'on quitte les voitures de Strasbourg, la route est très pittoresque; on
longe des coteaux plantés de vignes; çà et là les
champs cultivés s'interrompent; puis, après un escar-
pement de grès rouges égayés par une végétation de
plantes sauvages, ou bien après une immense muraille naturelle coupée à pic, ils reprennent, suspendus,
accrochés au flanc de la montagne, partout où le travail a pu retenir une suffisante quantité de terre vé-
gétale; en contre-bas coule la rivière, au milieu des
prairies, et au loin, en suivant ses détours, la vue
s'étend sur de hautes montagnes boisées; parfois,
dans la confusion du feuillage, se détache une tour
ou un vieux château en ruine.

A la limite du pays de culture et du pays de montagne s'élève Kirnec; d'un côté, les maisons du vil-

lage touchent aux vignes; de l'autre, aux forêts. Sur
une éminence, on aperçoit un grand bâtiment noirâ-
tre, au toit couvert de mousse, moitié ferme, moitié
château. C'est là que demeure M. Obernin, et c'est
là aussi qu'il faut le voir pour le bien connaître.

A Strasbourg, lorsqu'on le rencontre dans un salon
et qu'un habit noir serre son torse développé tandis
qu'une cravate blanche étrangle sa tête sanguine, il
paraît, j'en conviens, un peu grossier; mais à Kirnec,
au milieu de ses domestiques et de ses serviteurs
libre dans ses vêtements de travail, il est à sa place,
le portrait ressort bien dans le cadre approprié à sa
nature et à son caractère.

Pour la première fois, j'eus moi-même conscience
de sa valeur en l'observant donner ses ordres à des
ouvriers qui allaient partir pour le travail. J'étais
entré dans la cour pendant qu'il leur parlait, et comme
il me tournait le dos, j'étais resté derrière un tronc
d'arbre pour ne pas le déranger. Dans son attitude, il
y avait une beauté, dans sa voix mâle une puissance
qui me saisirent; on sentait qu'on était en présence
d'un homme. Entre lui et tout ce qui l'entourait,
nature primitive, montagnes, rochers, arbres sécu-
laires, maisons du vieux temps, chevaux calmes et
solides, paysans placides, instruments de culture, il
y avait une belle et grave harmonie qui plaisait aux
yeux et à l'esprit.

Les ouvriers se dirigèrent vers la porte et M. Obernin se retourna de mon côté. Je sortis de derrière
mon arbre.

— Robert ? s'écria-t-il en m'apercevant, vous ici ? en
voilà une surprise.

Et il vint au-devant de moi, la figure souriante, les
bras ouverts.

En route, je m'étais demandé avec inquiétude comment il me recevrait; il ne m'avait jamais invité à
venir à Kirnec, ma visite ne lui paraîtrait-elle pas
singulière ? Cet accueil me rassura, mais en même

temps il me confirma dans ma résolution de quitter Strasbourg.

— A-t-il un flair, ce Robert, dit-il en me serrant les mains avec effusion, il arrive juste au moment de se mettre à table. C'est ma femme qui va être contente ! Ne nous montrons pas avant qu'on sonne : je parie qu'elle n'est pas habillée, vous comprenez que pour moi tout seul on ne se gêne pas, on reste au lit à lire un tas de romans, *Raphaël*, le *Lys dans la prairie...* dans la *vallée*, je ne sais trop, — un tas d'histoires sentimentales qui m'ont endormi à la troisième page; nous allons la surprendre, ce sera une vengeance.

Il me prit par le bras pour me promener dans les bâtiments d'exploitation qui entouraient la maison. Mais je n'avais guère d'oreilles pour ses explications; son nouveau modèle de scierie, ses fours à cuire les tuyaux de drainage, ses poulinières, ses vaches, ses taureaux, me laissaient parfaitement indifférent; je répondais à tort et à travers par des paroles d'approbation banale et cherchais à prévoir qu'elle allait être la réception d'Honorine. Comment la prévenir de ma résolution ? En particulier, c'était m'exposer à de pénibles émotions, des larmes, des déchirements, et puis pourrions-nous nous voir en particulier ? Devant son mari ? n'y avait-il pas danger qu'elle se trahît ?

La cloche du déjeuner sonna, et M. Obernin m'entraîna vers la salle à manger; Honorine n'était pas encore descendue.

— Entrez là, dit-il en me poussant dans un salon, je veux faire une surprise à ma femme.

Ce jeu me plaisait médiocrement, mais comment m'y refuser : j'étais à peine dans ce salon quand j'entendis le pas d'Honorine et le bruissement de sa robe : ah ! combien était grande encore sa puissance sur mon cœur, mon sang s'arrêta dans mes veines. Il y avait un mois que je ne l'avais vue.

— J'ai une bonne nouvelle à t'annoncer, dit son

mari, M. Ornois arrive de Strasbourg pour passer la journée avec nous.

Ce M. Ornois était un fat insupportable, qui faisait le désespoir du monde strasbourgeois par la façon dont il s'attachait à vous : le matin, il choisissait une victime, et quand il avait mis le grappin dessus, il n'y avait plus moyen de lui échapper.

J'entendis Honorine se diriger vers le salon; mais je n'eus pas la force de l'attendre, je me montrai à la porte.

— M. Robert ! s'écria-t-elle, ah ! quel bonheur !

— Je savais bien que vous lui feriez plaisir, dit M. Obernin, enchanté de sa plaisanterie. Puis s'adressant à sa femme : Si c'avait été M. Ornois, aurais-tu crié quel bonheur ? Quelle mine tu faisais déjà !

On se mit à table. Honorine était pâle d'émotion, ses mains tremblaient; en voulant me passer une assiette, elle la laissa tomber. Cela nous fut une occasion de rire qui arriva fort à propos : il fallait véritablement être aveugle pour ne pas remarquer le trouble d'Honorine et le mien.

Ce trouble et le cri de joie qui s'était irrésistiblement échappé de son cœur avaient chassé loin de moi les motifs de mécontentement que j'avais contre elle. En ce moment, sensible au seul plaisir de la voir, j'oubliai ma résolution de départ et voulus jouir entièrement de l'heure présente. J'étais assis à sa droite et assez près d'elle, car la table, servie seulement pour deux personnes, était petite. J'approchai mon pied pour rencontrer le sien, mais elle recula. Je la regardai, elle détourna les yeux.

Que signifiait cette retenue ? Que s'était-il passé en elle ? Un changement ? des remords ? Quoi ?

En une seconde, les questions se pressèrent dans ma tête; l'impression de joie que j'avais éprouvée en entrant s'effaça, et la colère m'emporta.

— Vous êtes peut-être un peu surpris de ma visite ? dis-je en la regardant.

—Enchanté, mon cher Robert, répliqua M. Obernin, et il y a longtemps que je vous aurais prié de venir passer quelques jours avec nous, si j'avais pensé que vous pouviez vous décider à quitter Strasbourg sans motifs sérieux.

—Ces motifs existent aujourd'hui, et ce sont eux qui ont décidé ma visite.

—Ah bah ! fit M. Obernin avec curiosité.

Honorine ne dit rien, mais ses yeux, qu'elle tenait si obstinément baissés, se posèrent sur les miens avec une dévorante anxiété.

J'étais trop avancé pour reculer ; d'ailleurs, puisque le hasard m'avait offert une occasion, il fallait en profiter : c'était trancher la difficulté dans ses racines.

—Vous savez, dis-je sans oser lever les yeux, que je touche à la fin de ma troisième année de droit, c'est-à-dire que le temps de mon séjour à Strasbourg est sur le point d'expirer.

—Je croyais que vous vouliez faire votre doctorat ? interrompit Honorine.

—Assurément ; mais le ferai-je à Strasbourg ou à Paris ? Jusqu'à présent, la question était posée sans être résolue. J'ai écrit à mon père. Il me laisse libre, seulement, il demande, en même temps que je me déciderai, de choisir la voie que je veux suivre. Or, c'est là l'embarras.

Le déjeuner était interrompu.

Je continuai :

—Avocat, mon père ne désire pas que je me tourne de ce côté, tandis que moi je ne veux pas être magistrat, parce que je trouve que, pour un homme qui a de l'ambition et en même temps de l'honnêteté, c'est une impasse : rester simple juge toute ma vie en respectant ma conscience, je sécherais d'ennui ; avancer en rendant des services au gouvernement, je me brûlerais la cervelle de honte. Mon père, qui connaît mes convictions, a voulu les ménager, et il a tâché de me

trouver une position dans les finances ou l'administration.

—L'administration ! interrompit M. Obernin.

—Vous voulez dire qu'un préfet est plus esclave du
gouvernement qu'un juge. Peut-être. Seulement le
préfet sert ostensiblement le gouvernement, tandis
que le juge ne doit servir que la justice. Il y a là une
distinction qui, au point de vue de la conscience, a
son importance. Mon père l'a compris ainsi, et il a
écrit au duc de Saint-Nabor pour lui demander son
appui. Voici la réponse du duc.

Je lus cette lettre.

—Eh bien, dit M. Obernin quand j'eus achevé, que
décidez-vous ?

—Avec les idées que vous me connaissez, vous
comprenez que je ne peux pas me faire secrétaire
d'un préfet pour devenir préfet moi-même du gouvernement du 2 Décembre.

—Pas du tout, interrompit M. Obernin, je ne comprends pas cela; le gouvernement du 2 Décembre est
aussi celui du 10, et puisque la France l'a reconnu,
vous pouvez bien le reconnaître.

—Entre le reconnaître et le servir, il y a un abîme :
pour moi, le 2 Décembre est la négation du droit,
l'avènement de la force brutale et de la ruse.

—Tout cela, c'est possible, mais il n'en est pas
moins vrai que ce gouvernement a été consacré par
le pays. A mon sens, on peut très bien le servir, quelque opinion qu'on professe, et n'être point pour cela
déshonoré. D'ailleurs, regardez autour de vous : est-
ce que notre ancien préfet n'était pas un orléaniste ?
Notre président n'est-il pas légitimiste ? Et cela n'est
pas spécial à notre pays; où voyez-vous des impé-
rialistes ?

—Je sais qu'en politique vous avez les opinions les
plus larges.

—Je crois avoir celles du bon sens.

—Moi, je n'ai que celles de mes passions. Au reste, sur ce point, je m'en rapporte à madame.

Jusque-là, j'avais parlé en m'adressant à M. Obernin et sans oser lever les yeux sur Honorine. Mais le moment de courage était arrivé, je la regardai en plein visage, et ce fut presque méchamment que je prononçai ces derniers mots : j'étais exaspéré de son silence.

—Je ne connais rien à la politique, dit-elle.

—A la politique, non; mais qui plus haut que vous porte le sentiment du devoir et de l'honneur?

—Ça c'est vrai, dit M. Obernin.

Il y eut un moment de terrible silence, terrible pour elle et pour moi je veux dire, car nous nous comprenions.

Comme elle ne décidait pas, je la poussai à bout.

—Eh bien, madame, prononcez donc.

—En toutes choses, dit-elle lentement et d'une voix vibrante, je crois qu'on doit faire ce que le devoir ordonne, dût-on en mourir.

—C'est madame qui a prononcé; sa voix m'ordonne de quitter Strasbourg, ma visite est une visite d'adieu.

—Je n'ai pas dit cela.

—Cependant.

—Ne querellez pas, dit M. Obernin, vous êtes d'accord; mais c'est égal, vous avez l'un et l'autre une singulière façon de comprendre l'honneur.

Puis, comme il s'était établi un silence gênant pour tous, il le rompit en venant à notre secours.

—Puisque Robert ne connaît pas Kirnec, dit-il, je propose une promenade; je vais faire seller des chevaux; viendras-tu, Honorine, et faut-il commander le tien?

—Assurément, dit-elle; puis, passant à côté de moi, à voix basse, elle ajouta : il faut que je vous parle.

Mais j'étais dans un tel état d'exaspération, que je lui tournai le dos et sortis avec son mari.

Quand nous revînmes de l'écurie, elle était sur le perron en costume pour monter à cheval, la cravache à la main, jupe longue et chapeau à larges bords; je ne l'avais jamais vue ainsi : comme elle était jolie !

En toute autre circonstance, j'aurais manœuvré pour cavalcader auprès d'elle; au contraire, je poussai mon cheval près de M. Obernin, et j'engageai une grande conversation sur le produit et l'aménagement de ses bois. Le chemin était extrêmement rapide, et nous marchions au pas, lui et moi en tête, elle derrière nous.

Après avoir monté à peu près pendant une heure, nous nous trouvâmes au milieu d'une profonde solitude, troublée seulement par le bruit de différentes sources qui s'écoulaient en petits filets tapageurs; dans la terre imprégnée d'humidité s'élevaient de magnifiques futaies aux arbres droits comme des colonnes. Sous leurs ombrages s'étendaient d'immenses tapis de mousse qui, par la déclivité du terrain, semblaient glisser sur nous comme une avalanche de velours vert. Bientôt les arbres furent plus chétifs; puis nous ne rencontrâmes plus que quelques buissons de hêtres, des myrtilles, des bruyères; l'air fraîchit; nous arrivions aux chaumes, autrement dit aux pâturages.

Pendant que M. Obernin s'arrêtait pour regarder l'écoulement d'un petit filet d'eau qui s'échappait d'un caniveau à moitié détruit, Honorine s'approcha de moi et, d'une voix rapide :

— Allez en avant, dit-elle.

Comme je la regardais sans bouger :

— Allez donc !

En même temps, elle donna un coup de cravache sur la croupe de mon cheval. Devant nous s'étendait un vaste carré de gazon coupé çà et là par des mouvements de terrain. Mon cheval prit le galop et Honorine me suivit.

—Vous allez vous casser le cou ! cria M. Obernin.

C'était évident, cependant je n'arrêtai pas; Honorine passa à ma gauche et nos deux chevaux galopèrent nez à nez. Alors, elle tourna la tête de mon côté et, se penchant légèrement :

—Il faut que je vous parle, cria-t-elle, j'irai après-demain à Strasbourg.

—Seule ?

—Seule; à deux heures venez à la maison; ne prenez pas de résolution avant. Maintenant retournons.

Nous prîmes une allure plus tranquille pour revenir auprès de M. Obernin, qui nous gronda et nous appela fous.

Fou, je l'étais assurément, car je ne pouvais joindre deux idées.

De toute la journée, je ne pus voir Honorine seule un instant, et je partis le soir sans avoir échangé d'autres paroles intimes.

—Réfléchissez à ce que nous avons discuté, me dit M. Obernin en me serrant les mains, et croyez-moi, ne quittez pas Strasbourg.

Le surlendemain à l'heure dite, je frappai à la porte d'Honorine, et ce fut elle-même qui vint m'ouvrir, car la maison était abandonnée pendant l'été, les domestiques étant à Kirnec. Elle me conduisit au premier étage dans son petit salon de travail. Dans l'escalier, nous n'échangeâmes pas un seul mot. Jamais je n'avais été aussi ému; l'heure était décisive.

—Tu es seule ?

—Seule. Est-il vrai que vous voulez partir ?

—Je ne puis vivre ainsi. J'ai vingt-trois ans, je t'adore, je meurs.

Elle me regarda longuement jusqu'au fond du cœur.

—Si j'avais été votre maîtresse, vous n'auriez pas quitté Strasbourg ?

—Jamais.

—Vous m'auriez sacrifié vos convictions, votre foi ?

—Ma foi, mon honneur, tout; pour toi, je tuerais.

—C'est vrai ! c'est vrai ! vous le feriez, vous ?

Elle se tut; ses yeux étaient égarés, et machinalement elle prononçait des paroles qui n'avaient aucun sens pour moi.

Après un long moment de silence, elle leva les yeux, sa face était blême, il n'y avait plus de sang dans ses lèvres; elle fit quelques pas vers moi et, d'une voix éteinte :

—Prends-moi, dit-elle.

Je la saisis dans mes bras, mais en rencontrant ses lèvres glacées, la raison me revint.

—Non, dis-je, pas ainsi.

Et je m'éloignai d'elle.

Nous restâmes au moins dix minutes sans échanger une parole ou un regard; mais quelle lutte, quelle lutte terrible dans nos cœurs, elle pour étouffer son honneur, moi pour contenir mon amour !

Enfin, sans oser lever les yeux sur elle, je l'entendis s'approcher; puis, comme un fer brûlant, je sentis sa main dans la mienne.

—Robert... dit-elle faiblement.

XIII

Celui-là m'eût bien étonné qui m'eût prédit qu'Honorine me céderait un jour.

Mais j'aurais assurément traité de fou celui qui m'eût affirmé que je deviendrais à vingt-trois ans secrétaire d'un préfet de l'Empire.

Cependant, me voilà l'amant d'Honorine et le secrétaire intime de M. le comte de Cheylus, conseiller d'État en service extraordinaire, préfet du Bas-Rhin, officier de la Légion d'honneur, etc.

C'est une belle loi que celle des probabilités.

Par sa nature froide, son tempérament réfléchi, son éducation puritaine, le milieu honnête et calme qui l'entoure, Honorine semblait destinée à une vie pure et tranquille, — la voilà ma maîtresse. Par mon esprit indépendant, ma fierté, ma raideur de caractère, mon horreur instinctive pour tout ce qui est concession ou hypocrisie de conduite, je devais me croire condamné à une opposition perpétuelle : — me voilà l'employé d'un gouvernement que je méprisais hier et qu'aujourd'hui je suis honteux de servir.

Je ne pus m'empêcher, lors de ma visite à mon nouveau préfet, de lui faire part de cette dernière réflexion.

Il me regarda un moment avec un fin sourire, puis, me serrant doucement la main :

— Voulez-vous me permettre un conseil, mon cher monsieur d'Autrey, un conseil d'ami ? Ne pensez jamais tout haut ou si vous avez absolument besoin de parler, dites le contraire de ce que vous pensez.

Cette parole me fit étudier mon préfet. Il est certainement le plus jeune des préfets de France. Mais chez les âmes bien nées la faveur, comme la valeur, n'attend pas le nombre des années : gendre du duc de Saint-Nabor, il a eu tous les mérites. En réalité, il en a beaucoup. Personnellement, c'est un homme charmant; joli visage, cheveux blonds frisés, teint rosé; il serait parfait s'il n'avait pas l'air un peu vain et vide, et si une myopie déplorable ne lui faisait pas saluer les murs : hier j'avais posé mon chapeau sur mon parapluie; en passant, il lui a fait un grand salut; assurément, il ne savait pas quel était le monstre qu'il honorait de ses politesses, mais cela lui importe peu : il veut plaire.

Pour en arriver là, il ne néglige rien et n'a pas le moindre scrupule de se faire à première vue le

camarade de son interlocuteur; avec les curés, il
parle d'ornements sacerdotaux et de ménage d'église,
avec les cultivateurs, d'agriculture; avec les militaires, de guerre. Seulement, comme à son besoin d'af-
fabilité se joint un parfait mépris pour ceux qui ne
sont pas de sa naissance et de son rang, il croit
devoir leur tenir un langage approprié à la force
d'esprit dont à vue de nez il les gratifie. Son langage
avec eux est celui des nourrices et des mamans avec
leurs bébés :

« Vilain Charles a fait bobo à son nez, pas beau,
pas beau, Charles. »

Lorsqu'il parle en public il use de la même mé-
thode; il me fait placer à sa droite contre lui, et de
temps en temps il se penche à mon oreille pour me
demander : « Cela va-t-il bien, suis-je assez bête ? »
Si je ne lui réponds pas : « C'est parfait, allez toujours, » il enfile un chapelet de phrases qui n'ont
ni queue ni tête.

Mais où il est tout à fait impitoyable, c'est avec
les maires. Les maires, chacun le sait, sont la plaie
la plus cruelle des préfets : ils arrivent, ils s'impo-
sent, ils causent; on ne peut pas s'en débarrasser.
On annonce un maire à mon préfet.

— Le maire de Wasenbourg, dit-il en bondissant
sur son fauteuil, encore le maire de Wasenbourg.
Il a donc juré ma mort. Ah! le brigand! Jean, tu
es fort, cours dans l'antichambre, prends-moi cet
animal de maire par les épaules, et jette-le dans les
escaliers. Jette-le assez brutalement pour qu'il se
casse.

Jean fait quelques pas vers la porte.

— Arrête; au surplus, puisqu'il est là, qu'il entre.

Le maire arrive : la figure de M. de Cheylus change instantanément; elle était furieuse, elle devient
souriante. Il court au-devant du maire les bras ouverts :

— Mon cher maire, ne parlez pas, je vous en prie,

si votre première parole n'est pas pour me demander quelque chose. Que puis-je pour vous ? Que voulez-vous ? L'impossible, l'absurde, c'est accordé d'avance; comment se porte madame, et les enfants ? Bien, ah ! tant mieux, je suis enchanté. Vous m'amènerez votre fils aîné, je veux le connaître, nous en ferons quelque chose. N'aviez-vous pas quelqu'un de malade dans votre famille ? Non, c'était votre jument. Elle va mieux, enchanté.

En voilà assez, n'est-ce pas, pour montrer quel homme il est; un trait encore cependant et qui le complétera.

—C'est étonnant, me disait-il l'autre jour, comme dans les affaires on perd ce que le vulgaire appelle la notion du juste et de l'injuste : huit fois sur dix, lorsque mon intérêt personnel n'est pas en jeu, je ne sais quelle décision prendre. Heureusement Jean est là.

Ce Jean ainsi élevé à l'emploi de conscience vivante, est le frère de lait du comte : c'est un gros paysan qui, bien que devenu valet de chambre d'un préfet et son homme de confiance, est resté un paysan.

C'est cette qualité de paysan que M. de Cheylus estime en lui; c'est sa droiture primitive, sa bonhomie, sa simplicité.

—C' t'imbécile-là ne sait rien de la vie, dit-il quelquefois, c'est l'homme de la nature, écoutons la nature nous répondre par sa bouche.

Et c'est par le sentiment de M. Jean que se décident quelquefois les affaires les plus graves.

Honorine, en me quittant, était retournée à Kirnec, où elle devait passer deux mois encore. Avant de nous séparer, j'avais voulu lui faire promettre de revenir la semaine suivante et de m'accorder un second rendez-vous. Mais je n'avais pu obtenir d'engagement formel, et devant les pleurs d'une femme qui venait de se sacrifier à mon amour, je n'avais pas ou la force d'insister. J'étais d'ailleurs anéanti par le bonheur, et je ne savais trop ce que je disais, ce que je faisais.

Une nuit de réflexion me fit comprendre que j'aurais au moins autant à lutter pour ce second rendez-vous que pour le premier, et que jamais elle ne me le donnerait librement : une semaine, deux semaines, trois semaines d'attente me prouvèrent la justesse de ce raisonnement.

N'y tenant plus, je résolus d'aller à Kirnee. Une plainte contre le maire de ce village, adressée à la préfecture, me fournit un prétexte à donner à M. Obernin : je venais faire une enquête secrète et officieuse.

L'accueil d'Honorine fut tel que je l'attendais.

— Voulez-vous donc me poursuivre jusqu'ici et ne pouvez-vous me laisser à mes remords ? me dit-elle avec désespoir.

Et pendant toute la journée il me fut impossible de me trouver seul avec elle. Elle avait cru que je repartirais le soir pour Strasbourg. Mais je restai ; je fis traîner mon enquête et gardai quelques personnes à entendre pour le lendemain.

On me donna une chambre qui n'est séparée de celle d'Honorine que par un gros mur, mais qui en même temps, par une disposition particulière de la construction, ne communique pas avec la partie qu'elle habite. C'est-à-dire que pour l'aller voir la nuit, comme je l'avais espéré, il m'aurait fallu descendre dans le jardin par mon escalier, rentrer dans la maison et monter par un autre escalier qui dessert l'aile de bâtiment où se trouvent sa chambre, celle de son mari et celle de l'enfant, — l'impossible.

C'était bien calculé pour se mettre à l'abri. Mais elle avait compté sans les résolutions extrêmes de la passion. Tout le long de la maison règne une corniche en pierre qui forme une saillie large à peu près comme la main. Ce fut par ce chemin impraticable pour les chats que je résolus de gagner son balcon :

j'avais dix-neuf chances pour me tuer, je n'en avais qu'une pour réussir. Elle consistait dans une tige de store qui se trouve entre les deux fenêtres. Si je pouvais atteindre cette tige et m'y cramponner d'une main, il me serait peut-être possible, en marchant sur la corniche, de passer de mon balcon à celui d'Honorine. Une fois là, je parviendrais bien à me faire ouvrir. Mon bras serait-il assez long pour atteindre le store ? Toute la question était donc là. Par malheur, je ne pouvais faire l'expérience avant la nuit.

Je fis traîner la soirée fort tard pour donner le temps aux domestiques de se coucher avant nous.

Pour en arriver là, je déployai une gaîté qui n'était pas dans mon cœur. Honorine me regardait de temps en temps avec inquiétude, se demandant ce que signifiait cet entrain.

Enfin, M. Obernin me conduisit à ma chambre, mais j'avais dépassé le but : il était trop bien éveillé ; je crus qu'il ne se déciderait pas à me quitter.

Enfin, il me laissa. J'étais tellement impatient que je fus obligé de tenir ma montre dans ma main pour me donner la force d'attendre. Lorsqu'une demi-heure se fut écoulée, — un siècle, — j'enjambai mon balcon.

La nuit était noire, mais j'avais bien étudié où se trouvait le store ; suspendu d'une main à la balustrade du balcon, le pied posé sur la corniche, je me collai contre la muraille et m'allongeai tout de mon long. Après avoir tâtonné un moment, mes doigts rencontrèrent la tige de fer, mais ils ne pouvaient que la toucher sans la saisir. Il fallait donc lâcher le balcon d'une main avant d'avoir un point d'appui pour l'autre.

Quoique mes yeux ne pussent pas pénétrer l'obscurité jusqu'au sol, ce qui était fort heureux, car le vertige m'eût probablement entraîné, l'idée me vint que, si je tombais, je n'avais pour me recevoir qu'un perron en grès, c'est-à-dire une mort certaine. Au hasard des amoureux, je lâchai le balcon et me lançai en avant; ma main rencontra la tige, et je pus me retenir au moment même où je me sentais partir à la renverse.

Je n'étais qu'à moitié chemin, heureusement la seconde moitié était plus facile, le balcon offrant une large prise à la main. Je le saisis et l'enjambai.

Avec la sécurité des gens qui habitent la campagne et n'ont point à craindre la curiosité d'un vis-à-vis, Honorine n'avait point tiré ses rideaux. Je la vis aller et venir dans sa chambre, préparant sa toilette de nuit.

Tous les bruits avaient cessé dans la maison, au dehors seulement on entendait un léger bruissement et au loin le murmure des eaux courantes. Fallait-il attendre encore ? Le mari était-il couché ?

Au moment où je me posais cette question, une porte s'ouvrit et il entra dans la chambre de sa femme; il était en pantoufles et à moitié déshabillé.

Une terrible émotion m'étreignit à la gorge; mes dents claquèrent. Je n'avais pas pensé à cela. Je les tuerais.

Il fit quelques tours par la chambre, causant indifféremment sans que j'entendisse ses paroles. Il s'arrêta devant une étagère, prit une petite statuette, la regarda un moment, puis il recommença sa promenade.

Honorine, debout devant une glace, arrangeait ses cheveux.

Sans doute il attendait : toutes les horribles tortures de la jalousie me déchiquetèrent le cœur : mes ongles s'enfonçaient dans mes mains.

Cependant il ne s'en allait pas, et toujours il tournait dans la chambre. Il s'adossa à la cheminée, et il resta à regarder sa femme comme s'il était en contemplation devant elle. Appuyé sur un coude, la poitrine bombée, la taille cambrée, il était vraiment superde ainsi : sa chemise déboutonnée laissait voir son cou musclé. Ah ! c'était bien un homme, il n'y avait pas d'illusion à se faire.

J'aurais avalé de l'huile bouillante, je n'aurais pas plus souffert. Et Honorine de temps en temps se retournait vers lui en souriant. C'était donc pour cela qu'elle m'avait repoussé, la vertu lui était plus facile. Et quand elle était dans mes bras, elle avait vraiment beau jeu à me parler de sagesse. Et le lendemain, quand je la verrais descendre marchant avec mollesse, les yeux battus, pâles, les lèvres blanches, elle me dirait que sa nuit était mauvaise, qu'elle avait pensé à moi, et que mes souffrances dans ma chambre solitaire avaient été les siennes.

Toujours ils parlaient, mais je n'entendais rien. Que disait-ils donc ? Peut-être était-il question de moi.

Tout à coup elle se retourna vers lui et lui fit une belle révérence : elle était prête pour son seigneur et maître.

Il s'avança, la prit dans ses bras et se pencha vers son visage.

Je me sentis mourir, je fermai les yeux.

Quand je les rouvris, je ne le vis plus dans la chambre.

Etait-il donc parti ? Au même instant, j'entendis s'ouvrir une porte. Il revenait.

Il est impossible d'imaginer rien de plus atroce que ces brusques changements qui, dans la même minute, me faisaient passer de la fureur folle à la joie, pour me rejeter instantanément dans la fureur.

Il se dirigea vers un guéridon et se versa lentement un verre d'eau.

J'avais perdu toute idée de prudence et me tenais le visage collé contre la vitre. Il eût regardé de ce côté, tout était perdu.

Il n'y regarda point. Lorsqu'il eut bu son verre d'eau, il se dirigea vers sa femme et lui tendit la main. C'était le moment. Fallait-il les tuer tous deux, ou me tuer moi-même en me laissant tomber sur le perron.

Comme je faisais effort pour repousser ces idées, je le vis me tourner le dos et lentement marcher vers la porte de sortie.

Il partait ! Ah ! quel soulagement ! La sainte femme, qu'elle était charmante !

Longtemps encore elle tourna dans sa chambre, allant d'un meuble à un autre, rangeant ceci, dérangeant cela. Pour qui la connaissait, il était facile de comprendre qu'elle ne pensait guère à se coucher.

Sans être dévote pratiquante, elle était religieuse : elle alla se mettre à genoux sur un prie-Dieu qui était dans un angle de la chambre. Longtemps elle resta agenouillée : je ne la voyais que de dos, mais sa taille qui se tordait, sa tête levée vers le ciel, ses mains jointes, son attitude accablée et suppliante, disaient la ferveur de sa prière.

Enfin, elle se redressa, c'était le moment, je levais la main pour frapper au carreau, lorsque je la vis regarder autour d'elle mystérieusement, puis, prenant une petite clef à son trousseau, elle alla doucement ouvrir un petit bureau, et de dedans un tiroir, sous un amas de lettres, elle tira un morceau de papier ou de carton avec lequel elle revint vers la lampe.

J'étais fort intrigué; mais quand la lumière tomba sur ce morceau de carton, je reconnus un portrait que je lui avais donné deux mois auparavant. Le bonheur me fit perdre la raison; je poussai la fenêtre comme si je pouvais l'ouvrir.

A ce bruit, elle releva les yeux avec épouvante; alors, je frappai doucement deux petits coups contre la vitre. Elle hésita un moment, se demandant quel était ce bruit; puis elle vint à la fenêtre.

Ma face était appuyée contre le carreau. Avant d'arriver elle me reconnut, mais au lieu de m'ouvrir, elle

recula et me fit des signes désespérés pour me repousser.

Je levai la main pour enfoncer la vitre. Elle eut
peur et se décida; mais en même temps des deux
mains elle me retint.

—Va-t'en, dit-elle à voix basse, va-t'en, je t'en
conjure ! c'est une infamie ! Va-t'en.

Sans répondre, je fis, malgré ses efforts, quelques
pas en avant, puis me dégageant de son étreinte, je
marchai vers la lampe et brusquement je l'éteignis.

Alors, revenant vers elle, car mes yeux étaient
mieux que les siens habitués à l'obscurité, je la pris
dans mes bras. Elle voulut se dégager, se défendre,
me repousser; mais je ne lâchai point. Elle se débattit
quelque temps avec force; mais que pouvait-elle ?

Elle était dans mes bras sans vêtements : le feu qui
me brûlait passa en elle; la chair elle aussi trouve
son heure où elle commande et domine.

Trop tôt l'aube blanchit les vitres, et pour nous se
présenta au sérieux la scène de Roméo : — « Veux-tu
donc partir ? C'est le rossignol et non l'alouette. —
C'est l'alouette, la messagère du matin; je dois partir
et vivre, ou rester et mourir. »

C'était elle qui ne voulait pas me laisser partir;
avait-elle peur que cette nuit ne se renouvelât jamais,
ou bien calculait-elle que pour une heure d'ivresse encore, elle n'en aurait ni plus ni moins de remords.

XIV.

Dans cette nuit passée à Kirnec, j'avais obtenu
d'Honorine la promesse qu'aussitôt son retour à Strasbourg, elle m'accorderait un nouveau rendez-vous.

Puis, comme le mot « aussitôt » avait quelque chose
de vague, je voulus préciser cet engagement, et il fut

convenu que ce serait dans les quatre jours de son arrivée. Jusque-là, c'est-à-dire pendant six semaines, je devais faire le mort. Si elle pouvait, elle viendrait me donner une heure en passant, mais elle ne s'engageait à rien.

Elle ne vint pas, et ces six semaines furent l'éternité à passer, mais enfin, heure par heure, jour par jour, elles s'écoulèrent.

Au jour dit, ce qui ne s'était jamais produit, elle rentra de la campagne. Je n'avais plus qu'à attendre la réalisation de sa promesse.

Le soir de son arrivée, elle dînait chez sa mère. Or, toutes les fois que cela avait lieu, elle avait l'habitude de laisser la société réunie au salon, et de venir dans un boudoir qui donne sur la rue. Là, sous prétexte d'être plus tranquille pour faire de la musique, elle s'enfermait et elle avait ainsi la liberté de se placer à la fenêtre et de me regarder circuler dans la rue.

Cela nous donnait à tous deux quelques instants de bonheur. Ceux qui ne comprendraient pas ce bonheur à distance et le trouveraient ridicule n'ont jamais aimé.

Comme il aurait été imprudent de nous voir trop tôt après son retour, il avait été décidé que, quand je saurais son arrivée, je viendrais le soir, vers neuf heures, me promener comme autrefois devant la maison de sa mère.

En entrant dans la rue, je la vis à la fenêtre, non derrière la vitre, comme de coutume, mais penchée en dehors. Aussitôt qu'elle m'aperçut, elle agita son mouchoir d'une certaine manière qui voulait dire qu'elle allait sortir.

A peine à Strasbourg, elle avait déjà hâte de me voir; je me sentis pénétré d'une joie triomphante, et j'oubliai mes six semaines de tourments. Où allions-nous nous rencontrer? Chez elle, sans doute.

Cependant, par prudence, je m'éloignai un peu et m'allai cacher dans une allée obscure vis-à-vis sa rue. Elle pouvait n'être pas seule ; une femme de chambre pouvait l'accompagner... son enfant. Il ne fallait pas qu'on me vît devant la maison de ses parents.

Après quelques minutes d'attente, elle parut.

Elle était seule. Elle marchait avec une inquiétude évidente, semblant interroger la rue, sonder chaque anfractuosité. Au moment où elle arrivait devant mon allée, une porte s'ouvrit dans un magasin en face ; je n'osai pas me montrer et la laissai passer.

Quand je me décidai à sortir, je ne la vis plus. Où donc était-elle ? Malgré le lorgnon que je porte le soir dans ces expéditions pour tâcher de suppléer à mes mauvais yeux, je ne l'aperçus nulle part. Il y avait là quelque chose d'inexplicable. La rue était déserte, mal éclairée par les lumières de quelques rares boutiques ouvertes çà et là.

Où la chercher ? J'avançai de quelques pas au hasard, quand je me sentis saisir le bras. Je me retournai : c'était elle qui, cachée sous une grande porte sombre, me guettait au passage.

Elle était tremblante. Vivement elle prit mon bras qu'elle serra fortement, et nous nous dirigeâmes vers les quais. Son père demeurant rue du Vieux-Marché-aux-Vins, c'était à peu près notre chemin pour gagner la rue de la Nuée-Bleue, c'est-à-dire sa maison, où je croyais qu'elle me conduisait.

Cela se fit sans que j'en eusse bien conscience ; j'étais éperdu de joie.

Elle prononça quelques paroles que je n'entendis pas, je crus qu'elle me disait de la quitter et de la suivre de loin. Je voulus me dégager, elle s'attacha des deux mains à mon bras. La tête perdue, je la serrai contre ma poitrine ; elle me repoussa avec force.

— Marchons, dit-elle à voix basse, il faut que je vous parle.

— Que tu me parles ?

— Oui.

—Eh bien, va devant, je te rejoindrai chez toi.

En effet, plusieurs fois déjà nous avions employé ce moyen : elle rentrait chez elle pendant que son mari était chez M. Ritter, envoyait tous les domestiques en course et m'ouvrait elle-même sa porte.

—Vous ne pouvez pas venir chez moi, la maison est pleine de tapissiers. Marchez près de moi, tout près, il faut que je vous parle.

Que signifiait cette insistance. Que signifiait ce ton inquiet, cette parole haletante ?

—Nous allons nous promener ensemble sur les quais, continua-t-elle. Personne chez ma mère ne me sait sortie, il faut que je rentre bientôt.

—Si l'on nous rencontre ?

—Eh bien, l'on nous rencontrera; perdue un peu plus tôt ou un peu plus tard, qu'importe !

L'inquiétude commença à me gagner : ce n'était pas pour un simple rendez-vous qu'elle s'exposerait à ce danger. Il devait se passer quelque chose de grave.

Nous arrivâmes sur les quais. Ils étaient déserts et sombres. La nuit était par bonheur sans étoiles, et il soufflait par rafales un vent d'ouest qui faisait vaciller le gaz : à dix pas on distinguait mal les objets. Tournant le dos à la gare, aux alentours de laquelle la circulation est toujours active, nous gagnâmes le quai Schœpflin, où il n'y a pas de boutiques. Sans doute il était imprudent de se mettre à la merci d'un passant curieux, mais nous n'avions pas le choix d'un meilleur endroit. Je lui jetai autour du cou mon cache-nez, et pour moi je relevai le collet de mon paletot en baissant mon chapeau sur mes yeux : une voilette noire très épaisse cachait son visage; elle ne pouvait donc être reconnue qu'à sa démarche et à sa toilette.

—Que se passe-t-il ? demandai-je quand nous fûmes arrivés dans un endroit tout à fait solitaire.

—La chose la plus grave, la plus terrible.

—Ton mari ?

—Ce serait peut-être moins affreux. Je suis enceinte.

Entre ma demande et la réponse d'Honorine, mon esprit avait envisagé, tâté, sondé tous les malheurs possibles, tous, celui-là excepté. Je restai stupide et lâchai son bras.

—Je suis enceinte, continua-t-elle, et je ne sais pas qui est le père de mon enfant.

—Ton mari !

—Eh bien !

Pourquoi pas lui ? N'était-il pas son mari ? Quel coup de massue !

—Vous comprenez, reprit-elle, que cet enfant ne verra jamais le jour.

—Que veux-tu donc ?

—Jamais je ne donnerai à mon mari un enfant dont il ne sera pas le père; jamais je n'introduirai dans sa famille un voleur.

—Et s'il est de lui ?

—Et s'il est de toi ?

Pendant quelques instants nous marchâmes côte à côte en silence : elle n'avait pas repris mon bras, et nous avancions tous deux d'un même mouvement, la tête basse; les vagues du canal soulevées par le vent clapotaient contre les quais, le vent gémissait, de gros nuages noirs couraient sur le ciel sombre; autour de nous et en nous, l'effroyable et le lugubre.

—Que veux-tu donc, dis-je, épouvanté autant de ses paroles que du ton avec lequel elle les avait prononcées.

—Mourir.

—Te tuer ?

Follement, et comme si nous avions été seuls dans notre chambre, je la saisis à pleins bras. Sous son voile je sentis son visage inondé de larmes. Mais, dans ces circonstances terribles, elle avait toute sa raison, tandis que je perdais la tête.

—Quelqu'un! dit-elle en se dégageant de mon étreinte.

Deux jeunes gens, en effet, venaient à notre rencontre; lorsqu'ils nous croisèrent, ils se penchèrent pour tâcher de reconnaître les amoureux qui se promenaient à pareille heure et par ce temps; heureusement, déroutés par mes précautions, ils ne persistèrent point.

Cependant, après quelques pas, ils se retournèrent; ils voulaient voir sans doute ce qui allait advenir de cette promenade d'amoureux. Hélas! qu'ils se doutaient peu des sentiments qui nous agitaient.

—C'est pour vous annoncer cette nouvelle, continua Honorine lorsqu'ils se furent éloignés, que j'ai voulu vous parler, et aussi pour vous demander du poison.

—A moi?

—A qui avouer ma honte, si ce n'est à vous? Puisque vous avez eu le courage de me perdre, ayez au moins maintenant le courage de me sauver.

—Mais tu n'es peut-être pas enceinte : tu peux te tromper.

—Je ne crois pas me tromper. Cependant, comme cela est possible, j'attendrai le moment où je sentirai mon enfant.

—Mais c'est épouvantable, ce que tu dis là, c'est monstrueux!

—Pour vous. Et pour moi, donc?

—Quittons Strasbourg, fuyons ensemble, nous nous cacherons, je travaillerai pour toi.

—Abandonner mon mari, mon enfant, ma famille!

—En mourant, ne l'abandonnes-tu pas?

—Oui, mais je ne leur laisse pas un souvenir honteux, un nom méprisé.

—Eh bien, si tu veux mourir, je mourrai avec toi : nous avons été deux pour la faute, nous serons deux pour l'expiation.

—Non, Robert, tu ne mourras pas, car ce serait

me déshonorer, ce double suicide éveillerait les soupçons; il ne serait pas difficile pour les curieux de
trouver la vérité. D'ailleurs, je te laisse une tâche,
une grande tâche à remplir : j'abandonne mon fils,
tu veilleras sur lui; tu seras le seul à savoir pourquoi
il n'a plus de mère, tu le protégeras, tu en feras un
homme.

En disant ces derniers mots, sa voix, qui jusqu'alors
par sa fermeté avait annoncé une résolution implaca-
ble, s'attendrit, elle fut coupée par un sanglot.

Mon cœur était brisé, ma raison chancelait.

—Hâtons-nous, dit-elle, il faut que je rentre. Je
veux un poison sûr, qui ne fasse pas trop souffrir et
ne laisse pas de traces : tu étudieras, tu chercheras,
tu me l'apporteras après-demain soir chez moi. M.
Obernin doit aller passer deux jours à Kirnec; je ferai
sortir les domestiques; tu viendras à huit heures, je
t'ouvrirai la porte.

—Mon Dieu, comme tu dis cela ?

—Crois-tu donc que depuis quinze jours je n'aie pas
tout arrangé ? ma résolution est arrêtée; je sais ce
que je fais, et je le fais parce qu'il n'y a pas pour
moi d'autre issue.

Nous revenions sur nos pas. J'étais littéralement
écrasé, anéanti, sans force comme sans raison.

—Pauvre ami, dit-elle tout à coup, comme si elle
répondait à sa propre pensée, lui qui m'a aimée pour
être heureux; la passion peut-elle donner le bonheur?
Ah ! les poètes !

—As-tu donc oublié notre nuit de Kirnec ?

—J'en meurs, et, c'est lâche à dire, je ne me la
rappelle qu'avec des tressaillements de joie.

Nous allions arriver à l'une des petites ruelles qui
du quai donnent dans la rue du Vieux-Marché-aux-
Vins.

Elle s'arrêta.

—Tu vas me quitter, dit-elle.

Je voulus la retenir.

— Ne parle pas, je t'en prie, interrompit-elle, laisse-moi ma force; peut-être en rentrant va-t-il falloir que j'explique mon absence. Il faudra rire, peut-être chanter : comment répondre, si ma figure est bouleversée ? Après-demain tu me diras tout ce que tu as dans le cœur : tu resteras la nuit.

Je fis un geste.

— Ce sera la dernière. Après, tu ne me reverras plus. Il faudra, jusqu'au moment où j'aurai à exécuter ma résolution, me laisser à Dieu. Donne-moi ta main.

Elle me la prit plutôt que je ne la lui tendis :

— A huit heures après-demain.

Tandis que je restais immobile à la place où elle m'avait laissé, elle s'éloignait à grands pas.

Le jour me surprit dans ma chambre sans que j'eusse pensé à me coucher.

Honorine, si pleine de jeunesse, si heureuse avant de me connaître, morte dans quelques jours ! Pour la première fois je sentis le poids de ma faute; accablé, écrasé sous elle, j'étais comme hébété. Que faire ? C'était le mot que je me répétais à chaque instant. Que faire pour la sauver ? Et je ne trouvais pas; je me levais et marchais par ma chambre, comme si l'inspiration allait me tomber du ciel. Durant des heures entières je restais les yeux fixés sur une fleur de mon papier, tâchant de démêler le fil perdu de mes idées confuses, qui m'échappait aussitôt que je voulais le saisir.

Elle n'avait pas eu une parole de reproche contre moi, et cependant, à qui la responsabilité de la catastrophe par laquelle nous étions emportés ? C'est parce que son âme était plus élevée que celle de toutes les autres femmes que je l'avais aimée, et maintenant, c'était parce que cette âme pure et fière ne s'était point abaissée qu'il fallait mourir.

Mourir ! Se tuer ! Tuer son enfant ! Le mien peut-être ! Le mien certainement. Car elle ne se tuerait pas si elle ne me savait pas son père.

Par moments, il me semblait que mon crâne éclatait et que ma tête se vidait.

Moi, par qui elle allait mourir, je ne saurais jamais comment j'avais été aimé. Sur sa tombe, le doute éternel, pour m'en écarter dans les heures d'angoisse et m'y ramener aussitôt fatalement.

La journée succéda à la nuit, mais que pouvait pour mon âme la lumière fortifiante du jour ?

Machinalement je m'en allai à la Bibliothèque. Je demandai le *Dictionnaire de médecine* et, dans la bibliographie, je cherchai quels livres traitaient des poisons. On me donna Orfila, Devergie. Mais mon esprit était incapable de comprendre ce que je lisais.

Et puis, quand même j'aurais compris les détails scientifiques de ces livres, qui ne sont pas écrits pour le vulgaire, les moyens me manquaient pour me procurer ces poisons terribles qui tuent instantanément.

J'entrai chez quatre ou cinq pharmaciens, et chez chacun je me fis donner une petite fiole de laudanum, sous prétexte de douleurs de dents que je ne pouvais calmer qu'avec des cataplasmes laudanisés.

Les cinq petites fioles réunies en ont formé une assez grande, bien capable, hélas ! de donner la mort.

Elle est là devant moi, sur la table où j'écris, et dans une heure je vais la porter à Honorine, car il est sept heures, et c'est à huit qu'elle m'attend.

Quel rendez-vous !

XV

Si le système de rendez-vous employé par Honorine a l'avantage de nous mettre à l'abri de la curiosité des passants, il a en même temps ses ennuis et ses dangers.

Éloigner à la fois d'une maison trois domestiques n'est point chose commode, surtout lorsque parmi eux se trouve une fine mouche comme la femme de chambre, toujours inquiète de ce qui se passe et se dit autour d'elle, et un badaud comme le valet, qui flâne sans cesse et ne se décide à faire ce qu'on lui a commandé qu'une heure après; lorsqu'ils sont partis tout n'est pas gagné, il faut qu'Honorine m'attende à la porte et reste là derrière le vantail entre-bâillé. Cela a quelque chose de honteux qui nous blesse. De mon côté, il faut que je m'arrange pour ne pas rencontrer les domestiques dans la rue même, et surtout pour ne pas appeler l'attention des voisins.

Heureusement, la maison d'Honorine, qui est un grand hôtel bâti sous Louis XVI, a deux longs murs sombres au rez-de-chaussée en façade sur la rue, et vis-à-vis sont des magasins qui n'ouvrent pas le soir.

Jeudi à huit heures, comme il avait été convenu, j'arrivais devant sa porte : dans quel état de fièvre et d'accablement, ma dernière lettre a pu en donner une faible idée.

A mon angoisse, il y avait cependant un soulagement, j'avais la certitude que nous ne serions pas dérangés.

Le matin j'avais rencontré M. Obernin et il m'avait annoncé qu'il partirait le soir pour Kirnec : il avancerait l'heure de son dîner et il se mettrait en route vers six heures pour passer là-bas deux ou trois jours. Le temps était doux, il voulait pousser activement de grands travaux de drainage qu'il avait entrepris. Le drainage, nouvellement inventé, était devenu sa passion, il ne parlait, ne s'occupait que de cela. Il avait vivement insisté pour m'emmener avec lui. « Je ne connaissais pas les Vosges pendant l'hiver, nous ferions des courses dans la montagne, et peut-être pourrions-nous rester sept ou huit jours : je serais une excuse qui l'empêcherait d'être grondé par sa femme.

Toutes instances de l'amitié contre lesquelles j'avais eu grand mal à me défendre.

Rassuré de ce côté, je m'étais promis d'employer ce rendez-vous à combattre la résolution d'Honorine.

Surpris à l'improviste par sa terrible confidence, je n'avais rien trouvé à lui répondre sur le moment. Mais, seul avec elle, n'ayant d'autre souci que de l'arracher à son funeste dessein, il faudrait que je fusse bien impuissant si je ne trouvais pas des paroles décisives. Et il me semblait que j'en trouverais dans la force de mon amour.

Tout n'était pas dit; tout n'était pas fini. Et le poison que je portais dans ma poche n'en était pas encore sorti. Honorine morte, tuée par moi ! jamais.

Je la trouvai à son poste, c'est-à-dire derrière la porte; en moins d'une seconde je me fus glissé auprès d'elle, et la porte fut refermée. Je voulus prendre sa main. Elle se jeta sur ma poitrine.

Cependant, au lieu de la trouver abattue comme je le croyais, elle avait une légèreté et une souplesse qui m'étonnèrent.

—Montons vite, dit-elle d'une voix qui ne trahissait pas la moindre émotion.

Je la suivis dans un salon du premier étage qui précède sa chambre à coucher. Vivement, lorsque nous fûmes entrés, elle ferma la porte à clef et vint à moi en souriant.

—Ma figure vous étonne, n'est-ce pas ? dit-elle en me regardant. Sauvés, mon ami.

Je demeurai stupéfait, ne comprenant rien à ses paroles et à ses sourires.

—Sauvés ! que veux-tu dire ?

Alors elle m'expliqua que, jusque vers le milieu de la journée de la veille, elle avait gardé la conviction qu'elle était enceinte. Conviction qui, depuis trois semaines, avait été se fortifiant par une série de malaises significatifs; mais dans la nuit même ces symp-

tômes avaient disparu, et elle avait compris qu'elle
s'était trompée.

Je n'ai pas besoin, n'est-ce pas, de parler du sentiment de délivrance et de satisfaction qui me pénétra
pendant ce récit. Mais à peine était-il achevé que je
n'eus plus qu'une idée : Comment était-il possible
qu'elle n'eût pas su de qui était l'enfant dont elle
s'était crue mère ? Le spectre du mari me dansait
devant les yeux, dans l'attitude triomphante qu'il
avait, le soir où je l'avais vu adossé à la cheminée de
Kirnec. Mort, suicide, poison, tout cela était oublié,
emporté ; je n'avais plus qu'une pensée, qu'une souf-
france, la jalousie.

—Tout cela, dis-je, est fort étonnant ; mais ce qui
plus que tout cela me paraît prodigieux, maintenant
que je n'ai plus peur, c'est l'incertitude où tu as pu
rester sur la paternité de cet enfant.

A cette brutale injure, elle releva les yeux et me
regarda si bravement en face que je détournai la tête.

Mais elle n'eut pas le temps de répondre : la porte
cochère, poussée avec violence, se ferma si bruyamment que tous deux en même temps nous nous trouvâmes debout.

—Qui donc est là ?

—Je ne sais pas ; j'ai dit aux domestiques de ne pas
rentrer avant dix heures.

—Mais alors ?

—Ecoutons.

Dans l'escalier on entendait un bruit de pas rapides ;
puis, presque aussitôt la serrure de la porte du salon
grinça. Heureusement, elle était fermée au verrou.

—Honorine, es-tu là ? s'écria une voix impérieuse.

—Mon mari !

M. Obernin ! M. Obernin que nous savions parti
pour Kirnec, où il devait être arrivé à cette heure.
Son départ n'avait donc été qu'une ruse. Alors, que
signifiait son retour ?

Pris à l'improviste, nous restâmes un moment à

nous regarder, à nous interroger, chacun de nous attendant un mot de l'autre.

Comme toujours, ce fut Honorine qui la première retrouva son sang-froid.

Elle me prend par le bras, m'entraîne sans prononcer une parole, me fait traverser le salon, la chambre à coucher, et me pousse dans un cabinet où se trouve un petit escalier en bois conduisant dans une sorte de garde-robe où elle serre ses toilettes de bal. Je monte à tâtons cet escalier, dont les marches craquent effroyablement sous mes pas, et je me cache derrière les robes, que je ramène devant moi. Là, je respire un peu et j'écoute.

Pendant mon ascension, Honorine avait ouvert la porte du salon, M. Quernin était entré.

—Que fais-tu là ?

—Tu vois, je ne fais rien.

—C'est pour ne rien faire que tu as quitté la maison de ta mère à sept heures et demie ? Où sont les domestiques ?

—Ils sont sortis.

—Et tu es restée seule ? Pourquoi faire ? Réponds donc.

—J'étais à mettre de l'ordre dans mes affaires.

—Comment tes affaires ! Depuis quand as-tu des vêtements dans ce salon ? Tout cela est bien étrange. Pourquoi n'as-tu pas fait allumer du feu ? Pourquoi étais-tu enfermée ? Pourquoi ne m'as-tu pas répondu et tout de suite ouvert ?

Toutes ces questions tombaient dru comme grêle; sa voix était irritée, et même jusqu'à un certain point brutale.

—Réponds-moi donc quelque chose ? continua-t-il, parle, parle !

—Je t'ai déjà dit que j'étais occupée à ranger mes robes.

—Ranger tes robes, mais tu as donc été là-haut

avec la bougie. Il ne manquait plus que cela. Eh bien,
je vais voir là-haut.

Je l'entendis pousser violemment la porte du cabinet, les marches de l'escalier craquèrent, derrière mon
rempart de soie je vis la lueur de la bougie monter
au mur. Ce rempart me cachait-il bien ?

Je crus que c'en était fait.

Mais au moment où il allait atteindre les dernières
marches, j'entendis la voix d'Honorine ;

— Si vous montez là-haut avec une bougie, ce n'est
pas le moyen de vous assurer que j'ai laissé tomber
quelque étincelle.

Elle prononça ces quelques mots froidement, naturellement, comme s'il n'avait été question que d'une
simple précaution à prendre contre le feu.

Ah ! l'admirable femme !

M. Obernin s'arrêta, hésita un moment, puis il
redescendit lentement.

— Prends la bougie, dit-il lorsqu'il fut en bas.

— Ce n'est pas la peine, je vais monter moi-même.

Avant qu'il eût répondu, elle s'élança dans l'escalier.

— Je monte avec toi, dit M. Obernin, qui, décidément, persistait dans son idée.

Et j'entendis le bruit du flambeau posé sur une
tablette de marbre.

Maintenant, peu m'importait. Je n'avais qu'à ne pas
faire de bruit, nous étions sauvés.

Tous deux entrèrent dans la chambre, Honorine la
première, M. Obernin restant sur le seuil.

J'avais comprimé les battements de mon cœur, je
ne respirais plus.

L'inspection ne fut pas longue.

— Descends-tu ? tu vois qu'il n'y a rien : vraiment,
c'est à croire que tu me prends pour un enfant.

Il se décida.

Mais sa colère n'était pas calmée, car, lorsqu'il fut revenu dans le cabinet de toilette, il s'écria :

—Vas-tu rester ainsi à me regarder comme si tu rêvais ? Prends ton chapeau, et viens chez ton père : on nous attend.

—Je ne suis pas à mon aise, j'aimerais mieux rester ici.

—Si tu peux marcher, viens.

Il y eut un moment de silence ou plus justement je n'entendis pas ce qui se passait et ce qui se disait, car les bruits ne m'arrivaient que parce que tous deux parlaient assez fort.

Enfin il y eut des mouvements de meubles, puis une serrure claqua : c'était la porte du salon que l'on fermait à double tour.

En prêtant l'oreille et en sortant ma tête de dessous l'amas de robes, il me sembla comprendre qu'ils descendaient l'escalier. Mais presque aussitôt la clef tourna encore dans la serrure du salon. La retirait-on ou bien défaisait-on le double tour ? Qui remuait cette clef ? Honorine ou le mari ? Quelques secondes s'étant écoulées, le bruit sourd de la grande porte m'annonça qu'ils étaient sortis.

Je m'élançai de derrière ma cachette. J'étouffais et j'avais besoin de toute ma raison pour envisager la situation et prendre un parti.

—S'il n'a pas de certitude, pensai-je, il a des soupçons. N'ayant pas de conviction, il n'a pas osé, devant sa femme, pousser loin ses recherches. Mais il ne doit pas vouloir s'en tenir là. La précaution de fermer la porte à double tour est significative. Il faut cinq minutes pour aller chez M. Ritter et revenir; s'il revient, où me cacher ? D'ailleurs, quand même il ne reviendrait pas, où passer la nuit et attendre Honorine ?

Il faut donc partir. Mais comment partir ? Comment sortir si la porte est fermée à clef ? Il faudra sauter par la fenêtre. La rue sera-t-elle déserte ? Si au contraire la porte a été rouverte par Honorine, comment passer par le vestibule si les domestiques sont rentrés ? En tout cas, il n'y a pas de temps à perdre en longues réflexions; il faut agir : les circonstances feront mon plan.

Je cherche la porte. C'est en vain. J'étais désorienté, troublé, et ce qui était fâcheux pour mon expédition, engourdi par la mauvaise position prise derrière les robes. Deux fois je tourne autour des murs et ne trouve pas. Je perds au moins une minute et me mets en fureur contre ma maladresse. Enfin je rencontre l'issue.

Je dégringole plutôt que je ne descends l'escalier. Arrivé dans le cabinet, je me sens encore égaré. En cherchant vivement, je me cogne la tête avec violence à une tablette, et reste un moment étourdi sur le coup.

Le temps s'écoule. Depuis combien de minutes sont-ils partis, je n'en ai pas conscience; beaucoup, il me semble.

Du cabinet je passe dans la chambre, de la chambre dans le salon. Tout palpitant, je mets la main sur la serrure. Au lieu d'être fermée, la porte a été poussée tout contre : elle vient sur moi, me repousse en arrière et me jette contre une chaise qui culbute. La maison entière retentit de ce tapage.

Je reste durant quelques secondes abasourdi; il n'y a plus de précautions à prendre : ma présence est connue, s'il y a du monde dans la maison.

Je m'élance dans l'escalier; deux bougies brûlent sur une table. Mes yeux, accoutumés à l'obscurité, sont éblouis; instinctivement je les ferme, et, instinctivement aussi, je regarde s'il n'y a personne devant moi.

Le silence. Retrouvant plus de calme, je descends l'escalier vivement, mais sans courir.

Arrivé en bas, je vois de la lumière dans la cuisine et j'entends le feu brûler dans la cheminée, avec des pétillements et des éclats, comme si l'on venait d'y jeter à l'instant même des sarments.

La cuisinière est donc rentrée. Me voilà de nouveau arrêté, car, la porte vitrée de l'escalier étant fermée en dehors, il me faut passer par la cuisine.

Eh bien, j'y passerai. Si la cuisinière est là je lui donnerai de l'argent pour qu'elle se taise.

Ai-je de l'argent sur moi ?

Oui, une centaine de francs; pour une fille comme elle, c'est une somme. Mais si elle crie. Tant pis pour elle, je suis résolu à tout.

J'ouvre la porte de la cuisine, personne; j'ouvre la grande porte discrètement, personne dans la rue; je sors et la referme bruyamment, en habitant de la maison.

Puis, comme il est bon d'avoir un alibi, je cours chez madame Charles, que j'ai la chance de rencontrer, et passe la soirée à chanter : comment ? j'ai eu plus d'un chat dans la gorge.

Le lendemain, je n'ose aller chez Honorine, et malgré mes courses dans la ville, je ne la rencontre pas. Mais le soir, au théâtre, je l'aperçois dans sa loge; et à un moment donné, en nous regardant, nous nous laissons aller à un éclat de rire immodéré.

J'aime ce parti pris chez Honorine.

Quant au mari, il ne se doute de rien, et, me voyant à ma place, il vient s'asseoir à côté de moi.

— Ah çà ! diable ! mon cher, comment êtes-vous ici ? dis-je, curieux de savoir qui l'avait ramené brusquement à Strasbourg. Je vous croyais à Kirnec !

— J'étais parti hier soir; mais voilà qu'à une lieue d'ici une roue de mon phaéton casse. Il fallait revenir en ville prendre une voiture. Ce... m'aurait beaucoup retardé; de plus, le temps s'était mis à la gelée, et comme j'allais là-bas faire du drainage, ce n'était plus la peine. Je suis rentré à pied vers huit ou neuf heures, et je ne partirai maintenant pour Kirnec qu'après le dégel.

On jouait Amphitryon, pour les représentations de Samson, de passage à Strasbourg.

Toute la soirée, M. Obernin est resté auprès de moi, et toute la soirée nous avons dit des bêtises. Jupiter prenant la place d'Amphitryon, pendant que celui-ci s'en va-t-en guerre l'a fait beaucoup rire. Le sujet, il faut en convenir, est inépuisable en plaisantes allusions, et il n'y a pas de mari qui s'en prive. C'est à croire que la pièce est pour eux seuls, et qu'ils y trouvent des douceurs que les autres ne voient pas. Tandis que j'étais plus d'une fois assez embarrassé, il riait aux éclats.

Tout cela va le mieux du monde :

> Mais enfin coupons aux discours,
> Et que chacun chez soi doucement se retire,
> Sur telles affaires toujours
> Le meilleur est de ne rien dire.

XVI

Deux paniques comme celles que nous venions d'éprouver coup sur coup — la grossesse et le retour du mari — devaient nous donner à réfléchir.

L'effet de ces réflexions fut déplorable sur Honorine, et lorsque, après avoir laissé passer un certain temps, je parlai d'un nouveau rendez-vous, elle refusa absolument de m'entendre.

— Ce n'est pas lorsqu'on est à peine sauvé du naufrage, dit-elle, qu'on brave de parti pris la tempête. Je viens de voir la mort face à face, et j'en tremble encore.

Je lui dis tout ce qu'on peut dire en pareilles circonstances, mais sans la toucher.

— Vous n'avez donc rien ressenti quand M. Obernin a monté l'escalier du cabinet de toilette ? Moi, je vous ai vu mort et j'ai été pour me jeter à ses genoux. C'est un miracle que je n'aie pas crié la vérité et que j'aie trouvé la force de mentir.

—L'éclat de rire qui a répondu au mien quand nous nous sommes rencontrés au théâtre m'avait fait mieux augurer de ton courage.

—C'était le rire du soulagement, non celui de la bravade.

—Alors, nous ne devons donc plus nous voir seuls en tête-à-tête ?

—Je n'ai pas dit cela, et pourtant ce serait plus raisonnable.

—Jusque-là je l'avais écoutée avec un calme douloureux, mais à ce mot la colère m'emporta.

—Pourquoi ne proposez-vous pas tout de suite de rompre, m'écriai-je, ce serait plus sincère ?

—Non, mais plus sage assurément.

—Ce serait une infamie, voilà tout. Pour n'avoir pas eu de témoins, les paroles par lesquelles vous vous êtes donnée à moi n'en ont pas moins été solennelles : une rupture ne les effacerait ni de votre conscience, ni de la mienne. Vous êtes à moi par l'amour, qui, plus puissant que votre résistance, vous a jetée dans mes bras; par nos joies, nos souffrances, nos souvenirs; par votre faute.

Elle voulut m'interrompre, je continuai malgré elle.

—Je sais ce que vous allez me dire : c'est qu'il n'y a pas de faute que le repentir n'efface. Eh bien, non; cela n'est pas vrai pour vous. Peut-être par le repentir pouvez-vous effacer votre faute envers votre mari; mais pour cela vous devez me quitter; comment alors effacerez-vous votre faute envers moi ? Nous quitterez-vous tous deux, vous enfermerez-vous dans un couvent, pour faire la paix avec Dieu, je le comprends ? Mais non, n'est-ce pas ? Si vous me quittiez, ce serait pour vous rapprocher de votre mari, pour lui faire oublier par une vie de tendresse une heure d'égarement. Eh bien, et moi ? qui me ferait oublier votre amour, qui me consolerait de votre abandon ? Vous avez des devoirs envers lui. N'en avez-vous pas envers moi ?

Elle m'écoutait avec une stupéfaction qui disait clairement qu'elle n'avait pas vu, dans une rupture, le côté que je lui montrais. Elle m'interrompit :

— Je vous ai sacrifié mon honneur, dit-elle indignée.

— Et moi je vous ai sacrifié ma conscience. Pour moi vous avez trahi votre mari. Pour vous j'ai trahi mes croyances et ma foi.

Elle haussa doucement les épaules.

— Mon sacrifice n'est pas l'égal du vôtre ? Sans doute. N'oubliez pas cependant que c'est pour rester près de vous que je me suis fait le serviteur d'un gouvernement que je ne reconnaissais pas, et croyez bien que c'est aussi un supplice pour une âme fière que de mentir chaque jour à ses convictions, que d'applaudir des lèvres à ce qu'on blâme au fond du cœur, que d'agir contre ceux qu'on aime et de préparer leur ruine quand on voudrait aider à leur triomphe. Non seulement cela est cruel, mais aussi cela est mauvais; car ce que je détestais il y a quelques mois, je le supporte aujourd'hui sans colère. Jusqu'où en arriverai-je un jour ? je n'en sais rien : probablement à tous les compromis et à toutes les concessions. Si ce jour-là je n'ai plus votre amour, que me restera-t-il ? Maintenant que je vous ai dit ce que j'avais sur le cœur, si vous croyez toujours que dans notre position une rupture soit le parti le plus sage à prendre, rompez. Vous êtes libre, votre conscience seule est engagée.

C'était dans son salon que cet entretien avait lieu, un jour de réception; à chaque instant, le domestique qui était dans l'antichambre pouvait ouvrir la porte, et pour qu'il ne nous entendît pas, nous étions obligés de parler à mi-voix.

Je me levai pour partir, mais après avoir fait quelques pas, je revins vers elle.

—Rompre par peur, dis-je en la regardant dans les yeux, je vous croyais le cœur plus haut.

Puis, sans ajouter un mot, je sortis. Elle fit un geste pour m'arrêter, mais je ne me retournai même pas.

Malgré cette fière sortie, je rentrai chez moi fort tourmenté. Les paroles d'Honorine n'étaient que trop claires; elle avait peur.

Il n'y a pas d'illusion à se faire, ce n'est nullement une âme passionnée. Elle m'aime, cela est certain, mais elle aime aussi le repos, le calme, la sérénité. D'ailleurs, c'est malgré elle que cet amour s'est développé dans son cœur, et ses efforts tendent à l'arracher. Sentiments de famille, idée de devoirs, principes religieux, honnêteté, pudeur, tempérament, éducation, enfant, tout lutte perpétuellement en elle contre son amour pour moi et le combat.

Elle m'a cédé, elle me cédera encore, mais jamais librement, jamais sans vouloir aussitôt se reprendre. Il en est d'elle comme du buveur qui succombe à sa passion, qui se méprise d'y succomber, et qui chaque jour prend inutilement envers lui-même la résolution de résister: résolution, exécution, combien rarement marchez-vous ensemble!

Lorsqu'on est séparé de ceux qu'on aime, on pense à eux avec enthousiasme, on les revêt de toutes les grâces, de toutes les perfections, l'imagination comme le souvenir les grandissent et les exaltent.

Lorsque je suis loin d'Honorine, ce n'est point ainsi, j'en suis sûr, qu'elle me traite: elle se demande comment elle a pu succomber; elle se le reproche, elle m'accuse, elle me condamne, elle s'excite à la résistance, et elle n'arrive près de moi que bien résolue à me repousser. Mais, sa main dans la mienne, ses yeux dans mes yeux, l'amour parle plus haut que le devoir, et tous ces beaux projets n'ont pas plus de solidité qu'une vapeur de printemps sous un rayon de soleil.

Seulement, pour qu'il en soit ainsi, pour que ce

rayon de soleil produise son effet, il faut une réunion de circonstances qui nous assurent l'isolement et la sécurité; or, comment les faire naître ces circonstances, si Honorine ne me prête pas son concours?

C'était la question que, depuis trois semaines, je me posais avec une inquiétude d'autant plus irritante que je n'y trouvais aucune bonne réponse, lorsqu'un soir le hasard m'offrit une échappée.

Pendant ces trois semaines, nous nous étions rencontrés presque chaque jour, car c'était en pleine saison des fêtes; mais toujours je m'étais renfermé dans une réserve glaciale et j'avais attendu que l'impatience lui fît faire allusion aux graves paroles qui avaient été échangées entre nous. Mais enfin, n'y tenant plus, je rompis le silence.

—Eh bien, lui dis-je, j'espère que vous êtes heureuse?

—Pourquoi heureuse! fit-elle en me regardant, pour tâcher de deviner ce que j'allais dire.

—Comment ne le seriez-vous pas? Nous nous voyons chaque soir, chaque soir vous pouvez me serrer la main, me dire un mot affectueux et vous aller coucher après, tranquille et satisfaite. N'est-ce pas charmant cela?

—Robert, ce que vous dites là est indigne.

—Lequel de nous deux est indigne? Il y a trois semaines j'ai prononcé le mot de rupture, vous vous êtes fâchée. Il ne fallait pas vous fâcher pour le mot si vous étiez résolue à la chose même.

—Je n'ai pas rompu, je n'ai jamais voulu rompre, vous le savez bien, cette querelle est méchante.

—Sans doute vous n'avez pas rompu franchement, vous êtes restée tendre des lèvres, caressante des yeux; vous avez gardé de notre amour juste ce qu'il fallait pour être heureuse, mais sans vous inquiéter de savoir si c'était assez pour me rendre heureux, moi. Tenez, je ne voulais pas vous le dire, mais vous m'y forcez: chaque jour vous m'enlevez mes illusions

sur l'amour; ou bien vous êtes une femme de peu de
cœur ou bien l'amour n'est qu'un mot vide de sens,
bon tout au plus pour les romans, pour les histoires
sentimentales qui parlent de générosité, de dévouement, d'abnégation, de sacrifices.

A ces dures paroles, elle ne répondit rien; mais le
lendemain, je la vis à la préfecture, et elle manœuvra
de manière à pouvoir me parler.

—Vous avez dîné seul, aujourd'hui ? me dit-elle
brusquement.

Que signifiait cette interrogation; se moquait-elle de
moi, d'employer à de pareilles niaiseries les quelques minutes trop courtes qu'une heureuse chance
nous donnait ?

—Sans doute, répondis-je dépité, avec qui diable
voulez-vous que je dîne ?

—Ce n'est pas cela que je voulais dire; je demandais si vous preniez vos repas chez vous et seul.

—Toujours; j'ai quitté ma pension pour être plus
tranquille dans mon isolement, et pour n'être point
troublé dans mes pensées, qui ne sont pas toujours
gaies, surtout depuis quelque temps, je ne veux pas
m'embarrasser de convives qui me dérangeraient.

—Votre bonne est-elle près de vous pendant votre
repas ?

—Jamais, ma bonne ne reste chez moi que jusqu'à
midi. On m'apporte mon dîner du restaurant, et je le
trouve sur ma table tout prêt, ni plus ni moins qu'un
dîner de carton au théâtre.

—A quelle heure ?

—A cinq heures et demie, quelquefois à six.

La langue me tourna pour lui demander dans quel
but elle me posait ces questions assez étranges. Mais
j'étais encore fâché de notre conversation de la veille
et ne voulais faire aucune avance. Sans doute elles
étaient une marque d'intérêt et elles n'avaient d'autre
objet que de me dire qu'elle pensait à moi, de me
prouver qu'en s'informant de ces détails d'intérieur,

elle recomposait ma vie lorsqu'elle était seule et voulait me suivre pas à pas, minute par minute.

Mais, à deux jours de là, nous trouvant encore ensemble dans une maison amie, elle recommença son interrogatoire.

—A quelle heure vous levez-vous ?

Je la regardai, ne sachant si je devais rire ou me fâcher de cette insistance.

—Vous êtes donc paresseux ?

—A dix heures, à onze heures, je ne sais trop.

Alors elle me gronda doucement de cette paresse, puis revenant à son point de départ :

—Combien mettez-vous de temps à votre toilette ?

—Vingt minutes, une demi-heure.

—Après déjeuner, vous partez pour la préfecture.

—Oui.

—A quelle heure ?

—A midi.

—Est-ce que vous y restez longtemps ?

—Cela dépend; quelquefois j'y reste jusqu'à trois heures, mais très souvent beaucoup moins; jamais on ne m'y trouve après quatre heures.

—Que faites-vous en sortant ?

—Vous le savez bien : je me promène de trois à quatre heures pour tâcher de vous rencontrer.

—Alors, à quatre heures vous êtes chez vous ?

—Ordinairement.

—A propos, à quel étage demeurez-vous ? C'est au second, n'est-ce pas ?

La lumière s'était faite dans mon esprit; ces questions ne m'étaient plus indifférentes.

—Comment monte-t-on chez vous ? Est-ce qu'il faut parler à quelqu'un ?

—Pas du tout : on suit l'allée; au bout de cette allée est l'escalier; sur le palier, au second étage, ouvre ma porte; il n'y en a qu'une. Rien n'est plus simple et plus facile. C'est une maison pour les aveugles.

Nous en restâmes là. Je n'avais qu'un mot à dire

pour qu'elle s'expliquât. Je ne le dis point. Cet interrogatoire m'apprenait qu'en ce moment il s'opère en elle un travail qu'il faut, je crois, laisser s'achever complètement. Elle souffre de me voir souffrir, et la pitié enlèvera ce qui résisterait à la tendresse et à l'amour. D'ailleurs, je puis me tromper sur ses intentions vraies, et je dois être prudent.

Bien évidemment ses questions veulent dire qu'elle pense à venir chez moi. Mais est-elle sincère en les faisant?

Viendra-t-elle? Désormais, toute la question est là.

Par malheur, elle se complique d'un événement fâcheux. Le père Ritter, qui depuis quelques mois allait se traînant difficilement d'indisposition en indisposition, vient de mourir presque subitement.

Voilà donc Honorine tout à son deuil et à sa douleur profonde, accablante, car elle aimait tendrement son père.

XVII

Lorsqu'on est heureux en amour, on commet peu d'imprudences; au contraire, lorsqu'on est malheureux, on agit par coups de tête, par boutades, on entasse sottise sur sottise, on se risque à chaque instant et l'on se perd; c'est ainsi que je me suis compromis auprès de M. Obernin. A la fin, mes extravagances de conduite ont achevé ce que les médisances charitables avaient commencé; sa jalousie s'est éveillée.

Comment? A quel moment? Dans quelles conditions? Je n'en sais trop rien, car il est d'une nature peu expansive, et, en tout cas, j'aurais été le dernier auquel il eût laissé voir ses soupçons.

La façon dont je fus averti de cette jalousie est, je

crois, assez caractéristique, et d'ailleurs, par les tortures qu'elle me causait, elle doit trouver place ici.

Le sujet inépuisable de nos conversations, lorsque
nous étions seuls ensemble, sujet auquel il revenait
toujours avec une curiosité inquiète, était mon amour
pour la petite Marnier, amour imaginaire bien entendu
et qui n'existait que pour lui. C'était le thème ordinaire
de ses plaisanteries, et comme j'avais intérêt à ce qu'il
admît cette passion, je me prêtais volontiers à toutes
ses questions. Ce que j'ai inventé d'histoires pour lui
répondre de manière à l'entretenir dans cette erreur
formerait des volumes.

Combien de fois l'ai-je quitté le soir sous le prétexte
d'aller à un rendez-vous avec la comédienne, qui se
passait en une promenade solitaire sur le talus intérieur des fortifications !

—Vous verrez, me disait-il, que vous vous ferez
pincer quelque jour par le mari. Il est merveilleux
que cela ne soit pas arrivé encore. Mais je crains bien
que vous ne perdiez rien pour attendre : tout se paye.
Que faut-il pour que vous soyez découverts ?

Alors je lui racontais les dangers auxquels nous
avions échappés, je lui disais les difficultés qui nous
empêchaient de nous voir, et comme par malheur
j'étais plein de ce sujet, mes récits avaient un accent
de vérité qui leur donnait la vraisemblance.

—C'est égal, disait-il, à votre place, je renoncerais
à cet amour. Vous en trouverez un autre qui vous
consolera de celle-là, et qui ne vous jettera pas dans
les mêmes aventures.

A ces sages paroles, je ne répondais que par des
protestations de fidélité.

—Elle est donc bien drôle.

—Je l'aime.

—Je suis sûr que tout cela finira mal, croyez-moi,
Robert, quittez-la.

Pour la quitter, il aurait fallu en inventer une autre;
je continuai donc mes histoires; et quoiqu'il m'en

coûtât de mentir avec une telle impudence je ne renonçai pas à ce moyen de l'endormir dans sa sécurité.

A la fin, eut-il des doutes sur cette liaison, ou bien jugea-t-il que la petite Marnier n'était point suffisante pour m'empêcher de penser à sa femme ? Je n'en sais rien; mais le certain est qu'il s'inquiéta de mon assiduité auprès de celle-ci.

—Vous ne me parlez plus de la petite Marnier, me dit-il un jour; est-ce que vos amours entrent dans la saison d'hiver ?

—Certes non, mais comme vous m'accablez de votre morale chaque fois que je vous en parle, j'ai presque honte de répondre si mal à vos conseils. Que voulez-vous ! je l'aime.

—Eh bien, vous avez tort; un caprice pour une femme de cette espèce est excusable, un grand amour ne l'est pas. Vous allez vous acoquiner à elle, prendre des habitudes, des allures, des goûts, des besoins dont vous ne pourrez plus vous débarrasser. Vous serez comme les gens qui ont vécu de la vie de restaurant et des cercles pendant qu'ils étaient garçons, et qui, mariés, trouvent la vie de ménage fade et ennuyeuse. Car enfin, la cuisine amoureuse de la petite Marnier doit être une cuisine de restaurant, épicée, salée, avec un tas d'inventions destinées à faire manger quand on n'a plus faim. Comment vous contenterez-vous du régime simple et frugal que votre femme vous offrira, quand vous serez marié ?

—Je ne suis pas encore marié.

—Vous le serez un jour.

—Alors ce sera de la primeur.

—Et quand les primeurs seront passées ! Croyez-vous que je serais heureux comme je le suis avec ma femme, si j'étais entré en ménage fatigué et blasé.

—Avez-vous donc eu la jeunesse d'un saint ?

—Non, j'ai eu comme tout le monde des amourettes, mais point de grandes passions. Et aujourd'hui, après sept ans de mariage, ma femme a toujours pour moi l'attrait et le charme des premiers jours. Nous nous aimons comme si nous étions encore en pleine lune de miel.

Ce mot m'entra dans le cœur comme un coup de couteau. Cet entretien avait lieu sur le Broglie, où nous nous promenions; malgré moi, je m'arrêtai. J'eus la force de ne pas lever les yeux sur lui, mais un tressaillement agita tout mon corps.

— Ce que je vous dis là vous étonne, continua-t-il en remarquant mon émotion. Vous croyez que je me vante. Un mari faisant un roman de ses bonnes fortunes maritales, ce serait ridicule. Non, mon ami, je veux vous éclairer, voilà tout. Je veux vous empêcher de gâter votre avenir. Ne brûlez pas votre jeunesse en vous disant qu'il vous restera toujours assez de flamme pour le mariage. Si vous raisonnez ainsi vous vous trompez, et le mariage n'est pas ce que vous pensez. Au moins il ne l'est pas toujours, et mon exemple doit vous donner à réfléchir. Je serais arrivé au mariage dans les dispositions où vous serez si vous continuez votre existence de polichinelle avec la petite Marnier, assurément ma femme n'eût pas tardé à chercher des consolations au dehors. Je ne dis pas qu'elle eût pris un amant, je crois que sa nature la gardera toujours de ce malheur, mais elle eût côtoyé les limites de la galanterie. Tandis qu'elle a trouvé en moi un garçon qui n'avait point usé sa jeunesse, une espèce de paysan primitif, de telle sorte que nous avons été et nous sommes heureux.

— Cela se voit, dis-je en m'efforçant de desserrer les dents, car il fallait bien dire quelque chose sous peine de me trahir.

— Pas autant qu'on le pourrait voir si l'on regardait bien. On voit que ma femme m'aime, on voit que je l'aime, on ne voit pas, vous tout le premier, j'en suis certain, l'accord parfait qu'il y a entre nous, accord de pensées et de sentiments. Ririez-vous si je vous disais que nous en sommes encore à nous faire des surprises d'amoureux. Il y a trois jours, mardi précisément, c'était l'anniversaire de notre mariage. Nous avons joué aux jeunes mariés. Ma femme, sans m'en rien dire, s'était fait faire une toilette charmante. Ah ! mon cher, quand la petite Marnier vous aura lâché, je souhaite que vous preniez femme et que vous soyez en état de goûter une joie comme la nôtre.

Chaque parole était une blessure. C'était la question qu'il m'appliquait, non la question de l'eau froide, mais celle de l'eau bouillante qu'il me versait goutte à goutte. La prudence voulait que je l'écoutasse tant qu'il lui plairait de parler, mais la douleur fut plus forte que la prudence.

— Pardonnez-moi, il faut que je vous quitte, dis-je en l'arrêtant.

— Qu'est-ce qui vous prend donc ?

— J'ai un rendez-vous.

— Avec la petite Marnier ?

— Non, à la préfecture, à deux heures.

— Il n'est qu'une heure quarante-cinq.

— Je ne veux pas faire attendre mon préfet.

— Adieu, alors.

— Adieu.

J'allais m'éloigner. Il me tendit la main. J'avais déjà fait quelques pas, je revins et mis ma main dans la sienne.

Jaloux du mari ! Je ne ferai pas de phrase là-dessus. Et moi qui en étais venu à me figurer qu'il n'existait pas ou si peu, si peu, qu'on pouvait ne pas le compter.

Pourquoi m'a-t-elle aimé alors ?

Ce qui m'indigne, ce n'est pas qu'il y ait un mari ; je le savais bien, hélas ! C'est son hypocrisie à elle, ses mensonges.

Je ne pus la voir que trois jours après ces confidences d'un mari peu discret. Par le plus grand des hasards elle était seule ; M. Obernin était à Kirnec avec le valet de chambre et elle avait envoyé ses domestiques au salut.

A mon arrivée, sa première parole fut pour m'annoncer cette bonne nouvelle.

—Cela est fort heureux, dis-je, car j'ai à vous parler, et pour vous il serait fâcheux qu'on pût entendre ce que j'ai à vous dire.

Elle me regarda, étrangement surprise de cet accueil, si différent de celui qu'elle attendait.

En montant l'escalier derrière elle, je regardais sa taille qui se tordait, son petit pied qui se crispait pour prendre la marche.

—Ma chère, dis-je quand nous fûmes entrés dans le salon, je vous ai déjà donné de nombreuses marques d'affection; celle que je vais vous offrir aujourd'hui dépassera toutes les autres.

—Encore de la colère, qu'ai-je fait, de quoi suis-je coupable ?

—De la colère, allons donc, dites de la générosité, de l'abnégation. Depuis quelque temps vous pâlissez, vous paraissez souffrante. J'ai cherché à quoi tenait cet état maladif, et je crois avoir trouvé. Deux hommes, pour une femme délicate comme vous, cela est beaucoup trop. Il faut que l'un des deux se retire; si vous le voulez bien, ce sera moi.

—Vous, c'est vous qui me parlez ainsi ?

—Aimeriez-vous mieux que ce fût votre mari ? La préférence que vous m'accordez en ce moment me flatte. Il est vrai que la moitié de ce qu'il raconte suffit parfaitement pour expliquer que vous soyez lasse de lui.

—Ce qu'il raconte !

—Jouer aux jeunes mariés n'est pas toujours amusant, et jouer à l'amant doit l'être davantage.

Sa figure s'était empourprée, ses lèvres frémissaient.

—Pas d'ironie, dit-elle, pas d'injures, si vous avez à vous plaindre de moi, franchement, dignement, expliquez-vous.

Ces quelques paroles furent jetées avec assez de noblesse pour m'imposer.

— Au fait, cela vaut mieux.

Et mot à mot je lui répétai ce que son mari m'avait raconté.

J'ai vu des tableaux, des statues ayant la prétention de montrer la pudeur offensée, mais que les vaines inventions de l'art sont loin de la réalité !

Pendant que je parlais, Honorine tenait ses yeux collés sur le tapis; je ne voyais pas son regard, mais au sang qui rougissait la racine de ses cheveux, au tremblement qui l'agitait, aux bouffées de honte qui de temps en temps soulevaient sa poitrine, je sentais, je suivais son émotion et son angoisse.

Quand j'eus fini de parler, elle ne releva pas les yeux, mais d'un bond elle se jeta à mon cou et se serra contre ma poitrine. Elle voulait parler, mais les sanglots l'étouffaient.

Enfin, son trouble se calma un peu. Profondément ému moi-même, je ne savais que dire; seulement mes étreintes répondaient aux siennes. J'avais perdu le sang-froid qui me maîtrisait lorsque j'étais entré, et je me sentais fort embarrassé.

— Robert, dit-elle, me crois-tu honnête femme ?

Je ne répondis pas; car ma colère, accumulée, comprimée depuis trois jours, bouillonnait encore en moi; ma chair faiblissait, mais mon esprit n'était pas atteint.

— Mon Dieu ! dit-elle désespérément, mon Dieu !

Alors, relevant la tête :

— Tes yeux dans les miens, dit-elle, en face, regarde-moi bien en face.

Je me sentis perdu si j'affrontais ce regard.

— Ce n'est pas à tes yeux de te défendre, c'est à ta bouche. Parle. Ou bien ton mari a menti ou bien tu mens en ce moment. S'il est un honnête homme, tu n'es pas une honnête femme. Prononce toi-même.

— Je te jure que dans ce que tu m'as raconté il n'y a pas un mot de vrai.

Une femme qui jure qu'elle est innocente de coquetterie ou de galanterie, cela est peut-être peu rassurant. Mais Honorine pour moi n'est pas une femme comme les autres. Elle me jurerait à midi qu'il fait nuit noire que je croirais sa parole plutôt que mes yeux.

Ce serment m'ébranla. Avait-il voulu se moquer de moi. Mais dans quel but ?

— Voyons, dit Honorine, répète-moi bien comment a eu lieu entre vous ce singulier entretien, dans quelles conditions, qui l'a amené ?

Je recommençai mon récit.

— Une seule chose est possible, dit-elle lorsque je l'eus achevé, et je crois par malheur qu'elle est certaine : il est jaloux, il est jaloux de toi; il croit que tu m'aimes sans soupçonner toute la vérité, et il a voulu te décourager de cet amour en inventant des détails qui devaient t'éloigner de moi. Depuis quelque temps déjà je croyais remarquer cette jalousie, qu'il me cache, car il en est honteux. Maintenant, il n'y a plus de doute.

Ainsi, pour avoir voulu nous séparer, il la jeta dans mes bras plus étroitement.

Nous eûmes alors une période de bonheur complet, où Honorine se donna tout entière.

Je n'ai pas pu, avec Obernin, me tenir dans une prudente réserve, et j'ai pris une sorte de plaisir à le pousser sur le chemin des confidences : n'est-ce pas le moyen de tromper sa jalousie ?

Il a donné en plein dans le piège, et je suis sûr qu'il creuse sa cervelle, qui, à vrai dire, n'est pas très imaginative, pour trouver des histoires vraisemblables sur sa femme.

A la longue cependant ce genre de récréation m'est devenu douloureux. Bien souvent j'ai ri tout bas quand il me parlait de sa femme, car j'ai la prétention de la connaître tout aussi bien que lui. Mais parfois aussi j'ai souffert de certains détails qu'on sentait pris au cœur même de la réalité.

XVIII

Pendant trois mois à peu près, nos rendez-vous continuèrent avec des chances diverses; mais au moins Honorine, pendant ces trois mois, montra-t-elle une grâce parfaite pour me les accorder et beaucoup de bon vouloir pour les préparer.

Puis tout à coup ils cessèrent, et j'entendis de nouveau cette phrase qui si souvent m'avait dépité et exaspéré :

— Ce n'est pas possible.

Tout d'abord, je ne m'en tourmentai pas trop, car nous étions entourés de dangers qui devaient nous imposer une grande prudence.

Mais à la longue la persistance de ces refus commença à m'inquiéter : trois fois, quatre fois, cinq fois, M. Obernin alla à Kirnéc, et toujours elle m'opposa une litanie d'impossibilités.

Était-ce un parti pris ? Allait-il falloir recommencer à lutter ?

En même temps je remarquai en elle un changement d'humeur tout à fait inexplicable. Elle devint d'une tristesse qui frappa tout le monde, et pour moi elle eut des alternatives de froideur et de tendresse que rien ne justifiait : tantôt je voyais ses yeux se fixer sur les miens avec une expression passionnée, tantôt au contraire elle m'abordait comme si elle me détestait.

J'essayai de la questionner, de la faire parler. Je ne pus rien savoir.

Elle était souffrante, nerveuse, et elle me demandait pardon de me donner des sujets de plainte, dont en réalité elle était innocente.

Il n'y avait pas là de quoi me rassurer, et de fait je ne me rassurais pas.

Mes inquiétudes duraient depuis deux mois environ, lorsqu'un soir M. Obernin me dit qu'il partait le lendemain pour Kirnec, où il comptait rester cinq ou six jours.

Les circonstances se présentaient donc favorables pour un rendez-vous. Mais je ne voulus pas le demander à Honorine, préférant lui laisser toute liberté et voir comment elle agirait avec moi.

Pendant deux jours j'attendis en vain un mot ou un signe qui me dît d'accourir. Je ne la rencontrai même pas aux endroits où nous avions coutume de nous voir.

Le troisième jour se passa comme les deux premiers : ce fut inutilement que je restai chez moi, ne sortant que pour aller dans la rue explorer ses fenêtres, et sur les promenades, où je pouvais avoir la bonne fortune de la croiser. Rien, toujours rien, pas même une ligne qui me fît connaître ses empêchements, si elle en avait.

La fièvre me prit, et je passai successivement de la colère à l'abattement; le chagrin morne et lâche m'anéantissait. Je voulais aller chez elle, lui dire tout ce que j'avais sur le cœur; je voulais quitter Strasbourg sans la revoir et profiter de cette crise pour rompre cette liaison qui fait souffrir mon cœur autant que ma conscience.

Enfin, le quatrième jour, je lui écrivis trois lignes : « Je veux vous voir, j'irai ce soir chez vous à huit heures; si vous me fermez votre porte j'entrerai par la fenêtre; comment, je ne le sais pas, mais je vous jure que j'entrerai. »

A huit heures, quand je sonnai, ce fut le domestique qui m'ouvrit, et non elle, comme je l'avais presque espéré. Il me conduisit au grand salon, où se trouvait Honorine.

Lorsqu'il eut fermé la porte, elle vint vivement à moi, et jetant ses deux bras autour de mon cou, elle fondit en larmes.

Je croyais à un accueil glacial, à une querelle, je restai stupéfait de cet accès de tendresse.

— Accable-moi de ta colère, dit-elle en sanglotant, mais tout ce que tu me diras de dur et d'impitoyable, je me le suis dit déjà depuis quatre jours. Oui, je te fais souffrir; oui, ta vie est une fièvre perpétuelle; oui, je suis indigne de tant d'amour, indigne, bien indigne.

Elle parlait évidemment sans trop savoir ce qu'elle disait, la tête perdue, le cœur étranglé par l'émotion, ses bras me serraient convulsivement.

— Il faut quitter Strasbourg, vois-tu ? continua-t-elle, il le faut. Tu m'as sacrifié ta jeunesse, ta dignité, ton honneur; il est temps encore; quitte-moi, quitte-moi...

Disant cela, elle me serra plus fort et se pressa contre moi. Elle était d'une pâleur mortelle, agitée par un tremblement nerveux.

— Tu vas me jurer de me quitter, n'est-ce pas ?

— Jamais ! Tu es folle.

— Malheureuse, oui; folle, non. Si tu savais...

— Quoi donc ? Parle.

— Oh non !

Et ses sanglots redoublèrent. Elle éprouva une véritable crise nerveuse et se laissa aller défaillante entre mes bras.

Longtemps je la tins ainsi à demi évanouie : sa poitrine en battant contre la mienne me disait le trouble de ses sens. Plus je la priais de parler, plus ses larmes augmentaient. Jamais je ne l'avais autant aimée : quand je l'embrassais, c'étaient ses dents froides que je rencontrais et non ses lèvres, cela me produisait un effet étrange, indéfinissable.

Enfin, après s'y être reprise à plusieurs fois, elle me

dit ce qui l'oppressait si cruellement. Ah! pourquoi a-t-elle obéi à mes instances, pourquoi a-t-elle parlé!

Ses paroles, je ne les rapporterai point ici : le souvenir m'en est trop horriblement pénible pour que j'aie la force de les évoquer.

En quelques mots, voici ce qu'elle m'apprit. Si depuis deux mois elle m'avait témoigné tant de froideur, si depuis quatre jours elle ne m'avait pas reçu comme autrefois, ce n'était pas que son amour pour moi ne fût plus ce qu'il avait été : elle m'aimait toujours, elle m'aimait plus qu'elle ne m'avait jamais aimé. Mais la mort de son père avait changé leur position de fortune; aujourd'hui cette fortune s'élevait à plus de cent mille francs de rente, et dans un temps donné, par la succession de sa mère et de sa belle-mère, elle monterait à plus de deux cent mille francs, sans compter les héritages assurés de deux oncles et d'une tante, tous trois fort riches. Cette fortune jusqu'à présent ne reposait que sur la tête d'un seul enfant, leur fils. M. Obernin avait des idées de médiocrité bourgeoise qui n'étaient pas celles de la noblesse. A ses yeux, une trop grande fortune était un malheur plutôt qu'un bonheur. Il ne croyait pas sage de laisser après lui cette fortune considérable, qui à ce moment serait d'ailleurs encore augmentée, à ce seul enfant; il voulait donc en avoir un second. Elle avait lutté, combattu, résisté, elle avait appelé le médecin à son aide, elle avait dû céder.

A cette conclusion, je restai atterré, et ce fut à peine si je l'entendis m'expliquer que puisqu'elle était condamnée à avoir un enfant, elle voulait savoir qui en était le père et ne pas introduire un voleur dans sa famille.

Sous le flot de ses paroles embarrassées et entrecoupées, une seule pensée surnageait dans mon trouble.

— Es-tu enceinte? m'écriai-je.

— Non.

Je la repoussai violemment loin de moi. Elle comprit, la malheureuse, à quel mouvement j'avais cédé, et alla tomber dans un coin, où elle resta accablée.

Non seulement je n'eus pas la force de fuir au loin, à Paris ou ailleurs, quelque part où j'aurais pu oublier, mais encore, quand je les avais quittés au théâtre ou dans le monde, je m'en venais rôder sous leurs fenêtres. Je suivais leurs ombres sur les rideaux de leur chambre à coucher et ne me décidais à partir que longtemps après que leur lampe était éteinte.

Que de larmes j'ai versées là, assis sur une borne, abîmé dans ma honte et ma douleur !

Et le jour, quand je les rencontrais lui ou elle, comme j'épiais leur visage et cherchais mon malheur dans leurs yeux.

Ce fut lui qui se chargea de m'apprendre qu'elle était enceinte. Avec quel air de triomphe il m'assassina de cette nouvelle !

—Eh bien ! vous ne me félicitez pas ? dit-il en remarquant mon accablement.

—Assurément non; le hasard vous permettait de constituer une fortune considérable, vous allez la diviser en deux.

—En trois même, je l'espère. Je ne le dis pas à ma femme, mais je veux un troisième enfant. Cent mille francs de rente à chacun, c'est bien assez.

Alors je devais mourir à la peine.

La grossesse fut maladive; Honorine dut garder sa chambre, sortant seulement une heure par jour pour venir sur le Broglie; je ne pus donc presque pas la voir, car il ne la quittait pas.

Dans mon chagrin, il m'arriva une sorte de consolation. Rozerotte, un de mes cousins, fut nommé ingénieur des travaux du Rhin à Strasbourg. C'est un garçon encore jeune, qui doit à un travail acharné et à une remarquable intelligence cette haute position.

Je lui choisis un logement sur le Broglie, juste en face la rue de la Nuée-Bleue, de sorte que de ses fenêtres on voit la porte même d'Honorine, et je m'installai chez lui.

Il ne tarda pas à remarquer mon manège et à me plaisanter sur mon assiduité auprès de lui. Alors, je crus devoir lui avouer une partie de la vérité : à savoir que j'aimais madame Obernin, mais sans aller plus loin dans mes confidences et sans parler de notre liaison.

Rozerotte est bien l'homme le moins sentimental qu'aient pu former l'étude de l'X et l'École polytechnique ; excellent garçon d'ailleurs, mais sensible à la passion comme si son cœur était un caillou. Mon amour lui parut une chose prodigieusement réjouissante.

— Quelle chance, dit-il, d'avoir pour cousin un héros de roman, cela va joliment me former le cœur et l'esprit !

— Tu ne crois donc pas à l'amour, tu n'as donc jamais aimé ?

— C'est exactement comme si tu me demandais si jamais j'ai eu faim. Oui, mon petit couscous, j'ai eu faim. Et même j'ai encore faim quelquefois. Quand cela me prend, je mange, voilà tout, mais je ne passe pas ma journée à me dire : « Je mangerai ça à mon dîner, » et ma soirée à me répéter avec délices : « J'ai mangé ça ! » Le premier morceau venu m'est bon : j'entends pourvu qu'il soit appétissant et solide. Crois-tu, par hasard, que si je m'étais donné pour but unique dans la vie de manger ou d'aimer, je serais aujourd'hui, à trente-sept ans, ingénieur des travaux du Rhin.

J'aurais préféré une nature un peu moins positive, mais comme malgré ce matérialisme il a des côtés qui me sont très sympathiques, un entrain toujours dispos, un esprit juste et ferme, un caractère indépendant, nous fûmes bientôt inséparables. Ce n'est pas le confident que je me serais fabriqué, mais c'est tou-

jours un confident. Il me remonte et m'empêche de
tomber dans l'apathie.

— Je vais te chanter la chanson de l'Ecole, dit-il
lorsqu'il me voit abattu.

La chanson de l'Ecole, les plaisanteries de l'Ecole,
je les connais par cœur et ne les trouve pas bien
drôles, malgré le respect de Rozerotte pour elles, mais
enfin c'est du bruit : je ne suis pas seul.

Ce bruit m'aida à passer les longs mois de la grossesse d'Honorine. Enfin le moment de la délivrance
arriva et je ne quittai plus les fenêtres de Rozerotte.

Un soir, à la tombée du jour, comme nous étions
tous deux appuyés sur le balcon, je vis M. Obernin
sortir de chez lui d'un air effaré.

En une seconde je fus dans la rue de manière à le
croiser.

— Je vais chercher le médecin, dit-il.

Le médecin ! je répétais ces deux mots comme un
idiot, mais il était déjà loin, il courait léger et dispos;
il était heureux, lui.

Je me mis à marcher droit devant moi et sortis de
la ville sans savoir où j'allais; pendant une heure,
deux heures peut-être, j'errai dans les prairies du côté
de l'Ill; il faisait nuit noire.

Je rentrai en ville, et, machinalement, mes pas se
portèrent dans sa rue. On était au printemps, une fenêtre de sa chambre était ouverte. En passant j'écoutai. Je n'entendis rien. Etait-ce fini ? Mais en revenant
sur mes pas, une faible plainte m'étreignit le cœur.
C'était elle. Instantanément, une sueur froide m'i-
nonda.

Elle était là, à quelques pas de moi, et je ne pouvais la voir. Souffrait-elle beaucoup ? Et lui, il était
près d'elle; c'était sa main qu'elle pressait sans doute
dans ses accès; par de douces paroles, il l'encoura-
geait à la patience. Jamais je n'ai été aussi atroce-
ment jaloux.

Je courus chez moi, et, changeant de vêtements, je

me déguisai de mon mieux; puis je revins rue de la Nuée-Bleue. Onze heures du soir sonnaient à Saint-Pierre-le-Jeune; les boutiques étaient fermées, la rue était déserte.

J'étais à peine arrivé depuis deux minutes quand j'entendis une plainte plus forte, plus douloureuse; j'avais étudié assez de médecine pour comprendre.

Les exemples me revenaient à la mémoire. Pauvre et chère Honorine! Et lui, l'imbécile, il était là se réjouissant, pensant à sa fortune. Si elle mourait, je le tuerais.

J'aurais voulu rester sous la fenêtre, mais il fallait marcher pour ne pas attirer l'attention. Je parcourais la rue d'un bout à l'autre, m'arrêtant sous tous les porches, accourant éperdu lorsqu'un cri plus fort me frappait.

J'avais des lèvres en sang, je m'enfonçais les ongles dans les chairs.

Tout à coup la porte s'ouvrit, et un domestique, en sortant brusquement, faillit me renverser. Par bonheur, il ne me reconnut pas.

Où courait-il donc? Etait-elle plus mal? Allait-il chercher quelque médicament héroïque, ou bien un prêtre? Si je l'arrêtais, si je le faisais causer?

Il fallait attendre! Et si elle était dans un état désespéré! Les gouttes de sueur tombaient de mon visage sur ma main comme une pluie.

Les crises que je suivais, la montre à la main, car je n'avais pas conscience du temps, se répétèrent de cinq minutes en cinq minutes.

Je tombai sur une borne, et j'y restai.

Tant pis si l'on me reconnaissait.

Un cri épouvantable par son intensité et sa persistance me souleva haletant, éperdu. Puis tout à coup il s'arrêta; le silence se fit et je vis des ombres courir çà et là dans la chambre et dans les pièces voisines.

Etait-elle sauvée, était-elle morte?

Une heure s'écoula dans ces affres. Puis j'entendis

du bruit derrière la porte. Je courus à l'abri de la maison qui fait vis-à-vis et me blottis dans l'ombre.

M. Obernin, une lampe à la main, reconduisait lui-même le médecin.

Sur le seuil il l'arrêta pour lui serrer la main avec effusion.

—Tout va bien, dit le médecin; soyez heureux, vous avez une fille superbe.

XII

Je suis dans les meilleurs termes avec mon préfet. Comment ai-je fait sa conquête, ce serait trop long à raconter. Le certain, c'est qu'il a pour moi beaucoup d'amitié; je lui plais, je l'amuse et lui rends des services. C'est l'homme le plus paresseux de la terre et en même temps le plus ambitieux; il n'a le courage de rien faire lui-même, et il a l'amour-propre de ne rien laisser faire aux autres, j'entends à ceux qui pourraient lui prendre une part d'autorité. C'est moi qui lis son courrier : je lui résume chaque lettre, je marque au crayon rouge ce qu'il faut absolument qu'il lise, et quand, en deux mots, il m'a indiqué la réponse, car il a l'esprit vif et sûr, je suis chargé de la rédiger. Par là, il se réserve presque toutes les affaires importantes et il annihile son secrétaire général, qu'il n'aime pas et qu'il craint.

Cette position m'a donné l'idée de faire nommer M. Obernin membre du Conseil général. Cela établirait entre nous des relations forcées qui me permettraient pendant quelques mois de voir sa femme à chaque instant; cela, en outre, l'obligerait à une certaine reconnaissance envers moi et affaiblirait peut-être sa jalousie, qui commençait à devenir gênante.

La seule difficulté qui se présentât consistait dans le remplacement du conseiller actuel. Or, ce conseiller, M. Scholer, est un des plus riches industriels de l'Alsace; il est estimé de tout le monde, et dans son pays adoré; il y a trois ans, il a consacré plus de cinq cent mille francs de sa poche à créer une route dans les Vosges, route qui ne lui sert pas personnellement, mais qui est très utile à la contrée; — à l'exemple des Dolfus, des Kœchlin, des Schwartz, des Kestner, il a construit aux alentours de ses usines des maisons pour ses ouvriers, et tandis qu'à Mulhouse les maisons de ce genre coûtent 2,400 et 3,000 francs, il n'a fait payer les siennes que 1,800 francs; encore, par des combinaisons financières, est-il arrivé à faciliter le payement de ce prix et assurer l'aisance et le bien-être à tous ceux qui ont un peu de moralité; — chaque année, il a employé une grande partie de ses gains à quelque amélioration nouvelle: fondation d'écoles, d'hôpitaux, de refuges, d'auberges pour les ouvriers errants; sans esprit de parti, il a aussi bien protégé les sœurs de charité que les diaconesses protestantes, les instituteurs religieux que les maîtres d'école laïques. Avec cela, libéral, indépendant, un modèle de droiture et d'honnêteté. Plusieurs fois j'avais eu des affaires de préfecture à discuter avec lui, et j'avais été émerveillé de son bon sens et de sa loyauté: c'était l'homme selon mon cœur et ma conscience.

C'était cet honnête homme cependant qui devait faire place au mari d'Honorine. Et cela par cette excellente raison que M. Obernin n'avait quelques chances que dans trois cantons; or, comme l'un de ces cantons appartenait au neveu de l'évêque qu'il fallait ménager, et l'autre à un chambellan qu'il fallait flatter, il ne restait que le troisième, celui de M. Scholer, dont l'administration pût disposer.

Sans doute, M. Obernin, qui n'avait fait usage de sa grosse fortune que dans un intérêt tout personnel et qui n'avait encore donné aucune marque de mérite,

n'arrivait guère à la taille de ce grand homme de
bien; sans doute il était étrange que l'administration
abandonnât sans raison un candidat qui n'avait rien
fait de mal pour en prendre un autre qui n'avait
rien fait de bon. Mais tout cela importait peu à
l'affaire. Ce que je voulais, c'était une occasion de me
rapprocher d'Honorine; cette élection m'en offrait une,
je la saisissais. En combattant M. Scholer, je com-
battais mes sympathies et mes opinions, c'était un
sacrifice de plus à mon amour dont sans doute elle
me saurait gré.

Quand je parlai de cette candidature à M. de Cheylus, il commença par me rire au nez.

—Pardon, mon cher d'Autrey, dit-il en se renver-
sant dans son fauteuil, qui me proposez-vous, M. Obernin ou le mari de la belle madame Obernin?

—Vous est-il donc désagréable ?

—Ce qui me serait désagréable, ce serait de ne pas
vous faire plaisir.

—Si vous tenez à M. Scholer.

Je tiens à vous obliger.

—Alors je vous demande l'appui de l'administration
pour M. Obernin.

—Mon ami, vous me comblez de joie. Vous serez
un jour un homme politique. Immoler ses sympathies
et sa conscience à son intérêt : tout est là. Vous l'avez
reconnu; vous vous formerez, vous arriverez.

Je le regardai pour voir s'il se moquait de moi, mais
il parlait sérieusement, avec un ton d'ironie qui ne
l'abandonnait jamais.

—Si quelqu'un a mérité l'appui de l'administration,
poursuivit-il, c'est assurément M. Scholer, nous l'aban-
donnerons donc et lui préférerons M. Obernin; ce sera
un essai. Je ne suis pas fâché de savoir quelle est au
juste notre puissance dans ce pays qu'on dit le plus
éclairé de France.

—Si vous tenez à M. Scholer ?

—Pas du tout. Un candidat ou l'autre, cela m'est

parfaitement indifférent. Ce à quoi je tiens, c'est à ne pas échouer. Mais un candidat nul, opposé à un candidat puissant, présente un certain intérêt; c'est jouer et gagner avec mauvais jeu. Va donc pour M. Obernin, puisque vous le désirez. Je vous donne carte blanche; gardes champêtres, gendarmes, instituteurs, gardes forestiers, curés, pasteurs, maires, juges de paix, je vous livre tout le monde. Engagez-moi autant qu'il sera nécessaire, seulement gardez-moi toujours une porte de derrière pour que je puisse vous désavouer s'il le faut absolument. Bien entendu, si vous avez besoin de moi, je suis à votre disposition; faites un signe, je donnerai de ma personne.

Comme je me retirais en remerciant.

—Nous allons donc être débarrassés de M. Scholer. En y réfléchissant, je crois que c'est un service que vous nous avez rendu. Il devenait insupportable en parlant à tout propos de son indépendance. Qu'est-ce que nous écririons bien au ministre?

—Il n'est pas dynastique.

—Voilà le mot qui le tue. Et puis, ne s'est-il pas avisé de critiquer le virement que j'ai fait des fonds réservés aux enfants trouvés pour les appliquer au renouvellement du mobilier de la préfecture. Dans la lutte, il va très probablement se compromettre et nous pourrons le destituer de ses fonctions de maire. Certes, j'ai vu bien des maires ennuyeux, mais jamais je n'en ai rencontré un comme celui-là; on ne peut pas le faire partir. Dieu vous préserve, mon pauvre ami, des maires qui ne veulent pas s'en aller.

Quand j'annonçai à M. Obernin qu'il serait candidat du gouvernement aux prochaines élections, il commença par rire d'assez mauvaise grâce. Lutter contre M. Scholer lui paraissait insensé. Que ne faudrait-il pas dépenser pour balancer cette influence? Mais peu à peu l'ambition lui porta à la tête : je lui montrai le Conseil général comme un premier échelon qui le conduirait à la mairie de Strasbourg et à la députation. Pourquoi un jour ne deviendrait-il pas ministre ? Là-dessus, il me serra les mains avec enthousiasme, et dans sa griserie, il oublia qu'il était jaloux.

Pour Honorine, elle fut radieuse, et le regard dont elle paya mon infamie me la rendit plus légère à porter.

Ce n'était pas chose facile que de démolir M. Scholer; je m'en aperçus bientôt; mais, nourri dans le sérail, j'en connaissais les détours et savais de quelles ressources inépuisables peut disposer l'administration. Ah ! mes chers Parisiens, vous ne vous doutez guère de notre pouvoir en province; le chef-lieu est bien près, la capitale est bien loin, c'est le préfet qu'on craint, ce n'est pas le ministre. Or, dans ces circonstances, le préfet c'était moi, et je ne me ménageai point.

Ma première victoire fut de faire agréer M. Obernin par l'administration, car M. Scholer se défendit et surtout fut défendu énergiquement : personne ne pouvait comprendre qu'il eût perdu l'appui du gouvernement. Aux observations qui nous arrivèrent à ce sujet, il fut répondu par le mot « pas dynastique », et en y ajoutant la preuve qu'il était en relation d'amitié avec quelques exilés du 2 Décembre, et les visites qu'il faisait aux princes d'Orléans lorsque ceux-ci venaient à Bade, il fut perdu.

Auprès des électeurs, la besogne était moins commode : le paysan dans l'Alsace n'est pas aussi paysan que dans beaucoup d'autres départements. Le Bas-Rhin a le numéro un dans la statistique de l'instruction, et sur cent conscrits, quatre-vingt-dix-huit savent lire. Il ne se laisse pas facilement entraîner, il a de la sagesse, de la réflexion et surtout une horreur instinctive de l'arbitraire et de l'injustice.

Je fis de Kirnec mon centre d'opération. De là, nous partions tous les matins, M. Obernin et moi, pour visiter nos électeurs, et nous ne revenions que le soir, épuisés, harassés, enroués comme des crieurs de vente publique. La nuit, pour me reposer, je voyageais de mon balcon à celui d'Honorine.

Pour moi, c'était là toute l'élection, et je crois qu'au fond du cœur j'aurais désiré un échec, si cela n'avait dû peiner Honorine et compromettre mon préfet, qui, pour le seul plaisir de m'être agréable, s'était embarqué dans cette affaire.

Au nom de l'administration, je promis des ponts, des canaux, des clochers, des mairies, des maisons d'école; je fis jalonner et amorcer des chemins qui ne seraient jamais finis, je fis abandonner les procès forestiers, je fis accorder des tableaux, des chemins de croix, des saints, des vases sacrés, des ornements sacerdotaux; je m'engageai à faire obtenir des débits de tabac, des permissions de cabaret; enfin je promis un chemin de fer de Kirnec à la grande ligne, ce qui était bien la chose la plus absurde du monde, mais précisément par là la plus déterminante sur l'opinion de la contrée.

—Si M. Obernin nous obtient ce chemin de fer, il faut qu'il soit bien puissant.

C'était là le mot de tout le monde, et ce fut aussi celui que j'employai avec M. de Cheylus pour lui arracher son appui à cette idée insensée.

—Tout ce que vous voudrez, dit-il à la fin, de guerre las, vous savez bien que je n'ai rien à vous refuser; promettons donc le chemin de fer; seulement, pour ma satisfaction personnelle, je voudrais que vous me fissiez faire un rapport par l'ingénieur en chef pour savoir si les produits que donnera ce chemin de fer si utile arriveront à un chiffre suffisant pour payer le coke des locomotives. Vous comprenez, mon ami, qu'il faut toujours savoir à quoi l'on s'engage et le fort comme le faible des engagements qu'on prend; après tout, ce n'est qu'un engagement, n'est-ce pas?

Dans un des centres manufacturiers de notre circonscription, on fabrique surtout des gants de coton pour l'armée, c'est l'industrie du pays et elle fait vivre, bien vivre, un grand nombre d'ouvriers. Tout à coup, pendant que nous préparions notre élection, on fit courir le bruit que les gants de coton allaient être remplacés dans tous les régiments par des gants de peau. C'était la ruine du pays si la nouvelle se réalisait. Mais elle était tellement absurde que je voulus tout simplement la démentir en me contentant de la qualifier de manœuvre déloyale de la part d'adversaires aux abois...

M. de Cheylus, qui ne prend jamais les choses par le côté tragique, ne voulut pas de ce moyen.

—Pas de gros mots, dit-il en souriant, si c'est possible; ayons plutôt de l'esprit.

Et il rédigea la lettre suivante, qu'il fit signer par M. Obernin :

« Electeurs,

» Je vous ai demandé vos suffrages et je vous ai expliqué comment et pourquoi je me croyais digne de les mériter. Je ne reviendrai point sur ma profession de foi, et je veux simplement vous dire aujourd'hui que mes sympathies sont acquises aux gants de coton. Si jamais dans notre glorieuse armée on voulait supprimer cet objet d'habillement avec lequel elle a battu les Russes, les Autrichiens, les Prussiens, l'Europe entière, soyez certains que je m'opposerais à cette révolution comme à toutes celles qui voudraient troubler l'ordre établi dans notre chère France, la France de 89 et de 1852. Vive la France ! »

Quand l'administration eut fait tout ce qu'elle pouvait faire, c'est-à-dire l'impossible, il fallut bien que M. Obernin donnât lui-même quelque chose de positif qui, dans les mains du paysan, fût un gage.

Seulement, comme une route de cinq cent mille francs pareille à celle de son adversaire lui paraissait beaucoup trop coûteuse, il se contenta d'un pont.

Pour l'inauguration de ce pont, une fête magnifique fut organisée : tous les pompiers de l'arrondissement furent convoqués; des pompiers venant recevoir un pont, cela n'était pas très logique, mais qu'importe la logique, dans une élection ! Ce qu'il nous fallait, c'était une occasion d'enguirlander M. Obernin de toutes les faveurs de l'administration et de donner un banquet aux électeurs, aux maires, aux différentes autorités et à quelques journalistes de la presse officieuse, obligés, les infortunés, de ne pas rire de ces niaiseries.

Jusque-là je m'étais toujours montré aux côtés de M. Obernin; mais cette fois, afin de bien établir mon autorité aux yeux de tous, j'arrivai avec mon préfet. Nous fîmes notre entrée en calèche, lui en grand costume et avec toutes ses décorations, moi portant à la boutonnière de mon habit deux petites croix allemandes que le voisinage de la frontière m'a fait obtenir.

Quand notre voiture fut signalée, il y eut des détonations de boîtes d'artifice, les tambours battirent aux champs, les pompiers portèrent les armes, les musiques jouèrent l'air de la Reine-Hortense, les Sociétés chorales entonnèrent un *Salut*.

M. Obernin était sur son pont, nous attendant, à l'ombrage des drapeaux. En l'apercevant, mon préfet descendit de voiture, et, marchant vivement à lui, il l'embrassa comme on s'embrasse à la Comédie-Française, la tête par-dessus l'épaule.

Le moment des discours était arrivé, mais il s'écoula longtemps avant que M. de Cheylus pût prendre la parole, car il fallut aligner les pompiers, et ce ne fut pas une petite affaire : chaque capitaine voulait faire briller sa compagnie, et c'étaient des marches et des contre-marches en marquant le pas qui menaçaient d'être éternelles; quand on s'était trompé, on recommençait; les commandements se faisaient en français et les jurons en alsacien.

Il parle bien, mon préfet, mais malheureusement avec trop de dédain pour ses auditeurs. Dans son discours, il fut question de l'agriculture, de la famille, du travail, de la religion, du souverain, de la France, de l'étranger, du Rhin, de Louis XIV, du tabac, des Vosges, de la Providence, et surtout de la dynastie, qui était le morceau capital. Si M. Obernin n'était pas nommé, c'en était fait de la France, de la dynastie et de la paix de l'Europe. De temps en temps il me regardait en souriant et son œil ironique me demandait :

« Est-ce assez bête ? » Je le rassurais et il continuait :

Enfin il prit M. Obernin une nouvelle fois dans ses bras en souriant :

« Voilà l'homme, voilà celui pour qui vous devez voter. »

Puis, dominant les pompiers restés bouche béante, il s'adressa aux femmes qui se pressaient derrière les lignes.

—Voilà l'homme, Mesdames, pour lequel il faut que vous fassiez voter vos maris, voter vos enfants, voter vos amants.

En Normandie, d'où il venait, on comprend la gaudriole, mais, pour l'Alsace, c'était un peu vif. Je le tirai par la manche. Il comprit :

—C'est juste, me dit-il à l'oreille, il ne faut pas parler de ces choses-là dans ce pays et devant ceux qui nous écoutent.

Puis, relevant le bras :

—C'est à vous, jeunes filles que je m'adresse. Que celles qui doivent se marier cette année n'accordent leur amour qu'à l'homme qui pourra leur dire : « J'ai voté pour Obernin; vive Obernin ! »

Le banquet sous la tente fut superbe. On y servit un veau tout entier, et les vins de Volxheim et de Mutzig portèrent l'enthousiasme au comble. Le soir, on entendit des coups de fusil dans la montagne, et le lendemain on retrouva dans la boue des chemins plus d'un casque et plus d'une épaulette.

Pendant qu'à Strasbourg je faisais harceler notre

adversaire, qui, n'ayant pas l'habitude de l'opposition, ne savait comment se dépêtrer de nos entraves administratives, je continuais mes tournées électorales. Le temps des longs discours était passé; je n'avais plus qu'un mot à dire, le bon : Tout maire qui ne nous donnerait pas la majorité n'avait qu'à trembler.

L'élection eut lieu; nous l'emportâmes de treize voix. Notre triomphe ne fut dû qu'à la commune où M. Scholer avait fondé ses grands établissements.

Tous ses ouvriers comme un seul homme votèrent contre lui.

Il est vrai qu'à Kirnec les ouvriers de M. Obernin votèrent pour M. Scholer.

XX

Te souvient-il d'un danger que nous avons couru, Honorine et moi, cet été, à Bade, et dont tu nous as sauvés ?

J'arrivais de Strasbourg sous le prétexte de passer la journée du dimanche avec toi, mais bien plus, en réalité, pour voir Honorine; ton amitié me le pardonnera.

Nous étions réunis dans le salon de ce chalet de Monta-Rosa dont l'on jouit d'une si belle vue sur les montagnes de la Forêt-Noire. Tous deux nous avions été invités à dîner par M. Obernin, dont depuis un mois tu avais fait la connaissance, et nous attendions le moment de nous mettre à table.

Tout à coup, je sors sous le prétexte de passer dans la chambre qui se trouve en face le salon de l'autre côté du palier, et là de me débarrasser de la poussière du voyage. J'étais à peine dans cette chambre depuis une minute, quand Honorine vient me rejoindre,

Tu te souviens du reste, n'est-ce pas ?

M. Obernin, étonné, inquiété par la sortie de sa femme qui suivait la mienne de si près, veut savoir ce que nous sommes devenus. Toi qui, au lieu d'un doute, as une certitude, tu parviens à l'arrêter à la porte un moment et, par ton tapage, tu nous avertis.

Quand nous rentrâmes tous trois dans le salon, le souci et la colère étaient empreints sur son visage, tandis qu'Honorine déployait ce calme et cette présence d'esprit qui ont fait ton admiration.

Dieu merci ! l'orage passa, et le dîner, commencé lugubrement, se termina dans un éclat de rire.

Un nouvel orage, plus menaçant, qui vient de se former, se dissipera-t-il comme celui-là ?

Je t'écris dans les transes les plus poignantes, je m'attends à une explication, je m'attends à être tué.

Voici les faits :

Depuis quelque temps, j'allais chaque jour passer la soirée rue de la Nuée-Bleue. M. Obernin semblait avoir chassé toute idée de jalousie, et il insistait pour resserrer notre intimité. Il faut dire d'ailleurs que cette marque de grande confiance avait sa raison d'être dans la présence d'une tante installée à Strasbourg depuis une quinzaine, laquelle tante marche toute la journée dans l'ombre de sa nièce.

Hier mercredi, vers huit heures, j'arrive comme à mon ordinaire. Au bas de l'escalier, je rencontre Honorine et sa tante qui allaient à la cuisine donner des ordres pour un grand dîner qui devait avoir lieu le lendemain. J'entre avec elles et veux aussi commander mon menu, cela nous fait rire un quart d'heure.

Pendant ce temps, M. Obernin était dans le grand salon du premier étage avec son oncle, le mari de la tante.

Enfin je monte seul au salon; quelques instants après, Honorine nous rejoint, la tante restant toujours en bas pour faire fabriquer sous ses yeux un plat sucré national.

La conversation s'engage, et, en me frappant la poitrine, je sens dans ma poche une lettre importante que mon préfet m'a recommandé de remettre moi-même chez le général Cornaton. Au lieu de la porter, je l'ai oubliée dans mon habit.

M. Obernin veut l'envoyer par un domestique, mais le général demeure à quelques pas, dans cinq minutes je serai de retour. Je m'échappe.

Bien entendu, cette sortie n'était pas préméditée : la lettre, l'oubli, tout était vrai.

Je ne suis pas cinq minutes parti. En rentrant je trouve Honorine dans l'escalier. M. Obernin et son oncle sont toujours dans le salon, dont la porte est fermée, la tante est dans la cuisine.

Pour comprendre ce qui va se passer, il faut savoir que l'escalier ne coupe pas la maison en deux parties égales : l'une de ces parties est très vaste, c'est celle où se trouvent le salon, la chambre d'Honorine, etc., l'autre, au contraire, est très petite et ne renferme qu'une pièce. Cette pièce, ouvrant sur le palier en face du grand salon, est un parloir; seulement dans une sorte de grande alcôve fermée se trouve un lit qui se donne quelquefois aux parents ou aux amis quand la maison est complètement pleine.

En montant l'escalier avec Honorine, j'aperçois la porte de ce parloir entr'ouverte. Une idée me passe par l'esprit, je prends Honorine au poignet, et, presque de force, je l'entraîne dans le parloir, qui n'est pas éclairé.

Nous y étions depuis une minute à peine, lorsque je crois entendre du bruit au rez-de-chaussée. Sans doute, c'est une visite. Je sors vivement et redescends à la cuisine auprès de la tante, de plus en plus absorbée dans la fabrication de son gâteau; tous les domestiques sont autour d'elle et écoutent ses explications.

Je lui dis que décidément ce gateau me tourmente aussi, et que je veux savoir précisément comment on le fait.

Mais ma voix est émue, et la bonne femme en fait
l'observation.

— Il est vrai, dis-je, je suis un peu souffrant.

Je m'étais trompé; il n'était pas venu de visite.

Rassuré, je remonte pour rejoindre Honorine, qui
était restée dans le parloir.

Il est bien certain, n'est-ce pas, qu'il y a des moments dans la vie où l'on ne fait que des sottises et
des imprudences. Ce moment avait sonné pour nous.
Tout au bonheur d'être seuls ensemble, nous ne pensions à rien autre chose, perdus en nous-mêmes, ou-
bliant où nous étions et les dangers qui nous entouraient.

La porte du salon qui s'ouvre nous ramène brusquement dans la réalité. Honorine se précipite sur le
palier et ferme la porte du parloir.

— Que fais-tu là ? demande M. Obernin, car c'était
lui qui était sorti du salon; d'où viens-tu ? Pourquoi
n'as-tu pas de lumière ? où est ma tante ? où est
M. d'Autrey ?

Chacune de ces questions rapides, violentes, fu-
rieuses, répondait en moi comme si j'eusse été frappé
par le battant d'une cloche.

Le parloir était sans autre issue que la porte ouvrant sur le palier; il était donc impossible de fuir.

Je me blottis derrière un rideau et j'attendis en
écoutant.

Mais les paroles d'Honorine, si elle répondait aux
questions de son mari, n'arrivaient pas jusqu'à moi.

Ce silence me fit perdre la tête : mon rideau était
trop court pour couvrir mes pieds, trop étroit pour
m'envelopper.

Je l'écartai et je courus m'accroupir derrière un
grand fauteuil.

J'étais peut-être bien caché, mis je ne me sentais
pas caché : l'autruche qui se fourre la tête sous une
feuille et se croit à l'abri n'est pas si bête qu'on veut
bien le dire : c'est beaucoup d'avoir confiance dans sa

propre ruse. Bon au théâtre, dans le *Mariage de Figaro*, mon fauteuil; mauvais dans la réalité.

Je l'abandonnai. Il me fallait autre chose, mais quoi ?

Sans bruit, j'ouvris la porte de l'alcôve dans laquelle se trouve le lit et la refermai vivement. Puis je voulus me glisser sous ce lit. Mais il était trop bas, je ne pus me faire assez mince pour passer. Alors je m'élançai dessus, et, grimpant sur le chevet, je tâchai de me draper dans les tentures.

Je n'étais pas derrière cette cachette depuis cinq ou six secondes, quand une lueur éclaira mon esprit affolé.

Je me sentis ridicule. Je descendis, et, après avoir refermé la porte, je m'assis sur une chaise au milieu du parloir; les bras croisés, j'attendis : la fuite était impossible, il n'y avait plus qu'à faire tête et à sauver Honorine.

Cette résolution me rendit la raison.

Cette course insensée dans les quatre coins du parloir avait été aussi rapide que celle d'une souris qui cherche son trou. Deux minutes ne s'étaient pas écoulées depuis la sortie d'Honorine.

Tout à coup, il me sembla entendre M. Obernin m'appeler dans la cour. Avec mon esprit m'était revenu l'usage de mes sens. J'écoutai. Il n'y avait pas à se tromper : c'était bien sa voix qui m'arrivait par la fenêtre.

Il n'était donc pas dans l'escalier; je pouvais sortir.

En moins de deux secondes je fus dans la cuisine, où je retrouvai la tante et les domestiques.

— Eh bien, dit-elle en remarquant ma pâleur, vous n'êtes pas mieux ?

— Non, et je vous serais reconnaissant de me faire préparer un verre d'eau; je retourne dans la cour prendre l'air.

Pendant que j'étais entré dans la cuisine, M. Obernin avait remonté l'escalier. J'entendis sa voix qui appelait Honorine. Au tremblement et aux éclats de cette voix, il n'était que trop facile de deviner ce qui se passait en lui.

Nous n'étions pas encore hors de danger; à tout hasard, je crus qu'il fallait mettre à profit mon indisposition prétendue, — prétendue n'est pas tout à fait le mot propre, car en réalité je n'étais pas à mon aise.

Une fois encore, je rentrai dans la cuisine et m'assis sur une chaise : j'étais assez ému, assez pâle pour faire croire à une défaillance. Ce n'était pas là un moyen merveilleux, mais jusqu'à un certain point cela pouvait servir à expliquer mon absence prolongée.

La tante, les domestiques s'empressaient autour de moi, quand j'entendis M. Obernin redescendre l'escalier en disant avec colère :

—Où donc est-il ?

Il entra dans la cuisine. Sa figure était bouleversée.

—Où étiez-vous tout à l'heure ? me demanda-t-il durement, vous ne m'avez pas répondu.

—Je n'ai rien entendu; j'étais et je suis indisposé.

—C'est vrai; dit la tante, il se plaignait à moi.

—Oui, mais où étiez-vous ?

—Dans la cour.

—J'y suis allé; je ne vous ai pas vu.

Honorine arrive.

Ah ! que les femmes sont admirables; elle était calme comme si simplement elle venait d'être dérangée dans sa broderie.

En me voyant sur ma chaise, elle s'informe de ma santé, s'empresse autour de moi, tout cela avec un naturel merveilleux. Si j'avais l'air d'un coupable, assurément elle n'était pas ma complice.

M. Obernin nous regarde longuement sans dire un mot.

Enfin je trouve que mon indisposition a assez duré et je me lève.

—Montez-vous ? me dit-il d'un ton roide.

—Sans doute.

J'étais maître de moi. En montant l'escalier à côté de lui, je veux le distraire de ses soupçons, et je me lance dans l'explication de mon malaise.

—Depuis un mois, ces défaillances m'ont pris plusieurs fois, cela commence à m'inquiéter.

—Ah ! vous vous inquiétez pour cela.

—Assurément. Ce n'est peut-être pas bien grave, mais c'est fort ridicule.

—Fort ridicule, en effet.

Dans le salon, l'oncle, qui ne comprend rien à tout ce qui se passe, m'interroge avec intérêt.

Il a vu un cas semblable au mien : c'était en 1814, en janvier, au moment où les Prussiens entraient en Alsace... Il avait alors vingt-huit ans.

M. Obernin, nous voyant lancés dans cette conversation, disparaît. Mon oreille, rendue fine par le danger, saisit les éclats d'une discussion avec Honorine; mais que disent-ils? je n'en sais rien, les paroles n'arrivent pas jusqu'à nous.

Au bout d'un quart d'heure, Honorine revient; elle est aussi calme que lorsqu'elle est sortie. C'est en vain que je veux lire sur son visage ce qui s'est passé avec son mari.

L'oncle, qui a fini son histoire, s'inquiète de l'absence de son neveu.

—Est-ce qu'il est aussi malade? demande-t-il.

—Je ne crois pas, dit Honorine, je vais le chercher.

Elle ne reparut que dix minutes après. Ces dix minutes me durèrent une éternité. M. Obernin la suivait, morne et sombre; il me sembla voir la figure d'un homme qui a pleuré : ses paupières étaient bouffies.

Pour moi, sous l'influence d'une réaction nerveuse, j'étais plein d'entrain. J'entamai une grande discussion avec l'oncle sur Pozzo di Borgo, car l'anecdote de 1814 nous avait mis en pleine histoire napoléonienne. Les idées me venaient, j'étais en verve. J'adressai la parole à M. Obernin et voulus l'entraîner dans notre dispute. Mais il ne laissa tomber que quelques mots vagues.

Tout en parlant, je tâchais de l'observer et de deviner l'état de son âme. Une idée paraissait l'absorber.

Tout à coup, il prit une bougie et sortit; je l'entendis ouvrir et fermer la porte du parloir.

Evidemment, il allait faire la visite de la chambre. Le lit fripé, piétiné! Nous étions perdus.

Je regardais Honorine pour lui dire que l'heure fatale avait sonné. Sa figure froide ne laissait rien paraître au dehors des tourments qui l'agitaient.

M. Obernin resta cinq minutes dans le parloir, je suivais l'heure sur la pendule du salon, puis il rentra plus blême encore que lorsqu'il était sorti.

Je n'avais pas interrompu ma démonstration de la supériorité de Pozzo sur Napoléon. Je continuais à parler avec véhémence. Mais quelle angoisse me rongeait!

Maintenant il s'agissait de partir. Chaque soir, quand je le quittais, il me conduisait jusqu'en bas, et sur le seuil de la rue, c'étaient encore de longues conversations, c'était le moment où nous disions des bêtises.

Qu'allait-il faire? Attendait-il mon départ pour avoir une explication?

Je pris mon chapeau. Je saluai les deux dames, serrai la main à l'oncle, et, arrivé devant M. Obernin, qui n'avait pas bougé, je lui tendis les deux mains.

Je n'avais plus de souffle.

Il y eut un moment de silence terrible; puis il mit sa main dans les miennes.

—Adieu, M. d'Autrey, dit-il.

Sa voix avait un accent navré. On eût dit que ce n'était pas à moi qu'il en voulait.

Contrairement à l'habitude, il ne m'accompagna pas.

Dans la rue, je marchai une heure en vagabondant sans savoir où mes pas me portaient. Le sentiment de délivrance que j'avais éprouvé en me retrouvant sur le grès du trottoir avait été purement physique, c'était quelque chose sans doute d'analogue à ce que ressent le naufragé qui se cramponne à une épave flottante; il respire, il n'est pas sauvé, autour de lui l'immensité et la tempête. Autour de nous aussi combien de dangers ! Il ne fallut pas de longues minutes de réflexion pour me les montrer; nous n'étions pas sauvés.

Enfin je rentrai chez moi, mais je ne me couchai pas.

J'ai passé ma nuit à t'écrire. Maintenant voici le matin qui s'avance, et j'attends M. Obernin.

Viendra-t-il ?

La question est trop dure pour que je veuille la creuser.

S'il ne vient pas, comment l'aborder désormais ? Je dois dîner aujourd'hui chez lui, car j'ai reçu une invitation depuis huit jours.

Si je pouvais voir Honorine, si elle m'écrivait, je saurais les paroles qui ont été échangées entre eux et au juste jusqu'où vont les soupçons.

Mais si je ne la vois pas, si elle ne m'écrit pas, quelle conduite dois-je tenir avec lui, tantôt, demain, tous les jours, jusqu'au moment où j'aurai pu m'entretenir avec sa femme ?

Voici le soleil du matin, le soleil rouge de décembre qui éclaire ma vitre. L'heure approche. Je clos cette lettre, qui peut-être sera ma dernière.

Pauvre Honorine !

XXI

Jusqu'à midi j'ai attendu M. Obernin, et j'avoue sans rougir que chaque bruit de pas dans mon escalier me serrait le cœur,

Je ne crois pas être lâche, mais véritablement la situation était mauvaise : j'aimerais mieux attendre la mort dans d'autres conditions; je dis la mort, car je ne me serais certes pas défendu contre lui, et il aurait eu toute facilité de me tuer.

A midi, l'espérance a commencé à me remonter un peu. Sans doute il ne viendrait pas. Mais pourquoi?

Je l'attends, je tremble. Je ne l'attends plus, je tremble encore.

Enfin, ne le voyant pas arriver, je me suis décidé à aller chez Rozerotte. J'avais besoin de parler, de m'étourdir. Je ne pouvais plus rester chez moi, épiant derrière ma fenêtre les passants dans la rue, écoutant tous les bruits de la maison, incapable de lire, incapable d'écrire.

Sur le Broglie, j'ai aperçu M. Obernin, il était heureusement avec deux personnes. Cela m'a tiré de l'embarras de savoir si je devais ou ne devais pas l'aborder. A ma vue, le rouge lui est monté à la figure. J'ai eu la force de ne pas baisser les yeux; lui, il a détourné les siens.

Les émotions de la soirée et de la nuit avaient laissé leurs traces sur mon visage, car, lorsque je suis entré chez Rozerotte, il a poussé un cri de surprise.

— Es-tu malade?

Jusque-là je n'avais parlé de mes amours à Rozerotte qu'avec une certaine réserve. « J'aimais, j'espérais être aimé. » Voilà tout. Mais l'heure des ménagements était passée. Rozerotte pouvait me servir, la discrétion céda devant la nécessité. Je lui racontai tout.

En m'écoutant, il poussait des exclamations et des grognements.

— Tu veux un conseil? dit-il, quand j'eus achevé mon long récit.

— Je veux que tu m'ouvres une voie par laquelle je puisse sortir de cette situation.

— Rien n'est plus facile : tu vas accepter deux billets de mille francs que je vais te prêter; à six heures, tu prendras le train et fileras directement jusqu'à Paris. En arrivant, tu te feras conduire rue Duphot, chez mademoiselle Simplice, du théâtre des Bouffes; ladite Simplice, prévenue par une dépêche de moi, te recevra à bras ouverts; tu resteras chez elle un jour, deux jours, tant que le cœur t'en dira, et tu n'en sortiras que pour aller chez le duc de Saint-Nabor, à qui tu raconteras ton histoire, en lui demandant de te caser à Paris.

—Parlons sérieusement: je n'ai ni l'esprit ni le cœur à la plaisanterie.

—Je parle très sérieusement. Je crois que si tu restes à Strasbourg, tout est perdu; il va se passer des choses terribles entre toi et le mari; l'un de vous deux laissera sa vie dans la bataille, et la femme, cause de cette guerre, sera déshonorée. Voilà pourquoi je veux t'envoyer à Paris. Quant à Simplice, je ne me moque pas de toi. Toutes les fois qu'une femme m'a causé des chagrins, je m'en suis immédiatement consolé avec une autre, et la grosse Simplice est très consolante.

—Tu n'as jamais aimé, pareil remède ne guérit pas un amour sérieux.

—Qu'est-ce donc que l'amour pour toi?

—Rien, moins que rien, s'il n'est pas une fatalité qui nous dompte et nous entraîne.

Rozerotte me regarda comme on regarde un fou et voulut me développer l'excellence de son conseil. Je pris mon chapeau et sortis.

—Tout ce que je te demande, lui dis-je, c'est d'ouvrir ce soir les yeux et les oreilles; après le dîner, nous causerons.

Enfin arriva l'heure du dîner.

A six heures, je fis mon entrée dans le salon, la tête haute, le sourire sur les lèvres, la mort dans le cœur. M. Obernin m'accueillit froidement, mais poliment; Honorine fut ce qu'elle était toujours. Les politesses échangées, je l'examinai pour tâcher de lire sur son visage ce qui s'était passé et quelle tenue je devais prendre; mais ce visage était impénétrable. A la voir accueillante, souriante avec tout le monde, on pouvait croire que le calme le plus parfait régnait dans son âme.

Incapable d'observer un pareil sang-froid, je me lançai dans une gaieté factice; j'accaparai la conversation comme si j'avais été un grand personnage, et tins tête à tout le monde. De temps en temps, je surprenais les regards de M. Obernin posés sur moi avec une fixité gênante.

Honorine remplissait ses devoirs de maîtresse de maison et s'occupait de chacun de ses convives. Parfois seulement l'effort qu'elle faisait se trahissait dans un froncement de sourcils et une contraction des lèvres; alors elle éprouvait comme un anéantissement de forces, et elle s'affaissait sur sa chaise. Mais cela passait comme un éclair, elle ramenait le sourire dans ses yeux et se rejetait dans la conversation.

Le dîner s'acheva sans que nous eussions heureusement à affronter un danger que je redoutais beaucoup. Depuis quelques jours, on ne parlait dans la ville que de l'histoire de ma colonelle, celle qui m'avait donné son bouquet de violettes; à la fin, la fortune l'avait abandonnée, et elle venait d'être surprise par son mari dans une situation telle qu'un duel avait été inévitable. Le mari avait donné un coup d'épée à l'amant, et la femme avait été renvoyée chez ses parents. Quelle contenance tenir si on abordait ce sujet ? Aussitôt que je voyais la conversation pencher de ce côté, je m'empressais de la détourner; à un moment, le mot militaire fut prononcé; de militaire à colonel, la pente était glissante; sans hésiter, je coupai la parole à la personne qui avait laissé tomber ce mot, et me lançai dans une tirade politique, aussi maladroite qu'absurde.

Dans le salon, j'espérais pouvoir m'approcher d'Ho-

norine et échanger avec elle un mot ou un signe. Mais
toute la soirée s'écoula sans que cela fût possible. Il
est vrai de dire qu'elle me parut éviter les occasions
et même se tenir à l'écart avec une certaine affectation.

Cette nuit allait donc être encore une nuit d'angoisse. De ce que M. Obernin n'était pas venu chez
moi et aussi de son accueil, je devais conclure qu'il
renonçait aux résolutions tragiques. Mais ses manières étaient si peu rassurantes qu'à un certain moment
Rozerotte s'était approché de moi et m'avait dit à
l'oreille :

— Défie-toi.

Avertissement superflu, car je sentais bien que si
nous étions dans le calme, c'était ce calme lourd et
menaçant qui précède les orages.

Enfin je renonçai à toute espérance d'éclaircisse-
ment pour ce soir-là, et ne pensai plus qu'à partir :
mais, malgré l'horrible fatigue que me causait le rôle
joyeux que je m'étais imposé, je ne pouvais pas me
sauver; paraître avoir peur eût été une maladresse et
une imprudence, je dus rester jusqu'au moment où
quelques invités se décidèrent à s'en aller.

Comme je prenais congé d'Honorine, elle m'arrêta
d'un geste de main, et tout haut, de manière à être
entendue de son mari qui n'était pas loin de nous et
de sa tante, près de laquelle elle était assise, elle me
dit en souriant :

— Pouvez-vous me donner une heure demain ? J'aurais un service à vous demander.

Je m'inclinai pour cacher la stupéfaction dans laquelle me jetaient ces paroles.

— A quelle heure serez-vous libre ? continua-t-elle.

— A votre heure.

— A quatre heures, alors.

— Eh bien ? s'écria Rozerotte quand nous fûmes
dans la rue.

— Eh bien ?

Jusqu'à une heure avancée dans la nuit nous restâmes à nous promener sur le Broglie, examinant les différentes hypothèses que permettait cet étrange rendez-vous, et toutes arrivèrent à de fâcheuses conclusions. Bien certainement, dans cette entrevue, il ne pouvait être question que d'une explication. Quelle serait cette explication ? sur quoi porterait-elle ? avec qui aurait-elle lieu ? toutes demandes auxquelles il nous était impossible de répondre.

A quatre heures, le lendemain, je sonnais à la porte d'Honorine.

On me conduisit au salon.

Elle était seule; c'est-à-dire que je ne voyais personne auprès d'elle.

—Madame, dis-je en saluant, je me rends à votre invitation.

—Je suis seule, nous pouvons parler librement.

Mais je ne m'en rapportai pas à cette parole :

—Où est M. Obernin ? dis-je à voix basse.

—A Schlestadt, d'où il ne reviendra que ce soir.

Elle se jeta dans mes bras : ce n'était plus la femme des jours précédents; autant elle avait été calme et résolue, autant elle était maintenant accablée et défaillante.

J'avais hâte de tout apprendre. Je l'interrogeai et la forçai à répondre.

Voici ce qui s'était passé entre elle et son mari, au moment où les éclats de leur discussion étaient arrivés jusqu'à moi.

Il lui avait demandé pourquoi j'étais avec elle dans le parloir; à quoi elle avait répondu que je n'étais pas entré dans le parloir.

—Pas entré ! je l'ai vu sortir.

Cette négation avait porté sa colère jusqu'à l'exaspération; il lui avait pris les mains avec brutalité et lui avait fait violence pour la forcer à avouer. Elle avait continué à répéter que je n'étais pas entré dans le parloir. Alors, il s'était écrié avec fureur qu'il allait venir me chercher dans le salon et me brûler la cervelle. Il était fou. Elle s'était cramponnée à lui, l'avait retenu de force, et avait fait si bien par les prières, les serments, la peur du scandale, le déshonneur de son nom et celui de ses enfants, qu'elle l'avait décidé à n'avoir d'explication avec moi que le lendemain, quand il serait en état de comprendre ce qu'il dirait et de garder sa dignité.

Remettre au lendemain, c'était gagner la nuit; mais elle avait compté sans la visite qu'il avait été faire du parloir, sans le désordre du lit qu'elle ne connaissait pas et qu'il lui a appris.

Cette nuit, ils l'ont passée dans la colère, dans les larmes, dans les menaces les plus terribles.

Qui avait défait le lit, si je n'étais pas entré dans le parloir? Cela était difficile à expliquer. Si j'y étais entré, pourquoi était-il défait? Ce n'était que trop facile à comprendre.

Elle commença par nier que le lit fût tel qu'il disait, et là, elle eut beau jeu, elle était sincère. Il la mena dans le parloir et lui montra les traces de mon escalade. Heureusement, là encore, sa surprise nous servit et parvint à jeter des doutes dans l'esprit de M. Obernin.

Le lit était piétiné; cela était certain et sautait aux yeux. Mais par qui avait-il été piétiné? Elle n'en savait rien. La seule chose qu'elle pût affirmer, c'est que ce n'était pas par moi, puisque je n'étais pas entré dans le parloir.

De cette affirmation elle ne démordit pas, et, à force de la répéter, elle finit par y donner une sorte de consistance.

Enfin, vers le matin, plus par lassitude que par persuasion, elle lui avait arraché cette concession : qu'il n'aurait avec moi aucune explication, et que ce serait elle qui se chargerait de me faire comprendre que mon assiduité dans la maison devenait compromettante.

—Soit, avait-il dit, mais je serai présent à l'entre-vue.

A cela, elle s'était absolument refusée.

—Ou vous avez confiance en moi ou vous n'avez pas confiance, avait-elle dit. Si vous n'avez pas cette confiance, il faut nous séparer; si vous l'avez, il faut me laisser le soin de sauver ma réputation et d'assurer votre repos.

En parlant ainsi, elle savait quelle influence elle avait sur lui. Si cette influence était toujours intacte, il céderait; si elle était amoindrie, il refuserait.

Il céda.

—Demain, après dîner, dit-il, en ma présence, tu lui diras que tu désires avoir un entretien avec lui, et je quitterai la maison.

—Cet entretien, que doit-il être? dis-je en interrompant le récit d'Honorine. Il a dû t'en fixer les bases. Que veut-il de moi? Que t'impose-t-il à toi-même?

—Il ne veut pas de rupture, continua-t-elle, c'est-à-dire de rupture violente, car, malgré tous les faits qui depuis longtemps déjà l'ont frappé, il n'a pas de preuve. Il a des inquiétudes, des soupçons, il n'a pas de certitude. Si grande que soit sa confiance, il ne peut pas s'empêcher d'être frappé d'une foule de circonstances équivoques, qui, groupées, élèvent contre nous de terribles accusations. Dans ces conditions, les relations d'intimité que nous avons eues jusqu'à présent sont impossibles, elles le font trop souffrir. Il se trouve dans un état d'irritation profond, jamais il ne se remettra du coup dont il a été frappé, et il sent qu'en vous voyant il pourrait se laisser aller à des mouvements de vivacité et de colère qui amèneraient entre vous un conflit. Or, ce conflit, il veut avant tout l'éviter; car, si précis que soient ses doutes, il vous aime toujours d'une amitié vivace, qui lutte douloureusement contre sa jalousie.

—Eh bien! que veut-il? interrompis-je, blessé de

ces paroles, qui, comme les coups du remords, m'entraient dans le cœur.

— Il veut, continua Honorine d'une voix hésitante, il veut que notre intimité soit suspendue et que nous ne nous voyions plus que rarement.

Mes craintes, Dieu merci, avaient dépassé la réalité : une rupture qui n'était pas franche et radicale me laissait encore quelque espérance.

Mais de même que j'avais été trop prompt à voir tout perdu, j'étais trop prompt maintenant à me rassurer. Honorine, qui jugeait plus raisonnablement la situation, me la fit comprendre.

Nous avions affaire à un homme qui, ne m'ayant pas tué sur le coup, sentait maintenant tous les dangers d'un scandale et voulait les éviter. Rompre brusquement, c'était s'exposer aux commentaires du monde. Deux amis comme nous ne se séparent pas sans cause; et cette cause n'était pas difficile à trouver. Au contraire, relâcher les liens de notre intimité, c'était dérouter la curiosité publique, et en même temps c'était maîtriser mon caractère ombrageux. En me laissant entrevoir le moment où nos relations reprendraient comme par le passé, le temps s'écoulerait, le printemps arriverait, ils partiraient pour Kirnec, et quand ils reviendraient à l'hiver, la séparation complète et définitive pourrait s'opérer sans blesser les apparences comme sans braver le ridicule.

Je restai atterré. Ce plan prudent et adroit ne nous laissait aucun espoir; c'étaient bien là d'ailleurs les moyens d'un paysan qui, pour marcher tortueusement à son but, n'y arrive pas moins sûrement.

— Eh bien non, m'écriai-je, emporté par la colère de me voir enlacé dans ces pièges, je ne me laisserai pas assassiner ainsi : il ne veut pas avoir d'explication avec moi, mais moi j'en aurai une avec lui.

Mais c'était là l'exaltation du désespoir; avant de penser à mon amour, je devais penser à l'honneur d'Honorine et ne pas provoquer une querelle qui pouvait le compromettre.

Il fallait subir sans se révolter les conditions qu'il lui plaisait de nous imposer, heureux encore qu'elles ne fussent pas plus dures.

C'en était fini.

Pendant une heure, nous n'avons cessé de pleurer dans les bras l'un de l'autre.

Nous ne pourrions plus nous voir.

Cette chambre, où nous avions été si heureux, je n'y rentrerais plus.

Dix fois j'allai jusqu'à la porte, et dix fois je revins pour la serrer dans mes bras. Encore un baiser, encore une parole, une recommandation.

Je la quittai à moitié morte, et moi, je sortis, la tête perdue, le cœur brisé, les jambes vacillantes. Dans cette maison que je connaissais si bien, je ne pus trouver la serrure de la porte de l'escalier.

Heureusement pour Honorine, pour sa douleur, elle a ses enfants, son dernier surtout, sa fille, qui va l'occuper et l'absorber : le sentiment maternel remplacera peut-être l'amour qu'elle avait pour moi.

Mais moi ? Ah ! j'aurais besoin d'être brusquement arraché à cette ville maudite où je n'aurais jamais dû venir. Et cependant je repousserais celui qui voudrait me rendre ce service.

Après tout, c'est ici qu'elle demeure.

XXII

Il avait été convenu avec Honorine que chacun de nous s'appliquerait à sauvegarder les apparences, et à entretenir le monde dans la conviction que nos relations restaient telles qu'elles avaient toujours été.

Deux ou trois fois la semaine, à l'heure où je les savais l'un et l'autre sortis, j'allais sonner rue de la Nuée-Bleue. Puis, quand le domestique paraissait, surpris de ma mauvaise chance à ne pas rencontrer ses maîtres, je demandais où ils étaient afin d'aller les rejoindre.

Quelquefois il arrivait que nous nous trouvions ensemble dans les maisons amies : alors nous agissions les uns envers les autres comme par le passé : serrements de mains avec M. Obernin, langage amical avec Honorine, politesses empressées.

Obligé par les convenances d'entretenir Honorine en public, je pouvais parfois lui glisser quelques mots sincères. Si je lui débitais un compliment plus ou moins niais que je commençais à voix haute de manière à être entendu de mes voisins, je l'achevais quelquefois à voix basse pour ses seules oreilles.

— Votre toilette avant-hier à la soirée du général était d'un goût ravissant; — tu étais belle, je t'adore.

Lorsqu'elle mettait sa main dans la mienne, le monde ne pouvait voir qu'une politesse banale; mais, pour nous, il y avait une étreinte qui nous faisait bondir le cœur.

Dans cette catastrophe, je ne me sentais aucune honte contre M. Obernin, et lui, de son côté, semblait revenir à ses anciens sentiments d'amitié.

En causant, il nous arrivait de nous traiter comme autrefois; des mots, des intonations d'affection nous échappaient à notre insu, et alors tous deux nous nous examinions à la dérobée avec inquiétude.

Cependant j'eus la preuve que ses soupçons n'allaient point en s'affaiblissant, et qu'il désirait vivement me voir quitter Strasbourg.

Il fit des démarches auprès de mon préfet, et aussi auprès de quelques personnages influents, pour qu'on me nommât sous-préfet. Aux yeux du public, il n'y avait là rien que de bien naturel : c'était la dette de reconnaissance qu'il avait contractée envers moi au sujet de son élection qu'il voulait payer; mais aux miens, il y avait une autre explication de cet intérêt exagéré, — il voulait m'éloigner.

Peut-être, si j'avais agi dans le même sens que lui et si j'avais lancé mes amis à l'assaut pour aider les siens, nous aurions emporté ma nomination. Mais cela ne me convenait pas.

Ne vois pas dans ce refus le désintéressement d'une conscience qui répugne à servir parmi ses adversaires. Désintéressement et noblesse d'esprit sont, hélas ! depuis longtemps étouffés en moi. Si je pense encore comme au temps de ma jeunesse, je n'agis plus comme je pense. J'ai si bien pris l'habitude de plaider les circonstances atténuantes, que je suis arrivé à croire mon plaidoyer.

Non, si j'ai refusé d'aider à ma nomination, ce n'a point été par fidélité à mes principes, mais par fidélité à mon amour. Il ne m'a pas convenu de quitter Strasbourg pour ne pas m'éloigner d'Honorine. Je me suis nettement expliqué là-dessus avec mon préfet, quand il m'a proposé l'arrondissement d'Argelès, dans les Pyrénées.

A mon refus, il a répondu par un sourire fin et discret qui, pour ceux qui le connaissent, dit tant de choses.

—Vous voudriez Saverne, dit-il, ou bien Schlestadt, ou même Sarrebourg, ou encore Saint-Dié.

—Je voudrais ne pas m'expatrier.

—Expatrier est un grand mot. Je crois que vous avez tort. Il arrive un moment où il faut rompre brusquement avec nos habitudes de jeunesse. Argelès vous serait bon pour cela. Mais je n'insiste pas; je ne me reconnais pas le droit de me mêler de vos affaires malgré vous. Je dirai à M. Obernin que vous refusez.

C'était là l'épigramme dont il me faisait payer ses bons offices. Je ne répondis pas, bien persuadé qu'il ne parlerait pas de ce refus à M. Obernin, et qu'il avait seulement voulu me montrer qu'il devinait les raisons qui me retenaient à Strasbourg.

Bien que je sentisse toute l'absurdité de mon obstination à demeurer à Strasbourg dans la situation qui nous était faite, j'aurais peut-être longtemps encore, très longtemps persisté, si un incident terrible pour Honorine n'était venu me forcer la main.

La petite fille d'Honorine était arrivée à l'âge de marcher seule, et cependant elle ne pouvait se tenir sur ses jambes. Tout d'abord, on n'avait point fait grande attention à cela, et pour se rassurer on s'était dit : C'est une enfant qui est en retard. Mais à la longue l'inquiétude était venue. Chaque fois qu'on voulait poser l'enfant sur ses pieds, elle poussait des cris affreux.

On avait appelé un médecin, deux médecins, quatre médecins, chacun avait donné un nom différent à cette maladie obscure, aucun n'avait donné un remède pour la guérir.

Le caractère de M. Obernin n'est pas de se payer de paroles : un beau jour, il avait réuni tous ces médecins auprès de sa fille, il leur avait adjoint une des grandes célébrités parisiennes, et il leur avait demandé de s'accorder.

Alors, pendant une heure, ils avaient mis la pauvre petite à la question : comme sa bouche ne pouvait pas répondre, ils avaient pétri, tiraillé, torsionné sa chair pour lui arracher son secret. Enfin, ils avaient été d'avis qu'il y avait une affection de l'articulation de la hanche, affection qui ne pouvait être guérie que par un repos absolu.

On avait ficelé ses jambes sur des attelles comme on le fait pour les membres fracturés, puis elle avait été étendue sur son lit et maintenue dans l'immobilité.

Peut-être un pareil traitement est-il excellent pour les grandes personnes; mais, sur un enfant, il ne tarda pas à produire des effets déplorables.

L'enfant vit de mouvement et d'air autant que de nourriture; la pauvre mignonne, sanglée sur son matelas, s'étiola bien vite et perdit toutes ses forces.

Bien que ce fût l'enfant dont la venue au monde m'avait causé de si grandes tortures, je l'aimais tendrement. Si elle était la fille de M. Obernin, elle était aussi celle d'Honorine : et puis si douce et si gentille avec sa petite mine rose et ses yeux souriants.

Sa maladie m'avait inquiété et peiné, et chaque jour j'allais prendre de ses nouvelles. Le vieux docteur Frost étant mort, avait été remplacé par un de mes amis que j'avais vivement recommandé et pour ainsi dire imposé, Sergines.

Tous les soirs je m'arrangeais pour rencontrer Sergines et me faire expliquer le bulletin que dans la journée j'avais été chercher rue de la Nuée-Bleue.

Jeune encore, Sergines est un garçon d'avenir, piocheur, actif, et je le crois savant dans son art.

L'état de la petite Henriette le tourmentait vivement; il la voyait dépérir chaque jour, et il n'était point d'avis que le traitement ordonné par ses grands confrères dût être continué. Mais il paraît que dans l'état médical il y a, comme dans l'état militaire, une hiérarchie, et que, quand un général a parlé, un sous-lieutenant n'a rien à dire. Or, Sergines n'était encore que sous-lieutenant, et, tout en blâmant les mesures prises par ses anciens, il n'osait pas les changer.

Avec moi, il s'expliquait franchement sur les inconvénients qu'il trouvait à cette immobilité étiolante; avec les parents il était plus retenu : il mettait même dans ses observations une prudence qui me choquait : par cela seul qu'il était mon ami, j'aurais voulu lui voir plus de décision dans le caractère, j'aurais voulu qu'il ne fît point passer son désir de contenter tout le monde, de ménager celui-ci, de plaire à celui-là, avant les exigences de sa conscience.

Plusieurs fois, je lui en fis l'observation; mais toujours il me répondit qu'il avait prévenu les parents comme il le devait, et que c'était à eux d'aviser.

A la fin, inquiet de voir les choses suivre leur cours sans aucun changement dans le traitement, mais avec une aggravation dans l'état de l'enfant, je résolus de faire moi-même une démarche auprès d'Honorine.

J'attendis un jour où M. Obernin serait à Kirnec, et ce jour-là, au lieu de m'en tenir aux nouvelles que me donnait le domestique, je demandai à voir Honorine.

Elle me fit répondre que, retenue auprès de sa fille, elle regrettait de ne pas pouvoir me recevoir.

En toute autre circonstance je me serais probablement retiré fâché, mais je persistai et lui fis dire que j'avais absolument besoin de l'entretenir un moment.

On me conduisit au salon, et après une attente assez longue, je la vis paraître.

Lorsqu'elle entra, je ne fus pas maître de mon premier mouvement, j'oubliai pourquoi j'étais là, et je marchai vivement au-devant d'elle, mais elle recula.

—Que me voulez-vous, dit-elle, pourquoi venez-vous me poursuivre jusqu'au lit de ma pauvre petite fille ?

Je l'examinai. Depuis plus d'un mois je ne l'avais pas rencontrée. Elle était pâle, fatiguée, et son visage flétri gardait la contraction nerveuse de la douleur.

—Je viens pour Henriette, dis-je tristement; l'amitié que j'ai pour elle m'oblige à vous voir. Est-ce un crime à vos yeux ?

—Oui, un crime dont je ne veux pas être la complice.

—Vous direz que j'ai voulu avoir des nouvelles de l'enfant, si M. Obernin apprend ma visite.

—Il ne s'agit pas de M. Obernin. Sortez, je vous prie. Laissez-moi retourner près d'elle.

Et elle se dirigea vers la porte : je me plaçai devant son passage et la retins par la main.

Mais elle se dégagea vivement et me repoussa.

—Laissez-moi; ne me touchez pas.

—Puisque je suis entré, je ne vous quitterai pas ainsi.

Elle recula en me regardant avec effroi; je fis autant de pas en avant qu'elle en fit en arrière.

Mais je ne me sentais pas sur elle le pouvoir que j'avais toujours eu: c'était elle, au contraire, qui me dominait.

Je m'arrêtai malgré moi devant l'indignation qui éclatait dans son regard.

—Après trois mois de séparation, c'est donc ainsi que tu me reçois!

—Ah! ne me parlez pas ainsi, s'écria-t-elle, tout est rompu entre nous. Que me voulez-vous? N'est-ce pas assez pour vous de la maladie d'Henriette, vous faut-il donc sa mort?

—Ce que vous dites là est insensé. Vous savez bien que j'aime la petite fille, et que je l'ai toujours aimée!

—C'est là votre crime. C'est votre amour qui la tue. Dieu me punit.

C'était donc là le secret de ses paroles étranges. Le remords. A ses yeux, la maladie de l'enfant était une expiation.

Sans être dévote, Honorine était de par sa nature et son éducation sincèrement religieuse. Depuis son mariage, elle n'avait pas suivi régulièrement les pratiques de l'Eglise, mais elle ne les avait pas non plus complètement abandonnées; il n'était donc pas étonnant que, dans son malheur, elle fût revenue à des sentiments de religiosité exagérés. C'était l'enfant qui payait pour nous.

L'esprit faussé par les idées qui lui avaient été imposées, la pauvre mère trouvait naturel que ce fût l'innocent qui payât pour le coupable. Les desseins de Dieu ne sont-ils pas mystérieux? Il y avait eu faute, il devait y avoir expiation: qu'importait la victime!

J'avais appris par Sergines qu'un prêtre de Saint-Pierre-le-Jeune venait depuis quelque temps assidûment dans la maison; plus de doute maintenant sur ces visites. Il avait trouvé Honorine tourmentée par les remords, il s'était emparé de son esprit et il lui avait montré la maladie de l'enfant comme le résultat de sa faute.

En une minute, cette situation nouvelle se déroula devant moi et je restai accablé. Que dire pour combattre ces leçons qui étaient tombées dans un cœur si malheureusement disposé à les recevoir? Elle m'échappait. Comment toucher cette mère infortunée, sensible maintenant à la seule maladie de son enfant? Notre amour, si rudement attaqué par la séparation que le mari avait opérée, ne l'était-il pas plus rudement encore par ces complications morales?

Habituée comme elle l'était à lire en moi et à suivre les mouvements de mon esprit et de mon cœur, elle sentit bien que je cherchais à lui répondre. Elle ne m'en laissa pas le temps.

— Si vous m'avez aimée, dit-elle, ayez pitié de moi. Partez, ne restez pas ici plus longtemps.

Puis, comme je la regardais tristement, elle se jeta à mes pieds et fondit en larmes.

Profondément ému de voir cette femme que j'aimais tant à mes genoux, je voulus la relever; mais elle se dégagea de mes bras, et, restant toujours sur le tapis, elle leva la tête vers moi.

— Ecoute, dit-elle en revenant au tutoiement et en reprenant son accent doux et passionné au lieu de la voix sèche et dure qu'elle avait depuis mon arrivée, tu es bon, tu ne me refuseras pas. Si tu veux jurer de ne me revoir jamais, de ne jamais me parler d'amour, Henriette, j'en suis certaine, guérira. Dieu se laissera attendrir, et au lieu de me frapper en elle, il me punira seule. Et ce sera justice, puisque seule j'ai été coupable. J'étais malheureuse de te voir entrer dans cette maison, mais maintenant je sens bien que c'est Dieu qui t'envoie. C'est lui qui t'as donné cette inspiration. Tu as la vie de ma fille entre tes mains.

C'était de la folie pure que ces paroles, mais combien souvent est-ce cela précisément qui est impossible ou fou qui nous touche le plus profondément ! Cet appel me remua jusqu'au fond du cœur et les larmes m'emplirent les paupières.

—Dieu te touche, s'écria-t-elle en voyant mon émotion.

Et joignant les mains, elle fixa ses yeux sur les miens avec une exaltation qui me fit frissonner.

Je ne sais pas si le Dieu qu'elle invoquait daignait faire ce miracle, mais j'étais disposé aux derniers sacrifices. N'était-ce pas à moi de rendre le calme à cette femme qui, par ma faute, avait tant souffert ? L'heure était venue de la générosité.

—Jure, dit-elle, jure que tout est rompu entre nous!

Il fallait parler.

—Tu le veux, dis-je en me penchant vers elle, eh bien ! je le ferai ce serment; mais à une condition.

—Oh ! noblement, Robert.

—Ce n'est pas pour moi que je veux parler, c'est pour elle, c'est pour la sauver.

—Si tu jures, elle sera sauvée.

Si je faisais le sacrifice de mon amour, je voulais au moins que ce ne fût pas inutilement : en rendant la tranquillité à la mère, je voulais en même temps rendre la santé à l'enfant. Je fis promettre à Honorine de ne pas s'en tenir au traitement jusque-là suivi et d'appeler une nouvelle consultation de médecins.

—Ah ! oui, tu l'aimes, s'écria-t-elle.

Ce fut son dernier éclat de passion, et quand je voulus la prendre dans mes bras avant de nous séparer à jamais, elle me repoussa. Elle avait hâte de me renvoyer pour retourner près de sa fille.

Je sortis navré. Cette fois, c'était bien fini : jamais plus je ne franchirais le seuil de cette maison.

L'enfant ne guérit point. Elle mourut trois semaines après le serment qui m'avait été arraché pour la sauver.

Je me rendis à l'enterrement, mais je n'osais point entrer dans la maison avec les parents et les amis; je restai dans la rue et me joignis au cortège lorsqu'il partit pour l'église.

M. Obernin était accablé, plus mort que vif. Je n'ai jamais vu de douleur pareille à la sienne. Quelle ruine pour ses projets d'avenir !

A l'église et au cimetière, je fis des réflexions qui me dictèrent ma conduite.

Trois jours après l'enterrement, je me présentai rue de la Nuée-Bleue chez M. Obernin.

— Je vous demande pardon, lui dis-je, de venir vous troubler dans votre douleur, mais il y a quelques mois vous avez fait des démarches pour obtenir ma nomination : aujourd'hui, si vous vouliez appuyer celles que font mes amis, je crois que je pourrais être nommé à Remiremont.

Il me regarda longuement, puis tout à coup, fondant en larmes, il se jeta dans mes bras.

Ce matin ma nomination de sous-préfet à Remiremont a paru dans le *Moniteur*.

XXIII

J'étais à Remiremont depuis un mois à peine, quand je reçus une lettre de Rozerotte qui vint brusquement changer mes dispositions morales.

Les premiers jours avaient été affreux. Le pivot sur lequel ma vie avait roulé depuis plusieurs années ve-

naît de casser; dans ma chute, je ne trouvais rien à
quoi me cramponner et me retenir; habitudes, sentiments, tout en moi et autour de moi était bouleversé,
anéanti : c'était une vie nouvelle à refaire.

Mais peu à peu j'avais commencé à me reconnaître
dans ce trouble : l'orage qui était tombé sur mon
amour l'avait brisé sans le réduire en cendres, sous
les ruines qu'il avait faites les matériaux pouvaient
être retrouvés, assemblés à nouveau. Autrement dit,
Remiremont n'est pas bien loin de Strasbourg et encore moins loin de Kirnee : la jalousie de M. Obernin
s'éteindrait faute d'aliments, l'exaltation d'Honorine
tomberait. Tout n'était peut-être pas encore fini. Sans
doute nous ne reverrions jamais les belles et chaudes
journées printanières de nos amours, mais enfin ce
n'était pas encore la nuit froide, le néant.

L'homme qui tombe à l'eau se rattache à un brin
de paille; l'espérance vague à laquelle je me rattra-
pais était ce brin de paille, elle ne me sauvait pas,
mais elle m'empêchait de m'abandonner.

En même temps la masse de travail que j'avais eu
à déblayer pour mon installation avait contribué à
me distraire de mon accablement.

Par sa lettre, Rozerotte m'apprenait que M. Obernin
était sérieusement malade et que sa vie était en
danger.

Il n'est pas besoin que je dise, n'est-ce pas ? l'effet
de cette nouvelle sur mon esprit et sur mon cœur.

Immédiatement j'avais envoyé une dépêche électrique à Rozerotte, car sa lettre datait de deux jours,
et pendant ces deux jours il avait pu se passer bien
des choses : la réponse télégraphique fut que l'état
du malade inspirait les plus grandes inquiétudes.

Je me sentis incapable d'attendre à Remiremont :
j'envoyai chercher une voiture, je me fis conduire à
Epinal, et après m'être entendu avec mon préfet, je
partis pour Strasbourg, où j'arrivai le soir.

Le cœur me battait fort en tirant la sonnette de

Rozerotte. Celui-ci était chez lui, prêt à partir pour aller passer la nuit auprès de M. Obernin.

—Que viens-tu faire ? s'écria-t-il en me voyant.

—Savoir; je n'ai pas pu rester à Remiremont dans l'attente. Quelle est sa maladie ? Dans quel état est-il ?

Sa maladie était la fièvre typhoïde; mais c'était depuis deux jours seulement qu'on était fixé. Tout d'abord Sergines avait annoncé la fièvre typhoïde, mais les autres médecins appelés en consultation avaient déclaré que c'était une grosse erreur. M. Obernin n'était pas malade, c'est-à-dire qu'il n'avait pas de maladie proprement dite, son état tenait au chagrin pour l'un, au trop de santé pour l'autre.

On avait ainsi perdu un temps précieux en tâtonnements. Le mal avait marché à grands pas. Sergines effrayé avait proposé à Honorine d'appeler Carbonneau, et il avait été le chercher lui-même à Paris.

Carbonneau en voyant le malade s'était mis dans un de ces accès de colère qui ont fait pour sa célébrité au moins autant que son talent.

—Pourquoi m'a-t-on dérangé ? s'était-il écrié. Est-ce qu'on me prend pour le bon Dieu ! Je ne suis que médecin, je ne ressuscite pas les morts.

Cependant, il avait ordonné une médication énergique, et arrivé dans la nuit, il était reparti le matin avec cinq mille francs dans sa poche.

En ce moment on appliquait cette médication. Vésicatoires, bains, glace; mais dans cette puissante nature la fièvre faisait rage : le délire était permanent.

—Et Honorine ? dis-je quand Rozerotte m'eut donné ces détails.

—Elle est admirable de force : depuis le commencement de la maladie, elle n'a pas quitté la chambre de son mari; il n'a pas pris une cuillerée de potion qu'elle ne la lui ait elle-même tendue.

—Comment supporte-t-elle ce nouveau coup ?

Son chagrin est immense, mais son courage est au-dessus de son chagrin.

—Oui, c'est un grand cœur.

Rozerotte me quitta, mais au bout de deux minutes il revint :

—Je crois que ta présence à Strasbourg, dit-il, est une maladresse; tu feras donc bien de ne pas te montrer; il est inutile de donner un aliment à la malignité du monde. Si j'étais maître de toi, je te renverrais instantanément à Remiremont; mais, comme je sais que tu ne suivrais pas ce conseil, je te demande de rester enfermé ici jusqu'à demain.

Ces paroles étaient trop sages pour n'être pas écoutées. D'ailleurs où aller? Je n'avais qu'une préoccupation : cette maladie.

Je restai donc au coin du feu de Rozerotte. Mais dans le milieu de la nuit, à l'heure où la ville devait être déserte, quand dans le silence je n'entendis plus ni bruit de voitures, ni bruit de pas, je ne pus résister à l'envie d'aller rue de la Nuée-Bleue. Je m'enveloppai dans le manteau de Rozerotte et je partis.

La maison était précisément telle que je l'avais déjà vue pendant la nuit où Honorine était accouchée de cette pauvre petite Henriette : toutes les fenêtres du premier étage étaient éclairées, et sur les rideaux on voyait de temps en temps passer lentement des ombres. Dans la rue était une litière épaisse, et la paille mouillée exhalait une odeur écœurante.

Je m'assis sur la borne où tant de fois j'étais venu m'asseoir. Les temps étaient bien changés, ce n'était plus la jalousie qui me clouait là, mais une curiosité coupable. Il était sur son lit mourant. Mourrait-il, guérirait-il? Il me fallait faire effort pour maintenir mon esprit dans ces deux hypothèses et ne pas aller au delà.

A un certain moment, il se fit un grand mouvement dans la chambre, les ombres s'agitèrent rapidement, les lumières coururent çà et là, il me sembla entendre des cris étouffés. J'écoutai, mais rien de dis-

tinet n'arriva jusqu'à moi. Que se passait-il ? Etait-il
plus mal ? Etait-il mort ?

Puis, après un quart d'heure, une demi-heure peut-
être, le calme et le silence se rétablirent.

Le vent d'est me soufflait à la figure le brouillard
glacé du Rhin; mes dents claquaient, le froid m'avait
pénétré jusqu'aux os; j'abandonnai la place.

Vers le matin, j'entendis Rozerotte mettre sa clef
dans la serrure : je courus au-devant de lui.

—Eh bien ?

—Il est perdu.

—Perdu !

Rozerotte me regarda longuement sans répondre;
je baissai les yeux.

—Comment la nuit s'était-elle passée ?

—Une nuit épouvantable. J'en suis accablé. Ah ! le
pauvre homme ! Ce n'était pas à moi d'assister à ce
spectacle, mais à toi.

—Qu'est-il donc arrivé ?

—Jusqu'à minuit, il est resté calme, comme engourdi. A minuit, Sergines s'en est allé, et nous
sommes seuls, madame Obernin et moi, demeurés
dans la chambre; les domestiques et la garde dans
une pièce à côté. Quelques instants après le départ
de Sergines, il a commencé à délirer, mais doucement, par quelques mots entrecoupés qui ne se sui-
vaient pas et n'annonçaient pas d'exaltation. Brusquement, il s'est levé sur son séant et il a appelé sa
femme.

—Il faut rester là, dit-il d'une voix empâtée, là
tout près, j'ai peur.

Elle s'est approchée du lit et lui a pris la main.

—Qui est là ? a-t-il dit bientôt en regardant autour de lui.

—C'est M. Rozerotte.

—Rozerotte ! où est d'Autrey, — d'Autrey est ici,
qu'il sorte !

Et il s'est mis à gesticuler avec fureur en délirant,

nous avons eu grand'peine à le maintenir. Il prononçait des phrases qui n'avaient aucun sens, mais dans lesquelles ton nom revenait souvent.

Nous lui avons fait prendre une potion qui devait l'endormir, mais qui l'a seulement calmé un peu. Il n'a pas lâché la main de sa femme et de temps en temps il la caressait.

—Rozerotte, vous êtes un bon ami, m'a-t-il dit, comme s'il me connaissait seulement à l'instant, pourquoi d'Autrey n'est-il pas avec vous ? j'aurais voulu le voir.

Ces quelques mots avaient été prononcés avec un accent raisonnable, mais le délire reprit avec des intermittences de paroles sensées.

—Mets ta tête sur mon oreiller, dit-il à sa femme, là, tout près, contre moi comme la nuit de notre mariage. Je t'aimais bien, je t'aimais trop.

En disant cela, un flot de larmes a jailli de ses yeux, madame Obernin n'a pas pu retenir ses sanglots, et moi, tout dur que je sois, j'ai senti mes joues mouillées.

De sa main pâle et blanche comme ses draps, il a maintenu la tête de sa femme sur son oreiller, et il s'est approché d'elle de telle sorte que leurs deux joues se touchassent. Longtemps il est resté ainsi sans parler; il paraissait moins oppressé, sa respiration était moins haute.

—Rozerotte, dit-il, il faudra vous marier.

—Je veux bien, je vous charge de me trouver une femme.

Je me rassurais presque et me disais que les médecins se trompaient peut-être, quand tout à coup il a repoussé sa femme. Recommençant à parler et à gesticuler avec emportement :

—Donne-moi ton crucifix, dit-il.

Elle apporta un grand christ en ivoire qui est crucifié sur un panneau de velours noir.

Je croyais qu'il avait un accès de dévotion et voulait faire une prière; mais, quand sa femme lui présenta le crucifix, il le repoussa.

—Non pas à moi; là, là, dit-il en montrant les pieds du lit.

Je compris qu'il voulait qu'on posât le cadre contre le lit. Ses mains tremblaient, il s'était assis sur son séant, et il nous regardait avec des yeux effrayants.

—Mets-toi à genoux, dit-il à sa femme.

Elle se mit à genoux.

—Donne-moi ta main.

Elle la lui donna. Ces préparatifs avaient quelque chose de lugubre. Haletant, les yeux ardents, la bouche contractée, il me faisait peur.

—Tu vas me jurer, dit-il en lui posant la main sur le christ, de ne jamais épouser d'Autrey.

Si Rozerotte avait été ému par ce qu'il avait vu et entendu, je l'étais, moi aussi, terriblement, par son récit. A ces mots, l'angoisse m'emporta :

—A-t-elle juré ?

—Attends-un peu; si tu veux savoir comment les choses se sont passées, laisse-moi me les rappeler avec ordre. Madame Obernin, à genoux devant le lit, avait la main posée sur le christ, et plus morte que vive, aussi pâle que le malade, elle tenait ses yeux baissés.

—Je veux mourir tranquille, reprit-il; si tu me fais ce serment, je serai moins malheureux. Je ne veux pas qu'il t'épouse.

Il s'était penché tout à fait sur sa femme et il parlait en gesticulant vivement. Je craignais qu'il ne tombât, mais je n'aurais pu le retenir qu'en dérangeant madame Obernin et, paralysé par l'émotion, je n'osai remuer.

—Jure, reprit-il, jure, j'aurai foi dans ta parole.

Disant cela, il voulut la tirer à lui; mais ce fut lui, au contraire, qui vint à elle; il glissa de son lit incliné et roula sur le tapis.

Je voulus le relever, mais il se débattait : il fallut appeler les domestiques. Nous le replaçâmes dans son lit sans qu'il s'arrêtât de parler. Mais ses paroles n'avaient plus aucun sens : c'était une suite de mots incohérents avec des cris et des accès de colère. C'est vers le matin seulement qu'il s'est engourdi. Sergines en arrivant m'a dit que l'agonie allait commencer et qu'assurément il allait mourir ce soir ou dans la nuit.

— Et Honorine ?

— Nous l'avons prévenue. Mais elle-même sentait bien que tout était perdu. Elle a envoyé chercher un prêtre qui doit être à la maison en ce moment. Avant mon départ, elle a fait monter son fils pour qu'il pût dire adieu à son père. Mais celui-ci ne l'a pas reconnu.

Rozerotte insista de nouveau pour me faire partir, mais je ne pus m'y décider. Je restai enfermé chez lui toute la journée sans voir personne; assis à une fenêtre, caché derrière un rideau, je me tenais les yeux fixés sur la rue de la Nuée-Bleue : au mouvement de la rue, il me semblait que je devinerais ce qui se produirait dans la maison.

Il mourut le soir, comme Sergines l'avait annoncé.

Quand Rozerotte, qui allait d'heure en heure s'informer de son état, me rapporta cette nouvelle, cela me produisit un effet indéfinissable.

Je le confesse avec honte, j'éprouvai un sentiment de soulagement et d'espérance.

Et pourtant, je le dis avec la même sincérité, j'aimais M. Obernin. Il est mauvais de laisser la passion entrer dans son cœur et s'y établir en maître.

— Maintenant, me dit Rozerotte, tu vas partir, je n'écoute rien et te conduis de force au chemin de fer; tu ne comptes pas, j'espère, assister à l'enterrement; il vaut donc mieux t'en retourner tout de suite à Remiremont. Ne te fais pas empoigner par le public qui ne te ménagerait pas : en ce moment, le pauvre Obernin n'a plus que des amis.

Avant de partir, je voulais écrire à Honorine.

— Lui écrire ! s'écria Rozerotte. Es-tu vraiment fou ?

Une lettre était difficile à écrire. Envahi par la plus intime satisfaction, je ne pouvais trouver une phrase de circonstance.

J'ai de l'honneur à ma manière. J'aurais été hypocrite en pleurant le mari. Je ne le pouvais pas, et cependant il me fallait dire à Honorine que j'étais son unique ami et voulais continuer à l'être.

Cela me fut impossible à exprimer sans brutalité et je dus me contenter de la lettre que voici : « J'apprends le nouveau malheur qui vient de vous frapper. Je prends la part la plus vive à votre douleur. »

Cela est bien pauvre de pensée et d'expressions, bien sec, bien incolore, mais c'est tout ce que j'ai pu trouver.

Dans quelques jours, je pourrai m'exprimer plus convenablement et plus clairement.

Car maintenant les événements ont parlé; Hono...ne est bien à moi. Qui pourrait me l'enlever ?

XXIV

Du mois d'avril, époque de la mort de M. Obernin, jusqu'au mois de septembre, je ne vis pas Honorine.

Aussitôt après l'enterrement, elle s'était retirée avec sa mère et son fils dans sa propriété de Kirnec, où les convenances ne me permettaient pas de me présenter.

Or les convenances ayant toujours été sa règle suprême, je ne voulais pas, dans ces circonstances délicates, m'exposer à les blesser. Tout me faisait une loi de ne rien brusquer et de laisser le temps agir. Je ne pouvais la voir sans aborder la question de l'avenir, et je ne pouvais lui parler d'avenir alors qu'elle était encore en plein dans le passé douloureux. Elle n'eût pas voulu m'entendre, et moi-même je n'aurais pas osé m'expliquer franchement.

Cependant je crus pouvoir lui écrire. Ma lettre ne fut que le développement de celle que j'avais eu tant de mal à trouver à Strasbourg, le jour même de la mort de M. Obernin.

J'attendais une réponse dans le même genre, mais je n'en reçus d'aucune sorte, ni précise ni indécise. J'avoue que je fus étonné.

Les seules nouvelles qui me parvinrent me furent données par Rozerotte : des inondations survenues au mois de mai avaient emporté des ponts et causé d'assez graves dommages aux propriétés de Kirnec. Honorine avait demandé les conseils de Rozerotte, et celui-ci avait eu ainsi l'occasion de la voir plusieurs fois.

Elle vivait fort retirée, ne recevant absolument personne, ni parents ni amis, n'ayant pour toute compagnie que sa mère, qui ne la quittait que deux jours par semaine, pour aller passer le samedi et le dimanche à Strasbourg. Elle sortait peu et seulement pour visiter les travaux indispensables; elle lisait beaucoup, et presque toute la journée elle se tenait enfermée dans sa chambre.

Au mois d'août, fatigué d'attendre inutilement qu'elle me donnât signe de vie, je lui écrivis une lettre plus décisive que la première, en lui demandant formellement un rendez-vous.

Huit jours, quinze jours, un mois se passèrent, et je ne reçus pas de réponse. Alors qu'elle avait un mari, je comprenais son horreur pour les lettres, contre une lettre il n'y avait pas à se défendre, mais maintenant qu'avait-elle à craindre. Pourquoi ce silence ?... Ne m'aimait-elle plus ? Était-elle toujours en proie à ses remords et à ses idées de religiosité ?

A la longue, l'inquiétude m'inspira un projet qui n'était guère en rapport avec ma nature, mais auquel je m'arrêtai cependant, n'en trouvant pas d'autre pour sortir de cette situation que je ne pouvais plus supporter.

J'irais à Kirnec, je pénétrerais dans la chambre d'Honorine, et là nous aurions une explication nette et formelle.

Si je ne l'obligeais à prendre un parti, elle resterait toujours hésitante; plusieurs mois encore pourraient se passer dans cette indécision, peut-être demeurerait-elle tout l'hiver à la campagne; après l'hiver, elle n'irait pas pour l'été à Strasbourg. Je ne la reverrais donc pas avant un an ou deux ans peut-être.

Jamais elle ne m'avait rien accordé spontanément; tout ce que j'avais obtenu d'elle, je ne l'avais dû qu'à la ruse, à la force ou à un concours de circonstances indépendant de sa volonté. Il devait en être maintenant comme il en avait toujours été.

Ma seule chance de succès était de tomber sur elle à l'improviste. Une fois que je la tiendrais sous mon regard, il faudrait bien en arriver à une explication et à une résolution.

Mon idée mûrie, mon plan bâti, je m'embarquai dans la voiture de Saint-Dié, car il n'était pas prudent de passer par Strasbourg, où j'aurais été reconnu. De Saint-Dié, je pris une voiture et me fis conduire à Schirmeck, et de Schirmeck à Urmatt.

A Urmatt, j'abandonnai ma voiture et fis la route à pied jusqu'à Kirnec.

Pour échapper à l'attention, j'avais revêtu un costume de touriste, et comme c'était la saison des excursions, je pouvais passer, aux yeux des curieux, pour un étranger qui visite les Vosges.

J'avais combiné les heures de manière à me trouver à Kirnec le samedi matin; afin de m'assurer par moi-même que madame Ritter était partie pour Strasbourg et me laissait la place libre, j'allai me mettre en observation sur la route de Mutzig. Vers neuf heures je reconnus les chevaux d'Honorine qui s'avançaient en soulevant la poussière, et dans le phaéton je vis madame Ritter : j'étais caché derrière une cépée de charmes, ni elle ni le cocher ne m'aperçurent.

Maintenant, il me fallait attendre jusqu'à la nuit : je rebroussai chemin sur la route d'Urmatt et j'allai déjeuner à deux lieues de Kirnec, dans la première auberge que je rencontrai.

La journée fut longue pour mon impatience; mais enfin l'ombre descendit du sommet des Vosges dans la vallée, et de nouveau je m'acheminai vers Kirnec à petits pas, de manière à y arriver entre neuf et dix heures.

La nuit était sans lune, éclairée seulement par les étoiles qui, dans un ciel sec, ne donnaient qu'une clarté douteuse.

Pendant le mois que j'avais passé à Kirnec pour préparer l'élection de M. Obernin, j'avais appris à connaître les moindres sentiers du pays, et en même temps j'avais pu observer les habitudes et les usages de la maison comme si j'étais un de ses maîtres.

En me promenant j'avais remarqué que le jardinier accrochait ses échelles contre le mur d'un grand hangar à l'abri de la saillie du toit et, la tête toujours pleine de mes idées amoureuses, je m'étais dit que si je n'avais pas le chemin du balcon, ces échelles me seraient très commodes pour escalader la fenêtre d'Honorine. J'avais même fait le projet de venir quelquefois de Strasbourg lorsqu'elle serait à Kirnec et de la voir par ce moyen.

Je ne l'avais abandonné que parce qu'elle m'en avait supplié, c'était lui que je reprenais aujourd'hui.

Arrivé vers dix heures à la lisière du bois qui touche le jardin d'Honorine, je restai un moment sous le feuillage : la maison était déjà silencieuse, les portes et les fenêtres du rez-de-chaussée étaient fermées, la seule chambre d'Honorine était éclairée.

Si pressé que je fusse de me lancer dans mon aventure, j'attendis encore, les domestiques pouvaient n'être pas couchés; tant que la lumière d'Honorine ne s'éteindrait pas, je devais m'imposer la patience : dix heures et demie sonnèrent, puis onze heures. Tout le monde, la maîtresse de la maison exceptée, devait être endormi, c'était le moment. La nuit était silencieuse sans un souffle de vent et sans un frissonnement de feuillage : bêtes, gens, nature, tout dormait.

Je sortis de l'ombre dans laquelle j'étais resté caché; au bruit de mes pas, les chiens aboyèrent. Heureusement, j'avais chassé avec eux, et je les connaissais; je me dirigeai vers leur niche en les appelant doucement par leur nom; ils reconnurent ma voix et cessèrent leurs aboiements.

Je m'arrêtai cinq minutes derrière le tronc d'un arbre pour que les gens de la maison pussent se rendormir s'ils avaient été réveillés par les chiens, puis je me remis en route vers le hangar.

L'échelle était-elle à sa place habituelle, tout était là. Si je ne la trouvais pas, il faudrait donc renoncer à mon entreprise : car si la nuit sombre avait l'avantage de m'envelopper, elle avait le désavantage d'empêcher toute recherche. Heureusement l'échelle était appliquée contre le mur et je n'eus pas à subir cette déception.

Je la chargeai sur mon épaule et me dirigeai vers la maison.

J'étais, je l'avoue, fort ému.

Si on me tirait un coup de fusil ! La chose était possible.

Non blessé ! je lâchais l'échelle et me sauvais dans les bois où je parvenais à me cacher : on croyait à un voleur.

Blessé ! J'étais conduit à la maison et l'esclandre

obligeait Honorine à une décision immédiate. C'était un moyen comme un autre de terminer l'affaire.

Mais si j'étais tué! l'échelle eut un vacillement significatif. Baat! est-ce qu'on est jamais tué?

Les fenêtres de la chambre d'Honorine étaient toujours éclairées, et en approchant, je vis ce que la distance m'avait empêché de reconnaître, c'est-à-dire que l'une d'elles était poussée, sans être fermée.

Jusque-là j'avais toujours eu soin de marcher sur l'herbe de sorte que le gazon étouffât le bruit de mes pas; mais il fallait maintenant traverser une allée, le sable allait craquer.

Je retirai l'échelle de dessus mon épaule, et, la dressant, je la pris au bout des bras, puis vivement, je traversai l'allée sans me préoccuper du bruit; j'appliquai l'échelle contre le balcon de la fenêtre ouverte, et aussi légèrement que possible je m'élançai sur les échelons.

Quand j'arrivai au dernier, Honorine, attirée par le bruit, arrivait à la fenêtre. Elle voulut la fermer, mais plus prompt qu'elle, je pénétrai dans la chambre.

Durant une minute au moins, nous restâmes en face l'un de l'autre, nous regardant sans parler. La première elle rompit ce silence.

—Partez, dit-elle, voulez-vous donc me perdre?

—Je veux te voir.

—Et moi je ne veux pas vous voir. Allez-vous-en. Partez.

Ce n'était pas avec émotion que les mots étaient prononcés, mais avec colère, d'une voix sèche, impérieuse.

—Après dix mois de séparation voilà mon accueil!

—Pourquoi pénétrez-vous ainsi près de moi?

—Pourquoi ne m'as-tu pas répondu et ne m'as-tu pas donné le rendez-vous que je te demandais?

—Parce que je ne voulais pas vous revoir.

—Tu ne voulais pas?

Elle me regarda en face, et d'un regard dur, hautain, elle souligna ses paroles en les répétant :

—Je ne voulais pas.

Je restai un moment embarrassé. Je connaissais bien sa force d'inertie; mais je ne lui connaissais pas cette franchise dans la résolution.

—Crois-tu donc avoir le droit de vouloir ou de ne vouloir pas ?

—Ne suis-je pas libre ?

—Tu es à moi, ne l'oublie pas.

—J'étais à vous par mon crime, aujourd'hui je suis libre, la mort a brisé les liens qui nous attachaient.

Les mots vont vite dans la colère : brutalement, ils me donnaient l'explication de son silence depuis six mois, et de son accueil en ce moment.

Qui la poussait à cette résolution ? Le remords du passé ou la peur de l'avenir ? Toute la question était là. Emu par la surprise et l'anxiété, je n'avais pas le temps de la sonder, et il me fallait l'aborder franchement.

—Quand un homme a séduit une jeune fille, dis-je en tâchant de me maîtriser, et qu'il épouse une autre femme, il commet une faute aux yeux du monde, un crime aux yeux de la morale. C'est là votre avis, n'est-ce pas ?

Elle me regarda sans répondre.

—N'essayez pas de laisser croire que vous n'avez pas d'opinion là-dessus, je sais ce que vous pensez. Mais quand on pense une chose, il faut l'appliquer non seulement aux autres, mais encore à soi. Si vous condamnez l'homme qui se conduit ainsi, ne soyez pas indulgente pour la femme qui fait pis.

—Pis !

—Assurément; une femme a un mari, mais ce mari ne réalise pas tous ses rêves, — un amant se présente, elle l'accepte. Une vie de douleurs et de joie commence; plus d'une fois, pendant cette existence tourmentée, la femme regrette d'avoir succombé : cependant elle succombe toujours, entraînée par sa passion. Un jour le mari meurt : — Maintenant, tu es à moi, dit l'amant. — Maintenant, je suis à moi, dit la femme. Oui, elle a raison de parler ainsi, si elle n'a vu dans l'amour qu'une fantaisie d'un instant; mais si elle est une honnête femme, si elle a souffert d'une liaison coupable, c'est autre chose, la mort de son mari ne lui donne qu'une liberté, celle de racheter sa faute. Quelle femme êtes-vous ? Je croyais vous connaître, mais devant un pareil accueil je suis obligé de vous faire cette demande : prononcez vous-même.

J'étais parvenu à me dominer complètement et je parlais froidement, méthodiquement, non comme un amant devant sa maîtresse qu'il n'a pas vue depuis dix mois et qu'il adore, mais comme un homme d'affaires dans l'étude d'un avoué.

Je plaidais, mais je plaidais sans connaître ma cause, car je ne pouvais pas lire dans cette âme mystérieuse. M'aimait-elle toujours ? ne m'aimait-elle plus ? Rien ne venait m'éclairer; ses yeux ternes, posés sur les miens, ne trahissaient aucun des mouvements de son cœur. Elle me semblait impatiente, effrayée de ma présence dans sa chambre, voilà tout.

Mais si elle m'aimait encore, que signifiait-il ? A quelles causes tenait-il ?

Inutilement je cherchais à percer ce mystère, et plus je voulais me rendre compte de la situation, moins je la comprenais.

— Qu'attendez-vous ? dit-elle, voyant que je ne parlais plus.

— Votre réponse.

— Quelle réponse ?

— Etes-vous une femme de plaisir ou une femme de cœur ?

Elle me lança un regard qui me glaça et elle fit deux pas en arrière comme pour m'abandonner la place;

mais aussitôt, revenant vers moi et posant son doigt
sur mon épaule :

—En quelques mois, dit-elle, j'ai perdu mon enfant et mon mari; je suis accablée, broyée par la
douleur; à cette douleur s'ajoute ce que mon amour
pour vous m'a fait souffrir. Vous trouvez que ce n'est
pas assez. Dans votre impatience, dans votre exigence,
vous me poursuivez jusqu'ici, vous escaladez cette
fenêtre au risque de me perdre et de me déshonorer.
Tout cela pour me demander si je suis une femme de
cœur. Ce que je suis, je ne le sais pas. Ce que je ferai,
je ne le sais pas moi-même, et vous voulez que je
vous réponde !

Ce n'était pas une femme décidée, c'était une femme
irrésolue que j'avais devant moi; tout n'était pas
perdu.

—Laissez-moi, continua-t-elle, laissez-moi à mes
remords, laissez-moi à mon recueillement.

Je secouai la tête.

—Vous ne voulez pas, vous voulez que je vous réponde, vous voulez me poser les questions que je lis
sur vos lèvres; pourquoi n'êtes-vous pas venu me les
adresser ces questions devant le cadavre de mon
mari ? Eh bien! puisque vous ne voulez pas partir,
c'est à moi de me retirer; nous verrons bien si vous
viendrez me chercher jusqu'auprès du lit de mon fils.

Et, me tournant le dos, elle se dirigea vers la porte
de sortie. Mais je me plaçai devant cette porte.

Et je la pris à pleins bras pour la retenir. Elle voulut se dégager et se défendre. Mais je la serrai avec
l'emportement de la passion. Dans la lutte, ma tête
effleura la sienne. Elle était sur mon cœur. Mes
lèvres cherchèrent les siennes.

Elle luttait avec énergie; mais lorsque mes lèvres
eurent rencontré ses lèvres, elle faiblit dans mes
bras. Ce que toutes les paroles du monde n'avaient pu
faire, un baiser le fit : le souvenir avait vaincu.

Au mois de septembre, le soleil est matineux. Il

fallut partir, je n'avais pas trop de temps pour replacer l'échelle et m'éloigner de Kirnea.

Pendant les quatre heures que nous passâmes dans les bras l'un de l'autre, pas une parole décisive ne fut échangée, mais il fut convenu que nous nous reverrions à Strasbourg à la fin d'octobre.

XXV

Rentré à Remiremont, j'écrivis deux longues lettres d'amour à Honorine, mais purement d'amour, sans un seul mot qui engageât l'avenir. Je ne reçus pas de réponse.

Mais peu importait, notre rendez-vous était fixé pour la fin d'octobre, j'étais certain de la voir bientôt, et dans ce rendez-vous notre sort se déciderait.

Le 28 j'arrivai à Strasbourg, Honorine n'y était pas encore, et Rozerotte m'apprit qu'elle était à Paris, où elle avait accompagné sa belle-sœur et son frère. Depuis le 25, la belle-sœur et le frère étaient revenus, la laissant seule à Paris.

A cette nouvelle je m'emportai. Comment ! elle était à Paris, seule, libre, et elle ne me le faisait pas savoir. Ce serait donc toujours la même apathie.

La journée du 29 s'écoula sans que Honorine revînt; à chaque train arrivant de Paris j'allais rôder aux alentours de la gare, mais inutilement; je ne la vis pas. Se moquait-elle de moi ?

Si j'avais su où la trouver, je serais parti pour la rejoindre, mais je n'avais personne à qui demander son adresse.

Le soir, j'étais avec Rozerotte au coin de son feu, tristement plongé dans mes réflexions, pendant qu'il travaillait, lorsque tout à coup, s'interrompant d'écrire, il vint s'adosser à la cheminée.

—As-tu rencontré Sergines aujourd'hui? me dit-il.

—Non, mais je ne l'ai point cherché. Je ne suis point allé chez lui.

—Je crois que tu ne l'aurais pas trouvé.

Je ne répondis rien.

Il me sembla remarquer dans Rozerotte un air assez étrange en prononçant le nom de Sergines; mais comme il ne l'aimait guère, je n'y pris pas autrement attention.

Tandis que je m'étais lié assez étroitement avec Sergines, Rozerotte s'était tenu sur la réserve. A côté des qualités sérieuses qu'il lui reconnaissait, il lui trouvait un défaut pour lui insupportable, qui était un orgueil monstrueux enté sur une présomption phénoménale.

Voyant mon silence, Rozerotte retourna à son bureau et se remit à écrire; mais après un moment de réflexion, la curiosité me prit. Rozerotte ne vous posait jamais de question à la légère, et chacune de ses paroles avait son but et son utilité.

—Pourquoi diable me parlais-tu de Sergines ? dis-je en me levant.

—Parce que je crois que, depuis samedi, il est à Paris.

—A Paris, quoi faire ?

Cette fois, Rozerotte se leva et, venant au milieu du cabinet :

—Mon cher, dit-il gravement, tu sais que je n'ai aucune sympathie pour Sergines, je peux donc être injuste à son égard, c'est pourquoi je te prie de n'accorder à mes paroles qu'une importance relative.

—Tu me fais peur, que veux-tu dire ?

—Je veux dire que depuis longtemps Sergines est jaloux de toi ou, plus justement, envieux; mais depuis la mort de M. Obernin ces sentiments, qui n'avaient d'autre raison d'être que sa propre nature, ont une cause, tu le gênes.

—Sergines serait ?...

—Sergines, avec sa présomption ordinaire, pense à épouser madame Obernin.

— Allons donc !

—Il n'a pas le sou, c'est vrai; mais il est jeune, beau garçon; il croit en lui et en son avenir; il est homme à ne reculer devant aucun moyen. Ce mariage, à ses yeux, n'est donc pas impossible.

—C'est pour cela qu'il est à Paris ?

—Il est à Paris pour savoir si tu es l'amant de madame Obernin, car cela le gênerait terriblement, tandis que si tu ne l'es pas il croit pouvoir espérer. Et puis ce voyage a un double but: comme madame Obernin est seule à Paris depuis jeudi soir, il soupçonne que tu es allé la rejoindre pour passer les journées de vendredi et de samedi. Voilà pourquoi il est parti vendredi soir. Si tu n'es pas vu par lui à Paris, il aura toujours l'agrément de faire dire dans le public curieux et médisant : « M. Sergines est allé voir madame Obernin pendant qu'elle était seule à Paris, pourquoi donc ? — Dame, ce n'est pas difficile à deviner. — Ah ! vraiment ! — Pourquoi pas ? Il est beau garçon, elle est veuve. » — C'est une double traîtrise, il t'espionne, toi, son ami, et il compromet une femme qui ne peut se défendre. Il compte sur les rumeurs du monde pour forcer moralement mad·me Obernin à l'épouser. En même temps, il abuse des services qu'il lui a rendus pendant la maladie de son mari, et qu'elle lui a plus que payés, soit dit en passant, pour s'imposer à elle : à propos de rien, il a été quatre fois cet été à Kirnec, et les deux ou trois fois qu'elle est venue à Strasbourg il est tombé chez elle. Un jour que je me trouvais là, elle a refusé de le recevoir avec un mouvement d'impatience qui en disait long chez une femme si parfaitement maîtresse de ses impressions; le matin, il s'était déjà présenté.

Rozerotte, ordinairement très réservé dans ses paroles, et même un peu nonchalant, me débita ce petit discours avec une animation singulière. Je demeurai fort étonné; je m'attendais à tout d'Honorine, mais dans mon inquiétude, je n'avais jamais pensé qu'à elle, et l'idée ne m'était pas venue qu'un danger du dehors pouvait me menacer.

— Comment ces doutes sur Sorgines te sont-ils donc venus, demandai-je, et pourquoi ne m'en as-tu pas entretenu ?

— Je te les ai jusqu'à présent cachés pour ne pas te donner inutilement la fièvre, là-bas sur ton rocher de Remiremont, où tu ne pouvais rien; je parle aujourd'hui parce que je crois que le moment d'agir est arrivé, et que Sorgines, par sa dernière escapade, s'est mis dans une fausse position où il sera possible de l'écraser sans qu'il résiste, ce que je souhaite.

— En dehors de ce voyage à Paris, que sais-tu, qu'as-tu remarqué ?

— Il y a huit jours, au moment où je lisais ta lettre m'annonçant ton arrivée, Sorgines est entré, je lui ai dit que tu serais à Strasbourg prochainement. « Que vient-il faire ? demanda-t-il, est-ce qu'il restera ici longtemps ? — Sept ou huit jours. — Pourquoi ce long séjour ? — Pour se distraire, pour me voir, pour voir ses amis. » Il parut très vexé et voulut partir. Je lui fis remarquer que ce n'était pas la peine d'avoir monté mon escalier pour s'en aller ainsi. Cependant, il s'en alla. Le soir, il revint sous un prétexte frivole, pour savoir s'il n'avait pas oublié un cache-nez, et il me dit : — Quand donc d'Autrey arrive-t-il ? — Dimanche. » Puis, après quelques mots insignifiants, il me parla de madame Obernin : — « Si nous allions la voir à Paris ? ajouta-t-il. » A quoi je lui répliquai que j'espérais qu'il agirait avec plus de tact, qu'il n'allait jamais à Paris, et que faire ce voyage pour voir une femme seule, dans ces circonstances, serait manquer de délicatesse. Il me quitta sans répliquer. Est-ce assez pour t'inquiéter ?

— C'est un traître.

— Ce n'est pas tout. Il y a quinze jours ou trois

semaines, il me demanda si j'entendais dire qu'on mariât madame Obernin. Je lui répondis affirmativement. Aussitôt il insista pour savoir avec qui. Je lui répondis qu'il y avait trois compétiteurs : d'Autrey, le général Cornaton et lui Sergines. Je montais en le nommant, mais je voulais l'observer.

— Ah ! vraiment, s'écria-t-il, on croit que je pourrais épouser madame Obernin; cela me fait plaisir. Écoutez donc Rozerotte, vous, vous avez votre position faite, mais la mienne est à faire, ce serait un beau mariage. Ah çà ! dites-moi, en parle-t-on beaucoup ?

— Une seule personne vous a nommé.

— Une seule, enfin ? c'est égal, je suis heureux de cela.

Il était enthousiasmé. A partir de ce moment, il ne fut plus à la conversation; il était sous le charme, emporté par sa vision ambitieuse.

La conclusion de ces confidences de Rozerotte fut que je devais aller chez Sergines pour me bien assurer qu'il était à Paris.

Malgré l'heure avancée, j'y courus, je trouvai sa tante qui demeure avec lui : je la confessai adroitement, et comme elle n'est qu'une bonne femme assez simple, je sus en cinq minutes que son neveu était parti pour Paris le vendredi et qu'il revenait le lendemain matin mardi.

Le mardi je rencontrai Sergines. Il commença par me cacher son voyage à Paris, mais un plan conçu par nous le perdit : il donna dans le piège que je lui tendais et il me quitta comprenant qu'il s'était trahi.

Je rentrai chez Rozerotte dans un état d'exaspération violente : exaspération contre Sergines, exaspération contre Honorine. Pourquoi n'était-elle pas revenue en même temps que sa belle-sœur ? Avait-elle voulu se ménager un rendez-vous avec Sergines ?

Je lui écrivis une longue lettre dans laquelle je lui exposai tous les faits à la charge de Sergines. Cela formait un ensemble accablant pour lui. Je rédigeai cette lettre avec calme, sans commentaires; je restai digne, sans me laisser aller à ces emportements tumultueux qui me perdent toujours quand je suis en face d'elle. Je terminai en disant que Sergines avait voulu nous espionner ou, ce qui était plus grave, la compromettre. Que vis-à-vis d'un homme qui se conduisait ainsi il n'y avait pas de ménagements à garder, qu'elle devait donc charger sa mère de prier ce monsieur de cesser ses visites. Que cette mesure on l'avait prise envers moi il y avait longtemps, et que c'était la même madame Ritter qui me l'avait signifiée. Mes derniers mots furent ceux-ci : « Je sais combien tu répugnes aux exécutions violentes; mais tu comprendras, je l'espère, que cette satisfaction que je demande m'est due, et que je la veux sérieuse et immédiate. Me la refuser, ce serait me pousser à des extrémités dont la responsabilité retomberait sur toi seule. »

Dans cette même journée du mardi, Honorine arriva à Strasbourg; Honorine le soir, Sergines le matin, j'aurais été moins tourmenté si bravement ils étaient revenus ensemble.

Aussitôt qu'elle fut rentrée chez elle, je lui envoyai ma lettre.

Le lendemain, j'attendis longtemps le signal m'annonçant que je pouvais aller chez elle; ce signal est une persienne ouverte d'une certaine manière et que je vois de chez Rozerotte; ainsi, je n'ai point à me promener dans sa rue. Vers trois heures, la persienne s'ouvrit. Deux minutes après j'étais chez elle.

Je la trouvai dans son salon, et, malgré mon trouble et ma colère, je me dirigeai vers elle en souriant et lui dis :

— Je te remercie d'être revenue exprès pour moi.

Elle recula d'un pas, et froidement elle dit :

— J'étais revenue de Paris pour vous; mais je dois vous déclarer, avant de vous donner la main, que les conditions que vous m'imposez dans votre lettre exigent de moi une infamie que je ne commettrai pas.

Je portais à la chaîne de ma montre un petit médaillon qu'elle m'avait donné et dans lequel était une mèche de ses cheveux, toute petite mèche, je dois le dire, car la générosité n'a jamais été son fort, mais enfin telle qu'elle était j'y tenais en proportion du mal que j'avais eu à l'obtenir.

A ce mot infâme, je détachai ce médaillon et, le lui tendant :

— La condition que je vous ai imposée est pour moi capitale, la façon dont vous l'accueillez me permet de poser nettement la question. Entre Sergines et moi, choisissez.

— Chasser M. Sergines, dit-elle sans s'émouvoir, serait une ingratitude dont je ne me rendrai pas coupable : il a soigné ma fille et mon mari avec un dévouement admirable; à vos yeux ce n'est rien, aux miens cela lui crée des droits sacrés.

— Même celui de vous compromettre, de vous perdre de réputation.

— Cela me regarde.

— Et moi, cela ne me regarde-t-il pas ?

— Que vous importe si je ne l'aime pas ? Et vous savez bien que je ne l'aime pas. Les insinuations de votre lettre sont pour moi une injure grossière.

Rozerotte et moi nous n'avions pas prévu qu'elle comprendrait ainsi ma lettre; j'eus beau la ramener au sens vrai, elle ne sortit pas de son interprétation et de sa défense.

Impatient, je l'arrêtai.

— Oui ou non, depuis la mort de votre mari, Sergines a-t-il toujours été pour vous ce qu'il devait être ?

Elle me répondit évasivement et me répéta avec énergie qu'elle n'aimait pas Sergines et que je l'insultais par mes soupçons. C'était une femme blessée, il n'y avait rien de raisonnable à lui dire.

Après une demi-heure d'explications confuses, de récriminations, la colère finit par m'emporter.

—Eh bien, m'écriai-je, puisqu'il en est ainsi, tout est rompu entre nous.

Sur un mouvement qu'elle fit, je continuai :

—D'ailleurs nos relations ne pouvaient continuer ainsi, la vie que vous me faites m'est à charge. S'aimer quand on est à trente lieues l'un de l'autre, quand on ne s'écrit pas, quand on ne se voit pas, est absurde. Rompons donc. Ah! certes, ce n'est pas là ce que j'avais espéré, ce que je voulais. Jusqu'ici je ne vous avais pas parlé de mes espérances et de mes projets. Et ce silence, je l'avais gardé par délicatesse, même à Kirnec, il y a six semaines, quand je vous tenais dans mes bras; j'avais eu la force de ne pas laisser échapper un seul mot qui fît allusion à l'avenir. Le souvenir de votre mari, mon respect pour vous, m'imposaient cette retenue; et puis, je l'avoue, je croyais que, la première, vous aborderiez ce sujet, car il y a entre nous un obstacle qui nous sépare, votre grande fortune, et il eût été d'une femme de cœur d'écarter cet obstacle. Ce que je voulais, c'était, vous le savez bien, c'était vous épouser. Dans quelques mois, je vous aurais demandé votre main, vous laissant libre de prendre, pour date de notre mariage, une époque aussi éloignée que vous auriez jugé convenable. Mais en présence de votre conduite d'aujourd'hui, je ne peux que rompre avec vous : c'est la seule chose que me permette ma dignité, et c'est aussi d'ailleurs le conseil de Rozerotte, qui m'a éclairé sur les intrigues de Sergines. Tout est fini entre nous.

Au mot mariage, Honorine leva les yeux sur moi; mais comme j'étais furieux, je ne m'arrêtai pas.

—Ne m'écrivez jamais, continuai-je en me levant; mais comme dans tout ceci il faut une expiation, je vais trouver Sergines : s'il y a des suites fâcheuses à notre entrevue, n'en attribuez la cause qu'à vous seule.

Alors cette femme, qui jusque-là avait lutté avec une énergie incroyable, perdit la tête et se jeta à mes pieds.

Je ne la relevai point et partis sans retourner la tête.

En sortant de chez elle, je courus chez Sergines; on me répondit qu'il était absent. Toute la journée, je cherchai aux endroits où il avait coutume d'aller; je ne le rencontrai pas. Se sentant coupable, il était devenu insaisissable. Heureusement, Rozerotte est parvenu à me calmer : si j'avais rencontré Sergines, je lui aurais craché au visage.

Je suis resté deux jours encore à Strasbourg sans voir Honorine.

Le jour de mon départ, vendredi, elle a ouvert sa persienne pour me dire qu'elle m'attendait. Jamais je n'avais résisté à cet appel. Je ne suis point allé chez elle.

En me rendant au chemin de fer je l'ai trouvée auprès de la gare. Elle a marché sur moi, je n'ai pas eu l'air de la connaître et lui ai tourné le dos pour parler à Rozerotte.

Elle s'est éloignée, mais cinq minutes après, elle est entrée dans la salle où se donnent les billets. Je suis resté impassible. Elle faisait pitié à Rozerotte. Après avoir acheté un journal, elle est sortie. Je suis parti.

Voilà où en sont les choses. Venu à Strasbourg avec l'espérance de décider mon mariage, j'ai décidé ou plutôt les circonstances ont amené une rupture.

La situation maintenant est entre les mains de Rozerotte. A cause des travaux qu'il dirige pour elle, il la voit souvent. Elle sait qu'il est instruit de tout. Peut-être s'ouvrira-t-elle à lui. Je la laisserai venir, et alors il lui dira nettement qu'il faut ou un mariage ou une rupture.

Quant à moi, je fais le mort, et, dans les conditions morales où je me trouve, c'est un rôle que je remplis avec un naturel parfait.

XXVI

Il y a un mois que je suis rentré à Remiremont et je n'ai pas de nouvelles d'Honorine. Rozerotte, qui seul peut observer la situation et me tenir au courant de ce qui se passe, ne m'a pas écrit, d'où je conclus qu'il ne s'est encore rien passé.

Et de fait il n'y a rien là que de bien naturel, étant donné le caractère d'Honorine.

En admettant qu'elle soit disposée à renouer avec moi, et je ne sais pas si telle est son intention, elle ne peut le faire que de deux manières : elle s'adresse à moi directement ou elle s'adresse à Rozerotte.

Ce qui peut l'éloigner de Rozerotte, c'est qu'elle sait parfaitement, car j'ai pris soin de le lui dire, que c'est lui qui m'a éclairé sur les menées de Sergines et que par cela il a été la cheville ouvrière de la rupture.

En dénonçant Rozerotte, j'avais un but; son nom, dans cette affaire, avait une grande portée. Elle a pour son caractère beaucoup d'estime, et elle a été frappée de voir cet homme indifférent et froid, qui est son ami, qui est l'ami de Sergines, démasquer ledit Sergines.

Maintenant, pour qu'elle s'ouvre à lui, il faut qu'elle commence à vaincre son ressentiment. Le pourra-t-elle ?

En résumé, la situation est mauvaise : Honorine est aux prises avec trop de tiraillements intérieurs pour prendre une franche décision, et il y a tout à parier qu'elle laissera les choses aller sans intervenir, s'en remettant au temps pour les conduire à bonne fin.

Or, pendant que les choses iront ainsi, j'ai tout à craindre de Sergines, qui, lui, ne manquera pas les occasions de l'attirer vers lui. Il s'imposera de plus en plus à Honorine, il la dominera, il la compromettra.

Sergines, puisqu'il paraît devoir prendre une place si importante dans ma vie, doit être mieux connu.

C'est le fils d'un petit cultivateur de la plaine d'Alsace. Son père a amassé sou à sou mille écus de rente environ par un labeur acharné, au travail de la terre joignant un petit commerce de draperie tenu par sa femme. Le bonhomme est honnête; il pousse la droiture jusqu'au préjugé; avec cela ennemi entêté de tout progrès, faire comme ses pères ont fait est sa loi. Dans cet intérieur se sont religieusement gardées les traditions de l'ancien temps. Si tu es curieux de ces mœurs, lis les romans d'Erckmann-Chatrian et surtout leur admirable *Ami Fritz*. La mère porte le bonnet alsacien avec des rubans en papillon, et quand cette brave femme, douée de beaucoup de bon sens, a voulu faire comprendre à son mari que leur fille mettrait un chapeau simple pour aller à la ville voir son frère le docteur, le bonhomme Sergines s'est abandonné aux plus violents emportements, a crié après le siècle, a invoqué les usages de ses pères et a absolument refusé. Athénaïs — c'est la sœur — a cependant acheté un chapeau qu'elle déposait chez une voisine en revenant de la ville, pour l'y reprendre quand elle partait. Le père, ayant su ce manège, a traité sa fille ni plus ni moins que si elle était revenue enceinte à la maison.

Joël (c'est mon individu) fut envoyé en pension à Strasbourg, non pour y faire des études complètes, mais seulement pour y prendre les premiers éléments de l'instruction. Il montra une intelligence remarquable et en quelques années remporta tous les prix.

On engagea le père à continuer, il refusa.

Sergines alors donna des répétitions, et le produit de ses leçons lui permit d'achever ses études et de se faire recevoir bachelier.

Aussitôt il se mit à piocher la médecine, payant ses

inscriptions et existant avec le modique argent qu'il tirait de cours faits dans les pensions; à Paris, où il alla, il suivit le même système.

Quand on est forcé de cheminer seul et sans aide par de pareils zigzags on va moins vite que par la route directe. Il avait trente et un ans quand il fut reçu docteur.

Il vint se fixer à Strasbourg et prit chez lui une vieille tante qui prépara ses repas, tint sa maison et reçut les clients pendant son absence. Pendant deux ou trois ans, il eut peu de malades. Sa clientèle ne se composa guère que de grisettes qu'il attira par sa tenue élégante. Petit à petit, cependant, il se fit connaître chez les boutiquiers et les petits bourgeois. Deux ou trois fonctions honorifiques vinrent l'aider; il fut nommé médecin du dispensaire et suppléant à l'Ecole de médecine. Peu après, un ancien condisciple lui fit obtenir la clientèle du chemin de fer, ce qui lui valut un traitement annuel de mille francs et un laisser-passer sur les lignes de la Compagnie.

Il y a quatre ans env'ron que je fis sa connaissance chez le docteur Frost. Avant cette rencontre je ne l'avais jamais vu et jamais je n'avais entendu parler de lui. Il était joli garçon, il avait un certain esprit, il parlait bien, son instruction paraissait grande, il m'attira. Dans la soirée on le pria de dire des vers qu'il avait faits récemment. Ces vers étaient d'un Lamartine de province. Mais je ne cherchais pas un poète. Je me contentai de cette pensée que j'avais devant moi un homme aux aspirations élevées. Il chanta un duo avec moi, il causa musique, il disserta littérature. Bref, il me plut.

J'étais heureux de trouver en lui une sorte d'artiste : en politique, en littérature, nous avions les mêmes tendances, je ne dis pas les mêmes goûts, car, en fait de personne, il est purement négatif.

Le lendemain de cette soirée, il était chez moi; nous nous liâmes.

J'allai chez lui, je connus sa tante, son intérieur, il me fit ses confidences; je fus surpris qu'un homme qui avait de pareils avantages physiques et intellectuels n'eût pas mieux réussi. Je voulus réparer envers lui ce que j'appelais l'injustice du sort.

Très répandu dans le monde, secrétaire du préfet, par là ayant la clef de toutes les portes administratives, je voulus le lancer dans la société, convaincu que sur un théâtre digne de lui, et débarrassé de ses lisières, il marcherait à grands pas.

Avec plus d'expérience de la vie, j'aurais sans doute mis plus de réserve dans mon zèle, mais j'étais engoué de Sergines.

Cependant, dès le commencement de mes relations, j'avais pu m'apercevoir qu'il avait un immense orgueil, orgueil pour sa personne, orgueil pour son intelligence. A chaque instant, il accusait la société de ce qu'il ne parvenait pas, lui, qui était beau, spirituel et instruit. La façon dont il était arrivé du grade de bachelier à celui de docteur lui avait porté à la tête : il se croyait apte à tout et digne des plus hautes destinées. C'était en vain que je lui représentais qu'il n'avait pas à se plaindre, qu'il était médecin à Strasbourg, tandis que beaucoup de ses camarades ne l'étaient que dans de pauvres villages, faisant à cheval des visites dont ils n'étaient pas payés. Il continuait à se plaindre de sa pauvreté, il voulait chevaux, voitures, il accusait les riches, il criait contre l'état social; il disait avec désespoir qu'il ne pourrait jamais se marier, et quand je lui parlais de quelque jeune fille, il me répondait : — « A-t-elle quinze mille francs de rente, je ne la prendrai pas à moins, il me faut quinze mille francs. Mais je ne les aurai jamais, et cependant un tel les a bien; mais lui, il est laid, il est rouge, tandis que moi, je suis bien fait, j'ai de beaux cheveux. »

Certes, pareille vanité et pareils défauts me blessaient; mais accoutumé à l'entendre se vanter, je tâchais de n'y pas trop faire attention, et je lui cherchais des excuses dans la façon dont ses parents se comportaient maintenant avec lui : éblouis d'avoir un fils, un neveu, docteur à la ville, ils étaient en adoration devant cette merveille.

Quand Rozerotte arriva à Strasbourg, je le mis en relation avec Sergines. Après quelques entrevues, Rozerotte me dit : « Je veux bien recevoir Sergines et cela te fait plaisir, mais ne me l'amène pas trop souvent, je ne veux pas l'avoir pour ami. Quant à toi, je te conseille de te tenir sur la réserve. »

Une chose avait blessé Rozerotte de prime abord : c'était la déplorable habitude que Sergines avait de se vanter de prétendues bonnes fortunes; à l'entendre, toutes les femmes, à première vue, se jetaient à son cou. Puis il nous avait raconté certains moyens d'avoir des maîtresses qui nous avaient paru suspects au point de vue de la délicatesse.

En même temps, il s'était avec moi montré jaloux de Rozerotte, dont la position est magnifique. Il s'informait sans cesse de ce qu'il gagnait, et cela avec des réflexions qui révélaient un caractère envieux.

—S'il avait, disait Rozerotte en haussant les épaules, il ne serait peut-être pas jaloux; mais il est jaloux de ce qu'il n'a pas.

Je reconnaissais tous ces travers, mais en étant le premier à leur chercher, à leur trouver des circonstances atténuantes. D'ailleurs je lui devais de la reconnaissance; car, atteint en ce moment d'une maladie d'estomac, maladie causée par mes inquiétudes amoureuses, il me soignait avec beaucoup de sollicitude. Je le présentai dans les meilleures maisons de Strasbourg; je l'introduisis chez le préfet et lui fis faire la connaissance de M. Obernin; sur mes chaudes recommandations il fut des soirées, il fut des dîners, et M. Obernin finit par le prendre en amitié.

Précisément, à ce moment même, M. Obernin commençait à entrer dans sa période de jalousie contre

moi, Sergines arrivait juste à point pour me remplacer dans son amitié et ses habitudes.

Cependant, je ne m'éloignai pas de lui, et même je
tâchai de lui préparer un bon mariage; par bon, j'entends riche. Il s'agissait d'une veuve qui avait vingt
mille francs de rente, pas d'enfants, vingt-six ans, une
tournure de paysanne, le langage et les manières de la
campagne. Elle plut ou mieux sa fortune plut à
Sergines, car elle n'était pas belle. Je connaissais
beaucoup son oncle, qui était un de nos maires des
environs; je lui demandai sa nièce pour mon ami.
Ce brave homme de maire, qui avait pour le secrétaire
de M. le Préfet une admiration craintive et qui ne lui
parlait que comme les séminaristes de première année
parlent au Saint-Esprit, accepta ma demande avec
enthousiasme. La nièce accepta aussi. Mais le gaillard
fut si empressé dès la première visite, convaincu que
ses charmes avaient un pouvoir irrésistible sur les
femmes, qu'elle n'en voulut bientôt plus. Puis elle
voulut de nouveau. Pendant un an elle l'a fait danser
comme un pantin en se moquant de lui. Le malheureux la méprisait, mais les vingt mille francs de rente
lui tenaient au cœur. Elle l'a si bien mystifié et rendu
le jouet de la ville, que M. Obernin et moi nous avons
dû le supplier de se respecter un peu et de sauver au
moins sa dignité. Trois fois il a fait reprendre le
mariage, trois fois elle l'a rompu avec une grossièreté
sans exemple. Il a bien fallu reconnaître qu'il n'avait
pas grand cœur.

Je commençais à me singulièrement refroidir pour
lui, lorsqu'un matin il vint m'apprendre qu'il était
impliqué dans un procès d'avortement. De quoi l'accu-
sait-on? il ne le savait pas au juste, l'instruction venait seulement d'être entreprise.

J'allai aux renseignements, le procureur impérial
me déclara que Sergines serait poursuivi comme
complice et envoyé devant les assises. Il était perdu.

Très contrarié de voir un de mes amis ainsi compromis, je fis tout expliquer à Sergines, et j'acquis la conviction qu'il était innocent : je dis la conviction et non la preuve.

Je promis de tout faire pour le tirer de cette mauvaise position, et ne ménageai ni mon temps ni ma peine. J'étais lié avec le procureur impérial, je le suppliai de m'entendre; il m'écouta et me dit : — « Vous êtes presque du métier, je vais vous montrer la procédure. » Je la lus avec lui. Il paraissait résulter d'un concours de circonstances diaboliques que le malheureux Sergines était coupable : une vieille sage-femme et deux coquines qu'il avait, il est vrai, chassées de chez lui, l'accusaient formellement. La lecture terminée, je fus fort embarrassé. Le procureur impérial, lui, n'avait pas de doutes :

— Je ne connais pas M. Sergines, me dit-il; mais j'ai fait prendre sur lui des notes par la police. Elles sont accablantes : il est le médecin du demi-monde à Strasbourg.

— Ce n'est pas là un crime.

— Non; mais ce n'est pas non plus une recommandation.

Convaincu, malgré tout, de l'innocence de Sergines, je le défendis énergiquement. Je fis interroger de nouveau les femmes, elles persistèrent dans leur accusation. J'essayai de démontrer qu'il était victime d'une basse vengeance, le procureur impérial ne se laissa pas toucher.

Je n'avais plus d'espoir que dans mon préfet : c'était assez rude pour moi d'aller dire à mon chef : « Un de mes amis est accusé d'avortement; » je le fis cependant.

M. de Cheylus prit très bien ma confidence.

— Hélas ! dit-il, voilà à quoi nos amis nous exposent. C'est fort désagréable, cependant il n'y a pas de quoi se désespérer.

Mais quand je lui demandai son appui pour sauver Sergines, il poussa les hauts cris.

—Eh quoi ! mon cher Robert, vous n'abandonnez pas honteusement ce malheureux ? Vous me faites de la peine. Je crains bien que vous ne soyez jamais un homme politique. A quoi peut vous servir, je vous le demande, un ami déshonoré ?

J'insistai. Il finit par se rendre. Il verrait le procureur général et tâcherait d'assoupir l'affaire.

—Ce n'est pas la première fois que je me fais remettre un dossier; mais que diable ! il faudrait au moins qu'il y eût dans tout cela quelque saleté politique : la politique, mon ami, tout est là; soyez un gredin, si le cœur vous en dit, mais au moins, ayez l'adresse de mêler la politique à vos gredineries.

Bref, Sergines ne parut que comme témoin dans l'affaire. A Strasbourg, il y eut deux partis : les uns le disculpèrent, je fus parmi eux; les autres le crurent coupable, Rozerolle fut de ceux-là.

Quoi qu'il en soit, Sergines, n'est-il pas vrai ? m'a dû dans cette circonstance un beau cierge.

Voyons comment il m'a payé sa dette de reconnaissance.

XXVII

Etant donné le caractère de Sergines, fallait-il espérer qu'il me témoignerait de la gratitude de ce que j'avais fait pour lui ?

Je ne m'attendais pas à cette gratitude, mais je croyais cependant avoir acquis des droits à son amitié.

Malgré le mauvais effet que son affaire produisit dans le public, nous ne l'abandonnâmes pas, M. Obernin et moi; bien qu'il nous fût peu agréable d'entendre dire qu'un homme qui était notoirement notre ami avait failli passer en cour d'assises, nous continuâmes à l'accueillir comme autrefois.

De plus, M. Obernin le voyant accablé sous ce coup, car il est très facile à abattre, eut pour lui la sympathie que fait éprouver un malheur immérité; pour le consoler et le soutenir, il le reçut avec plus d'intimité qu'avant l'accusation dont il avait été victime.

Sorgines profita de cette intimité pour tâcher de plaire à Honorine, et cependant il savait que je l'aimais.

Bien entendu, je n'avais pas fait la sottise d'aller le prendre de moi-même pour confident, mais lui, il avait su me forcer à un demi-aveu.

Jusqu'à ses démêlés avec la justice, il ne m'avait jamais parlé d'Honorine; mais un jour il me dit :

— Ce matin, j'ai rencontré un ami qui m'a confié que vous aimiez madame Obernin, et que l'altération de votre santé a pour cause vos chagrins d'amour. Comment n'avez-vous jamais parlé de cela à votre médecin ? — vous m'exposiez à vous traiter à l'aveugle.

Je lui répondis que s'il voulait rester mon ami, il devait ne jamais me parler de madame Obernin ni des bruits que le monde pouvait faire courir sur elle et sur moi. Puis j'ajoutai, ce qu'Honorine m'avait recommandé d'avouer quand il faudrait absolument faire une concession :

— Je reconnais que j'aime madame Obernin, mais je l'aime sans espoir d'en être aimé; de là les chagrins que j'éprouve et qui n'ont pas dû vous échapper; de là ma mauvaise santé. Si j'étais un amant heureux, est-ce que je serais malade ? Maintenant que cela a été dit entre nous, nous en resterons là, n'est-ce pas ? un mot, une allusion, et je me fâche.

Il reprit :

— Vous êtes heureux, vous, de passer pour l'amant d'une femme du monde; cela vous pose; on parle de vous. Ah ! si cette chance pouvait m'arriver, je ferais mon chemin. Une femme en amène une autre. Quand on en a une, on les a toutes, si on sait les prendre.

Cette conversation me blessant, je la coupai brusquement. J'étais frappé de ce regret qu'il exprimait, et soit par ce qu'il avait dit, soit parce que ses paroles avaient été prononcées à l'occasion d'Honorine, j'étais furieux de trouver chez un ami une pensée de ce genre. J'en parlai à Rozerotte, qui me dit :

— Ton ami Sergines a une morale à son usage, vingt fois il m'a manifesté ces mêmes regrets en ajoutant toujours : Dans ce cas-là, tant pis pour la femme.

Pour faire sa cour à Honorine, il ne trouva rien de mieux que de s'implanter chez elle. Le matin, le soir, dans la journée, il avait toujours quelque prétexte pour se présenter. Dès que j'arrivais, on était assuré de le voir sur mes talons. Alors, sans qu'Honorine lui présentât la main, il la lui prenait comme aurait fait un vieil ami : à la moindre indisposition d'Honorine ou des enfants, il s'empressait, il s'inquiétait, bien qu'il ne fût pas encore le médecin de la maison.

Ces façons d'être m'avaient naturellement beaucoup déplu et, comme je savais que Sergines, pour se poser dans sa clientèle, parlait sans cesse de la maison de M. Obernin, j'avais prié Honorine de mettre un peu de réserve dans leurs relations, et même j'avais eu quelques scènes de jalousie assez vives.

La maladie de la petite Henriette vint faire la place belle à Sergines : par son dévouement, par son zèle, il prit le cœur de la mère et du père; il se créa des droits.

La maladie de M. Obernin acheva de le mettre dans une position formidable : ce n'était plus seulement un ami, c'était un homme envers lequel on ne pourrait jamais s'acquitter.

A mesure qu'il se guinda dans cette position, il s'éloigna de moi. Il était froid quand je quittai Strasbourg pour Remiremont, et lorsque, un mois après la mort de M. Obernin, je vins passer quelques jours à Strasbourg, il me montra une circonspection étrange pour tout ce qui touchait la maison d'Honorine; il refusa même de me donner des détails sur la mort de M. Obernin, sous le prétexte que cette mort l'avait trop ému. Un médecin, comme c'est vraisemblable.

A Bade, cet été, je crois l'avoir parlé des préoccupations que me donnait Sergines, et des craintes que me faisait concevoir la reconnaissance exagérée qu'Honorine ressentait pour lui; aujourd'hui, après ce qui s'est passé il y a un mois, ces craintes redoublent et m'inquiètent profondément.

Si Sergines était redoutable, alors que sa vanité seule l'excitait à devenir l'amant d'Honorine ou tout au moins à se faire regarder comme son amant, combien ne l'est-il pas davantage, alors que son intérêt est en jeu, et que, par de l'habileté et de l'intrigue, il peut s'emparer d'une grande fortune, vingt fois plus considérable que celle qu'il a toujours si ardemment convoitée! Quel but pour son âpreté, pour sa convoitise, pour sa fièvre d'argent! Il y a là, j'en conviens, de quoi entraîner une conscience plus forte que la sienne.

Souvent je t'ai parlé de cette fortune; voici comment elle se compose : du vivant du mari, le ménage avait 200,000 francs de rente : 50,000 francs du côté de la femme, 150,000 francs du côté du mari. Celui-ci meurt, Honorine jouit de toute la fortune jusqu'aux dix-huit ans de son fils; à cette époque, il prend la moitié de la fortune de son père, soit 75,000 francs de rente, et Honorine reste avec 125,000 francs de rente et son hôtel. Ce n'est pas tout. Sa mère, veuve avec 2 millions de fortune, et ne dépensant que 6 ou 7,000 francs par an, laissera une énorme succession à partager entre ses deux enfants; si madame Ritter vit encore dix ans, chacun de ses enfants aura près de 2 millions, soit pour Honorine un revenu total de 225,000 francs, sans compter les héritages certains d'oncles et de tantes qui ne laisseront pas moins de 100,000 francs de revenus en terres. Honorine est donc, dans un avenir certain et proche, une femme de 500,000 francs de rente.

Telle est la situation pécuniaire : la situation de la femme n'est pas moins bonne.

Elle aura bientôt trente ans; l'éclat de sa beauté a peut-être un peu flétri par tous ses chagrins, mais il reprendra bientôt plus brillant; elle a de l'esprit, une admirable dignité dans la tenue; partout elle peut figurer avec honneur et rehausser un mari, si élevé qu'il soit au point de vue social.

Dans ces conditions, on peut affirmer qu'une veuve ainsi posée sera vivement recherchée.

Il ne faut pas croire que mon imagination surexcitée se crée des concurrents et des rivaux qui ne soient dangereux que dans mon esprit. Plusieurs prétendants à la main d'Honorine se sont déjà posés, et parmi eux, il en est un que tout particulièrement je redoute : — c'est le général Cornaton.

Il y a quatorze ans, Cornaton, simple lieutenant d'infanterie, était en garnison à Strasbourg. Il devint amoureux d'Honorine qui n'avait alors que seize ans et qui commençait à paraître dans le monde. Cet amour devint rapidement chez le lieutenant une passion folle. Il était célèbre par ses aventures de femmes et par ses duels, il se rangea instantanément et ne chercha plus qu'à plaire à Honorine. Il la demanda en mariage, il fut nettement repoussé : ce n'était pas pour ce traîneur de sabre, ce casseur d'assiettes, ce fanfaron, cet aventurier, que le père et la mère Ritter avaient élevé leur fille.

Cornaton ne se tint pas pour battu, et il se livra à toutes les entreprises, à toutes les folies, que peut suggérer l'amour le plus ardent.

Ce n'était plus un novice ni un délicat en amour; il corrompit les domestiques, et une nuit il s'introduisit dans la chambre d'Honorine. Fort à temps,

ma foi, les parents arrivèrent au secours de leur fille
qui, quelques minutes plus tard, n'eût plus eu d'autre
avenir que d'épouser Cornaton, s'il avait encore voulu
d'elle.

Cela fit un scandale épouvantable dans la ville;
mais comme le Cornaton était bien connu, la réputation d'Honorine ne reçut aucune atteinte. Cornaton,
il faut le dire, se conduisit, dans cette circonstance,
de façon à racheter sa faute.

Il se battit avec le frère d'Honorine, qui avait vingt-
deux ans : trois fois Ritter le manqua, trois fois Cornaton tira en l'air; enfin, impatienté, au lieu de s'effacer, il se campa devant son adversaire, la poitrine
développée, et Ritter lui logea une balle dans le bras.

—M. Ritter, dit-il, en saluant de sa bonne main,
je n'ai que ce que je mérite, je vous remercie.

Il donna sa démission et s'engagea simple soldat
dans les zouaves, où il ne tarda pas à reconquérir
tous ses grades : à chaque promotion il envoyait sa
carte à Honorine avec ces mots : *Par la grâce d'Honorine Ritter, Cornaton fait officier de la Légion d'honneur sur le champ de bataille.*

Cornaton est un de ces hommes d'une bravoure
exceptionnelle qui ne respectent pas plus leur vie
que celle des autres; il marcha vite; la guerre de
Crimée, les campagnes d'Afrique le conduisirent de
grade en grade à la position de général : il y arriva
méprisé de ses officiers, adoré de ses soldats. Ses
voleries sont célèbres dans l'armée; mais comme il
n'a jamais volé pour lui seul, elles y sont généralement défendues et trop généralement excusées. De
tout l'argent qu'il a pillé, il ne lui est pas resté un
sou dans les mains; les hasards du jeu ont repris
ce que les hasards de la guerre avaient donné.

Il fut nommé à Strasbourg, quelques mois avant
mon départ pour Remiremont; j'avais souvent entendu parler de lui, je le vis alors : c'est un homme
vigoureux, au buste large et puissant; sa tête serait

admirable de beauté si elle n'était pas gâtée par l'expression d'énergie féroce que lui donnent deux petits yeux de faucon et un nez un peu trop busqué; il marche en trois morceaux, la poitrine en avant, la tête en arrière et les jambes de-ci de-là, comme un héros de théâtre; dans le monde, on le nomme le général Matamore; dans le peuple, le général Cassegueule.

La première fois qu'il rencontra Honorine, il marcha droit à elle, et sans plus se gêner que s'il commandait dans une ville conquise :

— Madame, dit-il, en lui prenant la main, votre souvenir est demeuré vivace dans mon cœur, et je vous déclare que je vous aime toujours.

Tant que M. Obernin avait vécu, le général m'avait peu inquiété : je n'étais nullement jaloux de ce vainqueur. Mais le mari mort, la situation changeait.

Cornaton avait immédiatement déclaré ses intentions matrimoniales, et je dois maintenant le considérer comme un prétendant sérieux. Il n'a que quarante-six ans; un bel avenir lui paraît réservé, car dans un Etat militaire ces gens sans foi ni loi sont des instruments indispensables. Comment Honorine le traitera-t-elle ? Les femmes sont bien indulgentes à l'endroit des hommes qui ont fait des folies pour elles : Cornaton s'introduisant dans sa chambre n'est peut-être pas aussi coupable, aussi ridicule pour elle, qu'il l'est pour nous.

Si dangereux que soient Sergines et Cornaton, l'un par ses intrigues, l'autre par sa position et d'anciens souvenirs, j'ai encore d'autres concurrents qui me menacent; je ne les connais pas, je ne sais pas leurs noms, mais je suis certain qu'ils existent et qu'ils se révéleront un jour

A cette heure, vingt personnes conspirent contre moi : à Strasbourg, dans le département, à Paris même, partout où elle a des amis, chacun cherche autour de soi, dans ses parents ou ses alliés, un parti qui pourrait être agréé par cette riche veuve :

car tout le monde comprend qu'une femme de trente
ans, belle comme est Honorine, ne reste pas veuve
éternellement, aux prises avec la lourde administration d'une fortune comme la sienne.

Contre ces prétendants et contre ceux qui ont déjà
pris leur rang, je ne me dissimule pas mon infé-
riorité.

Contre Sergines et Cornaton je suis pour ainsi dire
sans défense, eux pouvant agir chaque jour et profiter de toutes les occasions, moi étant à vingt lieues
de distance.

Contre les autres je ne suis pas mieux protégé.

J'ai de l'avenir, c'est possible; mais en attendant
je ne suis qu'un sous-préfet. A mes yeux je vaux
mieux qu'un riche capitaliste ignorant ou grossier,
mais aux yeux d'Honorine en est-il de même ? Oui,
pour un amant; *quid* pour un mari, comme on dit
au palais ? L'homme d'argent n'est soumis à aucune
hiérarchie, un sous-préfet, un préfet ont un chef et
sont obligés à une résidence forcée.

Pour se rendre un compte exact de l'état moral
d'Honorine, il faut se rappeler que quand M. Obernin
est mort, l'ambition — par ma faute — avait mordu
Honorine; ses salons étaient les plus beaux de Strasbourg, ses fêtes étaient les plus resplendissantes :
confidentiellement, au coin du feu, on parlait de
l'écharpe de M. le Maire et des séances du corps
législatif.

Honorine, aujourd'hui, n'est plus la femme que tu
as connue il y a quelques années. Tout en étant
simple et naturelle au fond, elle a pris des habitudes
de fierté et d'orgueil qui auraient à souffrir si elle
devenait la femme d'un sous-préfet; elle est habituée
aux grands appartements, aux somptueux mobiliers,
et elle ne voudrait jamais les abandonner pour l'existence médiocre d'une petite ville de province, et cela,
parce que précisément elle n'est qu'une provinciale.

Sans doute, je pourrais donner ma démission, mais

à quoi cela me conduirait-il ? A être l'intendant de
la fortune de ma femme. Jamais, si grand que soit
mon amour, je n'accepterai de me mettre dans la
dépendance absolue d'Honorine. C'est elle que j'aime,
ce n'est pas sa fortune. Elevée dans les idées que la
fortune est tout, veuve d'un homme qui portait cette
croyance jusqu'au ridicule, elle pourrait m'attribuer
un calcul intéressé si je donnais ma démission, et
je ne veux pas que cela soit.

Parmi mes ennemis, j'allais oublier la mère Ritter; ce n'est pas pourtant ni le moins actif ni le
moins redoutable.

Madame Ritter, qui n'aimait pas son gendre, poussera bientôt sa fille à un mariage, et, bien entendu,
elle la poussera à faire un mariage de fortune et
d'ambition. En même temps que ce sera la satisfaction de tous ses désirs, ce sera sa vengeance contre
moi : elle aura enfin arraché sa fille à une liaison
dont elle n'a jamais osé se plaindre, mais qu'elle
connaît et dont elle souffre.

Je n'ai pour moi que mon amour et les droits que
me donne une longue possession; jusqu'à présent ces
droits m'ont toujours soumis Honorine, même dans
ses tentatives de résistance les mieux combinées : je
parais et les souvenirs parlent; mais aujourd'hui ces
droits ont-ils encore leur puissance ? Voici deux
mois bientôt que j'ai rompu et rien ne m'annonce
qu'elle veuille revenir à moi. Je suis toujours sans
lettre de Rozerotte.

XXVIII

Je devais partir pour Strasbourg le 3 ou le 4 janvier; le 25 décembre je reçus enfin, alors que je n'y
comptais plus, une lettre de Rozerotte.

Il me disait qu'il était parvenu à voir Honorine et à causer utilement avec elle. Il ne me rapportait pas leur entretien, mais il terminait par ces mots : « On a été aimable, tu devras l'être toi-même. »

J'aurais voulu qu'il me fît connaître en quoi « on avait été aimable »; mais c'était déjà beaucoup que ces quelques lignes pour un homme qui a horreur d'écrire.

Au lieu de quitter Remiremont le 4, je partis le 2, plein d'espérance, presque joyeux. Le soir, j'arrivai à Strasbourg.

Aussitôt je pressai Rozerotte de questions.

— Que lui avait dit Honorine ? En quoi avait-elle été aimable ?

— Aimable, dit-il avec un certain embarras, est un mot relatif; ne te figure pas qu'elle m'ait déclaré qu'elle consentait à se marier tout de suite. C'est le contraire qui est vrai : elle prétend qu'elle ne songe nullement à se marier.

— Pour toi, c'est là une réponse aimable : tu n'es pas difficile.

— Je crois que tu te fais illusion sur les dispositions de madame Obernin. Pour moi, c'est une femme fatiguée, qui a peur de toi, de ton caractère, de tes emportements, de ta passion; ce n'est nullement une Espagnole de romance, mais une belle bourgeoise qui désire un bonheur tranquille. Or, ce n'est pas ce bonheur-là que tu lui as donné jusqu'à présent et que tu parais lui promettre. Eh bien ! quand une femme dans ces dispositions consent à discuter une proposition de mariage après une scène comme celle que tu lui as faite il y a deux mois, je dis qu'il ne faut pas être dur avec elle.

— Tu l'as approuvée, conseillée, cette scène.

— Sans doute, parce que je croyais que tu voulais sérieusement rompre; maintenant tu parais ne plus le vouloir, voilà pourquoi je te conseille la douceur et la fermeté.

Ne comprenant pas très bien ces paroles obscures et ne voulant pas les discuter, je priai Rozerotte de me résumer simplement son entretien avec Honorine, lui demandant la permission d'en tirer telle ligne de conduite que mon cœur m'inspirait.

— Après ton départ, dit-il, je restai près d'un mois sans voir madame Obernin, la mère Ritter m'invita à dîner. Je ne pus pas accepter. Un jour je la rencontrai chez sa mère, elle m'aborda avec un air glacial qui ne me permettait pas la moindre conversation intime. Enfin, il y a huit jours, je me trouvai seul avec elle chez elle. Lorsque je suis entré elle m'a tendu la main, puis elle l'a retirée avec une attitude contrainte. Elle n'était pas à son aise : depuis ta fameuse explication, nous ne nous étions pas trouvés en tête-à-tête; son embarras était bien naturel et moi-même je l'ai partagé. Nous avons causé de ses affaires. Puis, au moment où j'allais me retirer, je lui ai dit : « N'avez-vous donc pas à me parler d'autre chose ? N'avez-vous rien à me dire ? » Elle m'a regardé un moment effarouchée, mais enfin elle a pris son courage et elle m'a répondu : — « Que voulez-vous que je vous dise, votre cousin a prétendu qu'il voulait rompre avec moi; malgré mes instances, il a rompu. Tout est fini entre nous. Pourquoi chercher à prolonger une situation intolérable ? Il veut que je chasse M. Sergines de chez moi. Demain il voudra que je chasse un autre de mes amis qui lui portera ombrage. Vous, peut-être. Je ne veux pas céder à ces exigences. S'il veut revenir, laissez-le revenir de son propre mouvement. — Vous consentez à le recevoir. — Je ne puis répondre la réception que je lui ferai. — Eh bien, je vais lui écrire cela. — Non, soyez réservé, ne lui parlez pas de moi... Ah ! mais non, ah ! mais non. — Dans une heure, ma lettre sera partie. — Faites pour le mieux, a-t-elle ajouté en laissant paraître un mouvement de joie, faites ce que vous voudrez. » Voilà notre entretien et voilà pourquoi je t'ai conseillé d'être aimable. Maintenant, il est bien entendu que si tu es toujours dans les mêmes dispositions qu'au mois d'octobre, je te conseille d'un autre côté de ne pas aller chez elle, car les circonstances sont aujourd'hui ce qu'elles étaient alors : elle reçoit toujours Sergines et ne se prononce pas sur la question du mariage.

Sans en demander davantage, je m'allai coucher.

Voilà comment les choses se sont passées, je le jurerais.

Pendant la nuit j'ai dix fois changé d'avis.

Le lendemain j'étais à ses pieds, et je lui disais que je sacrifiais ma dignité offensée à mon amour pour elle, que je ne lui demandais aucun engagement, et que tout ce que je désirais, c'était qu'elle me souffrît auprès d'elle comme autrefois.

Elle a été adorable, tendre, caressante, aimante.

Seulement, lorsque dans le cours de la journée je suis revenu sans intention précise à de certaines idées d'avenir, elle a élevé entre elle et moi un mur infranchissable.

—Si tu ne veux pas, si tu ne veux pas être ma femme, promets-moi de n'être jamais à un autre.

Elle n'a rien répondu.

Je me suis éloigné d'elle, elle s'est mise à pleurer. Je suis revenu, je l'ai prise dans mes bras, je l'ai couverte de caresses et lui ai dit encore :

—Réponds-moi donc.

Elle a gardé le silence. Jamais je n'ai eu tant de peine à résister à la tentation de la tuer.

Ici, à Remiremont, où je suis rentré désespéré, je regrette amèrement ma faiblesse et ma lâcheté. Je vois plus clairement les choses.

Alors j'examine la situation : si Honorine est vraiment vertueuse malgré sa faute, si sa pudeur est sincère quand elle s'alarme d'avoir un amant, comment se fait-il qu'elle ne saisisse pas avec empressement l'occasion inespérée qui se présente de satisfaire sa conscience et de rendre heureux l'homme qu'elle aime ?

Je ne me fais pas d'illusion sur elle. Je la juge, et je crois que je la juge avec impartialité. Elle hésite à m'épouser uniquement pour ne pas perdre certains avantages que ni ma position ni ma fortune ne compenseraient. Si j'avais 75,000 francs de rente ou de traitement, elle m'épouserait, car cette somme représente à peu près ce qu'elle perd en se mariant. Le malheur de notre destinée est qu'elle soit riche, tandis que moi je suis pauvre : charmant comme amant, comme mari, détestable. Combien d'autres femmes, à sa place, raisonneraient comme elle !... N'est-ce pas ainsi d'ailleurs que raisonnent ceux qui ne veulent pas épouser leur maîtresse. Notre amour s'est converti en une opération, en une affaire. Le sort est juste; je porte le poids de ma faute.

Je la mépriserais si je ne l'aimais; mais je l'aime, voilà mon malheur.

Et cet amour est tel chez moi, que si demain j'allais à Strasbourg, je tomberais encore à ses genoux, au lieu de la condamner comme je la condamne ici. C'est qu'à Strasbourg je ne puis me décider à ne pas le voir, quels que soient mes griefs. A Strasbourg, je ne raisonne pas, je sens; et, quand je n'ai qu'un pas à faire pour la voir, dussé-je perdre, comme j'ai perdu, toute autorité morale sur elle, je fais ce pas, ne pensant qu'à la voir.

Alors, tous deux, nous retombons sous une influence réciproque; alors, chez tous deux, l'amour reprend ses droits.

Si j'en avais la force, je partirais, comme tu me l'as conseillé et comme ma raison me le conseille; je me ferais nommer à deux cents lieues de Strasbourg. Mais le remède serait-il héroïque ?

Infaillible quand on l'applique à une passion de deux mois, produirait-il son effet sur une passion de dix ans.

Mes années de fraîcheur, de jeunesse, de virilité, de générosité, d'intelligence, je les ai consacrées à Honorine. Mon mal m'est cher en raison des souffrances qu'il m'a données. J'ai l'habitude d'aimer Honorine, et cette habitude fait que pour moi aucune autre femme n'existe.

En arrivant ici, il y a un an, j'ai pensé un moment à me distraire de mes chagrins en prenant une maîtresse. Mais où l'aurais-je trouvée ? Sensible au luxe, à l'élégance, à l'éducation, obligé par ma position à une grande réserve, je ne pouvais choisir une grisette; il ne me restait donc qu'une femme mariée, qu'une femme du monde, qui, de son côté, eût été en quête de distractions.

Ah ! sapristi ! je ne convoiterai plus la femme de mon prochain, je ne croyais pas qu'il y avait pareille gravité à enfreindre ce commandement. Une femme mariée pour maîtresse, voilà le châtiment que je souhaite à mon plus cruel ennemi.

Je n'aurais pas été gardé par mon cœur que je l'aurais été par l'expérience; le cœur suffisait. Il n'y a qu'une femme pour moi, Honorine : rêves, désirs, souvenirs, tout se concentre sur Honorine.

XXIX

Il ne me manquait plus que cela pour compliquer ma situation : me voici jaloux de Rozerotte.

En quittant Strasbourg au mois de novembre, je m'étais dit : Je laisse auprès d'Honorine un autre moi-même. Rozerotte devenu confident d'Honorine dominera la situation, car il a son secret; il m'aidera, car il a vu mes douleurs, et il sait que cet amour est ma vie; le sentiment de mon malheur l'inspirera, car il

est mon parent, et comme tel, en dehors de toute
autre considération, il doit désirer pour moi un éta-
blissement avantageux.

Eh bien ! je me trompais; Rozerotte, depuis mon
départ, s'est conduit avec moi de telle façon que mes
soupçons ont été éveillés.

Il faut dire cependant qu'ils seraient probablement
restés à l'état de vague, comprimés au fond de mon
cœur par ma confiance dans l'amitié et la loyauté de
Rozerotte, si une lettre anonyme n'était venue leur
donner un corps. Voici ce que dit cette lettre :

« Une femme qui veut du bien à M. Robert d'Autrey, et qui a quelque expérience des choses de l'a-
mour, le prévient de veiller sur l'idole de son cœur.
Il a placé auprès de cette idole un surveillant qui la
surveille d'un peu trop près, car, pour mieux la garder, il emploie le moyen que le bon La Fontaine nous
enseigne dans l'Anneau d'Hans Carvel. Cela fait-il
l'affaire de M. d'Autrey ? Sans doute il peut se dire
que tant que son surveillant tient à son doigt la bague
de la dite idole, un autre ne peut pas la lui prendre.
Ne pas oublier que le dit surveillant n'est pas un muet
de Constantinople, mais un joli gaillard et un habile
praticien d'amour. »

On a tout dit sur la lettre anonyme : l'honnête
homme la méprise et la jette au panier. C'est parfait.
Mais il n'en est pas moins vrai qu'elle ne manque
jamais son effet, qui est d'éveiller notre attention et
souvent de nous faire admettre comme possible ce
qui nous paraissait monstruosité.

Jusqu'au jour où je reçus cette lettre, je n'avais pas
osé me formuler mes doutes sur Rozerotte, et quand
ils se présentaient à mon esprit je les repoussais avec
honte; mais en les trouvant précisés dans cette lettre
je me fis ce raisonnement : qu'ils n'étaient pas si impossibles, si monstrueux que j'avais voulu le croire,
puisqu'ils existaient pour d'autres que pour moi.

Quels étaient ceux qui avaient pu être frappés des

relations de Rozerotte et d'Honorine ? Cela avait son importance. Une femme, comme le disait la lettre, je ne le crus pas une seule minute. Ce n'était pas là le style d'une femme. L'anneau d'Hans Carvel dénonçait un lettré. Le mot praticien dénonçait un médecin ou un homme de loi ; il n'y a que les médecins et les gens de palais qui se servent du mot « praticien ». Parmi les gens de palais, je n'en voyais aucun qui eût intérêt à me prévenir de la fourberie de Rozerotte ; parmi les médecins, au contraire, il y en avait un que mon cousin gênait terriblement, Sergines.

La lettre était donc de Sergines ; j'en fus aussi certain que si je l'avais entendu la dicter à la fille qui l'avait écrite devant lui, et, par là, elle méritait une sérieuse attention.

Singulière coïncidence ! c'était Rozerotte qui m'avait dénoncé Sergines pour le faire consigner à la porte d'Honorine, et maintenant c'était Sergines, à son tour, qui le dénonçait. Cela était assez drôle, mais pour moi fort peu rassurant. Ces deux messieurs, dans leur rivalité, me faisaient jouer le rôle du mari : ils se regardaient donc comme des amants.

La fourberie de Rozerotte admise, il était facile d'expliquer la lettre inexplicable qu'il m'avait écrite à la fin de décembre : « On a été aimable, tu dois être aimable. » En écrivant cela, il avait besoin de moi, il voulait rendre son emploi de confident indispensable. Au contraire, en démentant cette lettre quelques jours après, il se croyait assez solidement établi dans la place pour n'avoir plus besoin de mon aide, et il voulait dès lors me pousser à la porte.

Rozerotte est beau garçon ; il a de l'esprit, du cœur ; dans ses confidences, Honorine a pu apprécier ces deux qualités, ayant déjà pour lui d'ailleurs, pour son caractère et sa fermeté, une haute estime conçue depuis longtemps. Quoi d'étonnant à ce que j'aie été un peu négligé ? on aura parlé de soi au lieu de parler de moi ; on n'aura pas pensé à me trahir ; on ne l'aura

pas voulu, mais un beau jour on aura été tout surpris
de se sentir confusément dans le cœur un sentiment
nouveau. Pauvre d'Aulnoy !

Les comparaisons qu'Honorine peut faire entre Rozerotte et moi sont, j'en conviens, tout à mon désavantage.

Le grand grief personnel d'Honorine contre moi,
c'est ce qu'elle appelle mon exaltation. Combien de
fois m'a-t-elle dit : — Vous aimez d'une manière qui
n'est pas naturelle, et vous avez dans la tête aussi
bien que dans le cœur une fièvre maladive. Vous ne
voyez pas les choses de sentiment comme elles sont.
Vous vous montez, vous vous laissez entraîner, et
vous exigez de moi un amour que ne peut donner
aucune femme raisonnable. Vous vous fâchez de ce
que mon entraînement ne répond pas au vôtre, vous
me faites des scènes, et nous sommes malheureux.

Rozerotte, lui, n'a pas de ces façons extravagantes
d'aimer, et s'il se laisse emporter, on peut être certain
que ce n'est pas par la tête.

Maintenant toute la question se résume à savoir
s'il est capable d'oublier son amitié pour moi.

Non, s'écrie la confiance, c'est une nature loyale et
droite.

Hélas ! dit l'expérience de la vie, c'est un métier
bien scabreux que celui de confident. On ne parle pas
impunément des choses d'amour. Quand une femme
se jette dans vos bras, quand elle pleure, quand on lui
serre la main avec attendrissement, quand on la tient
sur sa poitrine et que ses cheveux vous effleurent la
barbe, il est bien difficile de ne pas se baisser un peu
pour la consoler : les regards se confondent, les lèvres
se rencontrent, le sanglot s'achève dans un soupir,
adieu droiture et loyauté.

Rozerotte sait qu'Honorine, il y a deux mois, me
prodiguait ses caresses, heu... heu. Il y a deux mois,
ce n'est pas hier. Et quand ce serait hier.

Ce diable d'homme a encore un autre avantage, il

ne tient pas à épouser, lui, au contraire. Je vous plais,
c'est parfait : et nous n'avons que quelques instants à
passer ensemble, passons-les agréablement. Je ne
vous plais plus, c'est parfait encore. Recevez, je vous
prie, mes adieux; au reste, cela tombe bien, je suis
un peu pressé aujourd'hui, et j'ai affaire ailleurs.

Honorine est-elle femme à traiter ainsi l'amour ? Il y
a six mois, j'aurais tué celui qui m'aurait posé cette
question. Aujourd'hui mes idées ont été terriblement
modifiées par les circonstances; aujourd'hui je ne sais
plus que penser, et si quelqu'un venait me parler
d'elle dans ces termes, je serais disposé à discuter
avec lui.

Aujourd'hui je suis jaloux, j'ai la fièvre; demain,
peut-être, le temps et la réflexion m'auront calmé et
je ne penserai plus aussi amèrement à une trahison
possible de la part de Rozerotte.

XXX

La trahison présumée de Rozerotte et l'indifférence
certaine d'Honorine m'ont jeté dans une étrange aventure.

En arrivant à Remiremont, je m'étais installé dans
les appartements occupés par mon prédécesseur; mais
je me suis bientôt aperçu que dans la sous-préfecture,
beaucoup trop grande pour moi, je pouvais me
donner le luxe d'une habitation d'hiver et d'une habitation d'été, l'une au midi, l'autre au nord. Quand le
mois de novembre s'est fait sentir, j'ai donc abandonné
l'exposition du vent pour celle du soleil.

La chambre que j'habite maintenant donne sur une
rue dans laquelle je ne passe jamais pour rentrer
chez moi ou sortir. En mettant le nez à la fenêtre, je

vis que la maison me faisant vis-à-vis était occupée
par une lingère : sur une enseigne se lisaient ces
mots : *Madame Jacquet, lingère;* dans une boutique à
double montre, étaient rangés en étalage des bonnets,
des layettes et des objets de lingerie.

Plus tard, je remarquai que ma voisine était très
jolie, mais je fus peu sensible à ma découverte. Me
complaisant dans mon ennui, me plongeant avec une
certaine sensualité dans des chagrins que je trouvais
immérités, je n'accordai aucune attention à mon en-
tourage. Trois mois s'écoulèrent.

Cependant, quelque détaché que je fusse des choses
mondaines, il m'avait semblé comprendre que la jolie
lingère regardait quelquefois de mon côté, et surtout
le dimanche.

Le dimanche, en effet, je ne vais pas à mon cabinet,
je reste toute la journée dans ma chambre à lire les
livres nouvellement parus que j'ai été prendre le
samedi chez le libraire. Quand je suis fatigué de lire,
je me repose un peu en m'accoudant à ma fenêtre.

Pendant que je restais ainsi à regarder les passants,
je crus remarquer que ma voisine me guettait, et, il y
a quelques semaines, je fus frappé de la tendresse de
ses regards.

Précisément, ce jour-là, j'avais chez moi le commissaire de police qui était venu m'entretenir d'une affaire. Tout en causant avec lui, je me promenais par
ma chambre; j'aperçus madame Jacquet de ma fenêtre, et la curiosité me passa de savoir qui elle était.

Elle venait de Paris : elle était veuve d'un mari
ivrogne et paresseux, qui avait dévoré ce que possé-
dait sa femme. Sans aucun avoir, elle s'était réfugiée
à Remiremont, auprès d'une de ses sœurs, mariée à
un boulanger qui s'est fait une grande réputation dans
la confection des *quiches :* — les *quiches* sont de
grandes galettes minces faites d'œufs, de farine, de
beurre, de crème et de ciboule, qu'on fabrique exclu-
sivement à Remiremont. Sans ressources, avec une

petite fille à élever, madame Jacquet avait courageusement lutté contre la misère; elle s'était improvisée lingère, et par son travail, son intelligence et son bon goût, elle avait — en peu de mois — accaparé la clientèle élégante de la ville. Alors, elle avait étendu le cercle de ses affaires en louant cette boutique, près de l'hôtel de la sous-préfecture, et elle avait assez promptement prospéré pour occuper une quinzaine d'ouvrières.

— Assurément, dit le commissaire en achevant de me donner ces renseignements, il ne m'appartient pas de conseiller M. le Sous-Préfet; cependant je ne peux pas m'empêcher de lui dire que cette petite madame Jacquet est peut-être ce qui lui manque, car si heureux que soit M. le Sous-Préfet, il lui manque certainement quelque chose ou quelqu'un.

Mon commissaire de police est un ancien sergent-major qui a pour les femmes le plus parfait mépris. Cela l'a plus d'une fois entraîné un peu loin; mais en faveur de sa poigne, qui est vigoureuse, et de son énergie, qui ne recule devant aucune besogne, on a toujours fermé les yeux sur ses excès de pouvoir. J'avais pour lui fort peu de sympathie et ne lui cachais pas mes sentiments. A ce mot, je le regardai de haut.

— Je comprends bien, continua-t-il, que Monsieur le Sous-Préfet vive comme un saint; fait comme il l'est, les occasions ne lui ont pas manqué, mais il a voulu sans doute respecter les convenances : des femmes mariées, c'est embarrassant; des grisettes, c'est compromettant; un fonctionnaire élevé doit se respecter. C'est justement là l'avantage que je trouve dans madame Jacquet: avec elle on ne risquerait rien.

Je coupai court à cet entretien. Mais mon homme ne se tint pas pour battu; il tenait à m'obliger par quelque service honteux. Deux jours après, il vint me donner, malgré moi, la suite de ses notes sur madame Jacquet.

C'est une femme vaillante, ne vivant que pour sa fille, ne s'occupant que de son commerce. Debout à sept heures du matin, elle travaille jusqu'à une heure ou deux dans la nuit. En butte aux recherches des jeunes gens, elle les accueille tous de la même manière, rit avec eux tant qu'ils s'observent et les met à la porte quand ils s'oublient. Aimable, intelligente, spirituelle, gaie, elle a su se faire respecter dans sa situation difficile. Mais comme, au lieu d'aller à la messe le dimanche, elle travaille chez elle, on dit qu'elle est légère. Cependant, on n'a pas encore pu lui découvrir un amant.

En faisant cet aveu, mon commissaire prit un air véritablement honteux; cela le blessait personnellement.

A ce moment, j'étais justement arrivé au dernier degré de la lassitude et du dégoût, et je me demandais de bonne foi si je ne serais pas heureux en apprenant sans préparation, d'un coup brutal, foudroyant, le mariage d'Honorine. Quel triomphe si madame Jacquet pouvait m'arracher à cette vie de chagrins dans laquelle je me consumais ! Pourquoi ne pas essayer ? Quelle fierté de dire à madame Obernin : «Je ne vous aime plus; cette fortune que vous me soupçonnez de convoiter, je n'en veux pas. »

J'allai chez la lingère lui commander des cravates blanches : je pus alors l'examiner à loisir. Elle est petite, bien prise, avec un léger embonpoint, ses yeux bleus sont très beaux, sa figure, assez irrégulière, est pétillante de physionomie, ses cheveux sont admirables. Tout en elle révèle la femme d'initiative, de spontanéité; vêtue simplement, avec le cachet des Parisiennes, elle a une telle vivacité, une telle mobilité, elle se remue si bien, riant, parlant, gesticulant, qu'elle vous met la gaieté au cœur.

Elle me demanda deux jours pour ourler mes cravates, que je la priai d'apporter chez moi quand elles seraient prêtes. Pendant ces deux jours j'habitai

presque constamment ma chambre et me tins à ma
fenêtre: ses yeux répondirent aux miens par des
regards significatifs.

Elle vint chez moi, et là nous pûmes nous expliquer
librement. Je lui demandai un rendez-vous, elle me
l'accorda pour le soir même à onze heures.

C'est une charmante maîtresse. Elle est vraiment
très intelligente; mais ce qui me plaît surtout en elle,
c'est son naturel et sa franchise; de ce côté, il est
vrai, je n'ai pas été gâté.

En allant chez elle, je m'attendais à la trouver en
toilette, sous les armes; elle était, au contraire, en
costume de travail, les cheveux ébouriffés, et elle
poussait fiévreusement l'aiguille. Comme je voulais
l'interrompre dans son ouvrage, elle me déclara qu'elle
était pressée de le terminer, et que si je comptais
l'avoir causant et faisant salon, je n'avais qu'à aller
me promener pendant deux heures pour tuer le temps
et qu'à mon retour elle serait tout à moi.

—Mes heures de sommeil m'appartiennent, dit-elle
en riant, mes heures de travail sont à mon enfant.

Cet enfant, une fille, paraît tenir une grande place
dans sa vie: comme nous allions nous séparer le
matin de notre première entrevue, elle me dit:

—Vous ne m'aimez pas, cela n'est pas possible,
moi je vous aime et j'aurais été malheureuse de n'être
pas à vous: bien que je sache que vous ne resterez
pas toujours à Remiremont, cette pensée de départ ne
m'a pas arrêtée. Mais ce que je vous demande, c'est
de ne pas me compromettre: si nos relations étaient
connues un jour, j'abandonnerai Remiremont, bien
que j'y sois heureuse, car je ne veux pas que ma fille
puisse jamais soupçonner que sa mère n'a pas été
une honnête femme.

Rentré chez moi lors de cette première entrevue,
et m'interrogeant, je constatai avec un bonheur indi-
cible que j'étais heureux et qu'Honorine était loin de
ma pensée.

Mais le lendemain elle se rapprocha; et madame Jacquet, bien que plus tendre que la veille, me parut beaucoup moins charmante.

Eh quoi! mon amour pour Honorine m'avait-il momifié le cœur et pétrifié le sang? Toutes les femmes étaient-elles mortes pour moi, hormis celle-là?

Le troisième soir de notre liaison, je partis pour aller chez madame Jacquet, décidé à lui trouver toutes les qualités et toutes les séductions. Il fallait décidément qu'elle me fît oublier Honorine. Pourquoi n'y parviendrait-elle pas? N'était-elle pas jeune, spirituelle, jolie; elle me témoignait de l'affection, c'était la plus délicieuse maîtresse qu'un homme dans ma position pût souhaiter; Honorine absente ne devait pas tenir contre de pareilles séductions.

A onze heures et demie, je frappai doucement à la porte.

Je la surpris travaillant. Elle me pria de la laisser terminer un ouvrage très pressé, et je m'assis à côté d'elle sans me débarrasser de mon manteau, car il faisait froid.

Nous nous mîmes à causer à voix basse. Mais elle me raconta deux ou trois drôleries sur les dames de Remiremont, ses clientes, qui nous firent rire aux éclats et oublier nos précautions de silence. Une demi-heure s'écoula ainsi, et tout à coup j'entendis un bruit étrange.

Mais, pour comprendre ce qui va se passer, quelques explications topographiques sont nécessaires.

Le magasin donne sur la rue par une porte au-dessus de laquelle est une imposte vitrée, de telle sorte que la nuit, lorsque les volets sont fermés, on voit par cette imposte s'il y a ou s'il n'y a pas de lumière.

Derrière ce magasin est la chambre à coucher de madame Jacquet. Ce sont les deux seules pièces que je connaisse; mais je sais cependant qu'à la suite de cette chambre se trouvent plusieurs pièces en enfilade donnant sur une cour ou allée. J'ai voulu sortir une fois par cette allée, mais on m'a dit que ce n'était pas possible, et je me suis contenté de cette explication. Entre le magasin et l'autre moitié de la maison règne un long couloir destiné aux locataires des étages supérieurs; sur ce couloir, la chambre de madame Jacquet et le magasin ouvrent chacun une petite porte de service.

C'était contre la cloison de ce couloir que j'étais assis, et ce fut de cette cloison que partit le bruit étrange qui vint me surprendre. La charpente craquait, et il me sembla que d'énormes rats grimpaient dans toutes les fissures et s'échappaient dans différentes directions.

Mes yeux coururent aux quatre angles de l'appartement comme s'ils allaient voir apparaître un monstre effrayant. Ils ne virent rien, mais j'entendis un froissement d'étoffe, puis presque aussitôt j'eus la perception d'un corps qui dégringolait. Je fis un bond de dessus ma chaise : ce corps, cet être, portait ses mains sur la cloison derrière moi, et ses ongles égratignaient le bois.

Je vins me placer au milieu de la chambre, les yeux écarquillés, pour voir de quel côté il fallait se défendre.

Le tapage augmenta : on n'en était plus aux tâtonnements contre les lambris; on avait trouvé la porte, et l'on tâchait de l'ouvrir en pesant dessus. Heureusement elle était bien fermée, et elle résistait en craquant. Etait-elle solide, ne l'était-elle pas ? Je n'en savais rien.

Je regardai ma maîtresse : pâle, immobile, terrifiée, elle était renversée sur sa chaise, les yeux collés sur la cloison.

Je lui montrai de la main la porte de la rue, en lui disant à voix basse :

— Ouvrez-moi.

Mais avant qu'elle eût pu répondre une grosse

16

voix s'éleva dans le couloir en grommelant, mais sans prononcer des paroles distinctes.

Puis, comme nous n'avions pas bougé, les pesées recommencèrent plus fortes; la porte pliait par le milieu : il était évident que d'un moment à l'autre les gonds ou la gâche allaient être arrachés. Ces efforts étaient accompagnés de cris et de jurons à réveiller toute la maison.

Je pris la main de madame Jacquet et, sans dire un seul mot, je lui montrai de nouveau la porte de sortie.

Elle se haussa jusqu'à mon oreille et, d'une voix tremblante, à peine distincte, elle me jeta ces deux mots :

— Mon mari !

Son mari ? Elle n'était donc pas veuve.

Dans quel guet-apens étais-je tombé ?

Je me dirigeai vers la porte.

Mais ma maîtresse se jeta au-devant de moi pour me repousser.

— S'ils t'attendent dans la rue ! s'écria-t-elle.

Bien décidément j'étais traqué. Je lui fis un signe pour qu'elle tirât les verrous, mais dans son trouble elle ne pouvait pas les trouver.

De l'autre côté de la cloison, on criait toujours et l'on paraissait vouloir crocheter la serrure, la porte ayant solidement résisté à toutes les pesées. Quand le grincement du fer s'arrêtait, la course le long du mur recommençait et les craquements reprenaient.

Ce n'était pas par minutes qu'il fallait compter le temps, pas même par secondes; il fallait sortir.

N'ayant pas d'armes, pas de canne pour me défendre, j'assurai ma clef dans la paume de ma main et, ayant écarté madame Jacquet, je m'élançai dans la rue. J'étais résolu à ne pas me laisser prendre et à me défendre vigoureusement.

Dans la rue, personne; la nuit était sombre, et l'œil se perdait dans des profondeurs noires, un silence de mort. On était certainement embusqué sous quelque porte. Je pris le milieu de la rue.

Je ne pensais qu'à une chose, au tapage qu'une rixe pourrait faire : les voisins ouvriraient leurs fenêtres, la rue s'éclairerait; que diraient-ils en reconnaissant leur sous-préfet ?

En marchant droit devant moi, j'aperçus la lanterne du commissaire de police : là je m'arrêtai.

Alors, je m'imposai de revenir sur mes pas et de passer devant la maison de madame Jacquet.

Cette fois, je m'avançai à petits pas; mes yeux s'étaient habitués à l'obscurité, et je sondai chaque trou, chaque encoignure. Arrivé devant la maison, je m'arrêtai; la lumière n'était plus dans la boutique, mais une faible lueur passant par l'imposte me disait qu'elle était dans la chambre à coucher. Aucun bruit, un silence complet.

Il était possible que, ne m'ayant pas pris à la sortie, on m'attendît devant ma porte. Je rentrai par des jardins, et quand j'eus tourné deux fois ma clef pour fermer la serrure, j'avoue que je respirai plus librement.

Je me couchai sans lumière; mais les sensations que j'avais ressenties en entendant ces bruits sans nom, qui m'avaient assiégé de toutes parts dans le magasin, m'empêchaient de dormir; quand mes yeux se fermaient, j'entendais les cloisons craquer.

Ce matin j'avais un discours à prononcer au Comice agricole, j'ai senti qu'on me trouvait faible.

C'est égal, je voudrais bien savoir quel est le gredin qui m'a fait peur.

XXXI

J'avais naturellement grande curiosité de revoir madame Jacquet et de me faire expliquer, si cela était possible, les causes de notre panique.

Elle ne vint pas le soir même, mais le lendemain au moment où je déjeunais, mon domestique m'annonça que madame Jacquet m'apportait des cravates et qu'elle disait avoir besoin de me parler.

Le malin souligna ces mots d'un sourire encourageant.

Je la fis entrer, et, pour être tranquille, j'envoyai immédiatement mon espion faire une course qui demandait plus d'une heure.

Madame Jacquet paraissait fort émue et aussi très honteuse.

Pour moi, à sa vue, je ne pus pas retenir un mouvement de colère; je ne lui pardonnais pas d'avoir eu peur devant elle.

— Ma chère petite, lui dis-je d'un ton sec, si je suis allé chez vous, c'est que je vous croyais libre. J'aurais su que vous aviez un mari, je serais resté chez moi. Vous n'êtes donc pas veuve ?

— Non.

— Alors, c'est votre mari qui nous a fait cette belle peur.

— Non.

— C'est donc un amant jaloux. Vraiment j'aime mieux cela.

— Ecoutez, dit-elle, je ne puis vous expliquer en ce moment tout ce qui s'est passé; sachez seulement que l'homme qui est venu est mon ancien amant, avec lequel j'ai rompu, mais qui, lui, ne veut pas rompre avec moi. Il s'était introduit par l'allée de derrière pour se cacher dans l'escalier et savoir qui venait chez moi. En vous entendant il a voulu forcer une des portes; heureusement, elle étaient toutes fermées au verrou; de là sa colère et ses cris. Aujourd'hui je ne puis vous en dire plus long, il faut que je rentre chez moi, mais *lui* et les *autres* partent demain dimanche; venez chez moi lundi dans la nuit, je vous conterai tout et me justifierai.

Je me suis mis à rire et lui ai répondu sans me fâcher :

—Vous ne me verrez plus chez vous la nuit.

Je ne sortis pas de là, et elle partit sans m'en apprendre davantage, me laissant fort perplexe de savoir quel était cet amant mystérieux qui quittait Remiremont : un ouvrier ?... un noble ? Et les autres, quels étaient ces *autres* qui aidaient leur ami ou leur chef dans ses projets amoureux et s'éloignainet en même temps que lui ? Est-ce que par hasard nous étions tombés en pleine *Histoire des Treize* de Balzac ? Que diable serait-il arrivé si je ne m'en étais tenu à une simple et honnête conversation avec madame Jacquet ?

J'eus trois jours pour examiner ces questions et leur imaginer des réponses, car ce fut seulement le troisième jour qu'elle se décida à venir. La pauvre petite sortait de son lit. En me voyant, elle pleura beaucoup et, au milieu de ses sanglots, elle répéta vingt fois qu'elle était innocente et qu'elle ne m'avait pas trompé. Je la calmai par de douces paroles, et voici à peu près ce qu'elle me raconta.

—Avant mon mariage, j'ai été recherchée par un jeune homme à qui mes parents me refusèrent. Tant que j'habitai avec mon mari, il resta à Paris dans le commerce des toiles, et je le vis quelquefois; il me témoignait la p..s vive affection, mais je ne cédai point à son amour. Un jour, mon mari, qui était un ivrogne, m'abandonna avec ma fille. Sur le conseil de mes amis, nous répandîmes le bruit de sa mort; mais il est parfaitement vivant, et je crains à chaque instant qu'il n'arrive ici et ne me ruine une seconde fois. Sans ressources, je quittai Paris pour me réfugier auprès de ma sœur; le jeune homme qui m'aimait me suivit. Il avait des économies, il les plaça dans une maison de blanc; il devint associé et se chargea de la commission. Cette position lui permit de s'occuper utilement de moi. Je n'avais pas un centime, il m'acheta mes premières marchandises et paya de sa bourse mes premières traites. Mon travail a fait le reste. Quand je regarde ma fille, je comprends les services qu'il m'a rendus et quelle reconnaissance je lui dois. Je devins sa maîtresse : il n'était pas beau; il est grand, rouge de figure, sa barbe est rude, il s'habille prétentieusement, mais enfin il m'aimait. J'étais seule, je n'avais jamais été heureuse; j'avais en lui un soutien, un ami dévoué dont la bourse m'était ouverte; lui, il avait en moi une maîtresse plus libre d'elle qu'aucune jeune fille ou femme mariée. Jamais il n'est venu un soir, que je l'attendisse ou non, sans me trouver l'aiguille à la main. Vers le mois de novembre dernier, je commençai à m'apercevoir qu'il était presque toujours pris de vin quand il arrivait le soir. Je ne pourrai jamais aimer un ivrogne, j'en ai peur et dégoût. Je le grondai d'abord doucement, ensuite plus durement. Il prit mal mes plaintes, et, un soir, il arriva en m'amenant deux de ses camarades; il était plus de minuit. Ils frappèrent tous les trois à la porte, avec un tapage qui me força à ouvrir. Ils entrèrent en dansant et renversèrent les meubles. Heureusement, ses amis étaient moins ivres que lui, je les suppliai de l'emmener; ils m'écoutèrent. Le lendemain, je le vis entrer tout honteux. Je lui adressai les plus justes reproches, et terminai en lui disant que je voulais rompre.

Pendant un mois environ il revint, tantôt calme et triste, le plus souvent ivre. Cela me détacha tout à fait de lui, et, un soir, je lui déclarai formellement que s'il revenait, je ne lui ouvrirais pas. Il accepta cette rupture très cavalièrement, et je crus que c'était bien fini.

Je fis alors votre connaissance, et je me croyais bien libre. Aussi, quand la cloison commença à craquer, je ne pensai pas tout d'abord à lui, qui n'était pas venu depuis cinq semaines, mais à mon mari. Ce n'est que quand on me demanda d'ouvrir que je reconnus la voix. Après votre départ, j'allai, la lampe à la main, lui ouvrir. C'était bien lui, pieds nus, un pistolet dans une main, des crochets dans l'autre. Il entra et se laissa tomber sur une chaise; il avait beaucoup bu. Il se mit à pleurer.

J'ai eu la plus grande peine à le renvoyer. Il a quitté Remiremont avec ses amis. Maintenant vous pouvez venir sans danger.

Je lui expliquai doucement que je ne retournerais jamais chez elle.

— Parce que j'ai un amant, s'écria-t-elle; mais j'ai rompu avec lui tout à fait, et, si vous voulez, je lui écrirai devant vous une lettre pour l'empêcher de revenir jamais.

— Non parce que vous avez un amant dont je me moque, mais parce que vous avez un mari dont je me soucie beaucoup.

A ce mot, elle me regarda avec une véritable stupéfaction.

J'aurais répondu que je ne voulais pas la revoir parce qu'elle avait un amant, cela lui eût paru tout naturel, mais je parlais de son mari, elle se demandait si je n'étais pas fou. Il faut vraiment que notre éducation ait été singulièrement faite sur ce sujet : prendre une femme mariée pour maîtresse, quoi de plus drôle, de plus amusant. N'est-ce pas ce que chacun fait, et, depuis Molière jusqu'à Paul de Kock, n'en a-t-on pas toujours plaisanté ? J'ai pensé comme cela aussi, mais l'expérience m'a donné d'autres idées : amant d'une femme mariée, merci; j'en ai assez.

Madame Jacquet pleura, se dépita. Je me renfermai dans ma réponse.

Elle sortit de chez moi indignée; mais comme j'étais parfaitement calme, parce que, au fond, j'étais indifférent, je pus remarquer qu'il y avait en elle plus de colère que de douleur, ce qui me rassura.

La raison du mari était pour moi déterminante, mais j'en avais encore une autre tout aussi puissante que je ne pouvais pas avouer à madame Jacquet : c'est que je ne l'aimais pas. Pendant un jour à peine j'avais pu jusqu'à un certain point me faire illusion et croire qu'elle éloignerait Honorine de mon souvenir. Par malheur, c'était le contraire qui s'était produit : au lieu de l'éloigner, elle l'avait ramenée plus vivace et plus tyrannique. En tirant, pour les rompre, sur les liens qui m'attachaient à Honorine, je les avais seulement roidis, et j'avais ainsi éprouvé combien ils étaient solides. De ma tentative de délivrance, il ne me restait que le sentiment désespérant et désespéré de mon impuissance : j'étais à elle, bien à elle; jamais je ne pourrais m'affranchir.

Le résultat de cette triste expérience eut au moins cet avantage de me pousser à une résolution : puisque j'étais à Honorine, elle devait être à moi.

Deux jours après avoir rompu avec madame Jacquet, je partis pour Strasbourg.

— Tu viens voir madame Obernin ? me dit Rozerotte lorsque j'entrai chez lui, elle n'est point ici : elle est à Kirnec, tout à son chagrin; ne t'es-tu pas souvenu que tu tombais au milieu de son triste anniversaire ?

— Je ne viens pas pour elle, mais pour toi.

Et je lui tendis la lettre anonyme que j'avais reçue et dont je ne lui avais pas encore dit un mot.

A la première ligne il releva les yeux sur moi; voyant que je l'observais, il les baissa aussitôt. Ah !

comme j'aurais voulu qu'il eût un mouvement d'élan
et de franchise, lors même qu'il eût dû me dire :

— C'est vrai.

Mais il n'eut qu'un mouvement de froideur et de
contrainte.

— Crois-tu cette lettre ? dit-il sans lever les yeux.

— Je ne crois rien, je viens te demander ce que je
dois croire.

— Ce que tu voudras.

Il releva les yeux sur moi et nous nous regardâmes
longuement : son regard ne disait rien ou j'étais inha-
bile à lire ce qu'il exprimait.

— Ecoute, lui dis-je, je suis très malheureux; si tu
veux me donner ta parole de faire tout ce qui sera en
ton pouvoir pour presser mon mariage avec Honorine,
tu peux m'épargner bien des chagrins, bien des inquiétudes.

Pendant cinq minutes il ne répondit rien. Enfin, se
levant et me tendant la main :

— Tu as ma parole, dit-il.

Quelques mois auparavant, je m'en serais tenu là,
et Rozerotte chargé de mes affaires, je serais retourné
à Remiremont, m'en remettant à lui seul pour mon
avenir et mon bonheur. Mais ce temps de superbe
confiance était passé. En le quittant je me rendis chez
M. Cheylus.

Mon ancien préfet était resté pour moi plein de
bonne grâce et de dévouement.

— Je viens vous demander l'impossible, dis-je en
l'abordant.

— Est-ce politique ! je le ferai. Si ce n'est pas politique, je ne m'engage à rien autre chose qu'à de la
bonne volonté; s'il s'agit d'argent, je n'engage que ma
signature; à mon dernier voyage à Paris je me suis
fait plumer chez la Carocchi, et au lieu de me rattra-
per à Hombourg, je me suis enfoncé davantage.

— Je voudrais que vous me fissiez nommer secrétaire général ici ou bien sous-préfet à Saverne.

—Oh ! oh !

—Je sais que ma demande est insensée, mais il s'agit du bonheur de ma vie.

—Est-ce que vous trouvez que c'est une raison à donner au ministre « le bonheur de votre vie » ? Voilà qui n'est guère politique, mon cher d'Autrey : vous serez donc toujours, malgré l'expérience, un homme de sentiment.

—En venant à Strasbourg ou à Saverne, je puis épouser une femme qui me donnera trois cent mille francs ; à Remiremont, je manque ce mariage.

—Trois cent mille francs ? quoi ! trois cent mille francs, et après ?

—Vous trouvez que trois cent mille francs de rente ce n'est pas assez pour moi ?

—De rente ! Eh ! mon cher, que ne disiez-vous cela tout de suite. Trois cent mille francs de rente, voilà, voilà une raison politique : où voyez-vous des rivaux qui puissent vous en opposer une de pareille valeur ?

Je le regardais pour voir s'il ne se moquait pas de moi ; il remarqua mon étonnement, et, haussant doucement les épaules avec un fin sourire :

—Vous êtes dévoué au gouvernement, n'est-ce pas ? dit-il.

—Je le sers.

—C'est bien cela que je veux dire. Donc, un fonctionnaire dévoué au gouvernement est sur le point d'épouser une femme qui lui apporte une fortune de six millions : si ce mariage ne se fait pas, la fortune passe aux mains des Orléanistes, déjà maîtres de presque toute la richesse de la France, aux Orléanistes qui... aux Orléanistes que... En échange de ce service qu'il nous rend, ce fonctionnaire demande tout simplement d'être nommé secrétaire général du Bas-Rhin ou sous-préfet de Saverne. Pour quand voulez-vous votre nomination ?

Et comme je le remerciais :

—Pardon, dit-il, me trouverez-vous indiscret si je

vous demande quelle est la femme qui doit vous donner cette fortune ?

—Madame Obernin, au moins je l'espère.

—Vous l'espérez ?

Il me regarda en se grattant doucement le nez, ce
qui était chez lui le signal d'une malice.

—Mon cher d'Autrey, dit-il en me prenant la main,
vous êtes un homme antique; mais quel malheur
que chez vous le sentiment gâte toujours la politique !

XXXII

Deux mois s'écoulèrent sans que Rozerotte me donnât signe de vie. Quant à M. de Cheylus, il alla exprès
pour moi à Paris, et la réponse qu'il me transmit fut
tout à fait satisfaisante : il n'y avait qu'à prendre
patience.

Inquiet d'être sans nouvelles de Rozerotte, je résolus
de voir moi-même Honorine et de faire encore une
tentative : je lui écrivis donc que je me disposais à
aller à Strasbourg et que je la priais de se trouver
chez elle au jour que je lui fixai.

Arrivé la veille de ce jour, je vis d'abord Rozerotte.
Il me parut fort mal à son aise, mais il se remit bien
vite et me dit qu'après mon départ il avait beaucoup
réfléchi à la promesse que je lui avais arrachée, et que
la résolution à laquelle il s'était arrêté était de rompre
toute relation avec madame Obernin. Sans doute, en
agissant ainsi il se mettait dans l'impossibilité de me
servir; mais, en même temps, il m'enlevait toute occasion de jalousie, et cette dernière considération l'em-
portait chez lui sur toute autre.

Le lendemain, à midi, une fenêtre ouverte m'indiqua
qu'Honorine, revenue de la campagne, m'attendait.

Je me rendis chez elle.

Elle me reçut dans son grand salon. Nous nous abordâmes comme deux amants heureux de se revoir après une si dure séparation : longs serrements de main, longs baisers, longues étreintes. Après ces transports muets, elle me fit asseoir près d'elle.

Je la regardai alors : elle aussi avait pensé à me recevoir.

J'enlaçai sa taille et nous restâmes ainsi longtemps sans échanger un seul mot; puis, me soulevant doucement, je commençai à lui parler de mon amour, à lui dire combien j'avais souffert loin d'elle, là-bas, à Remiremont, et la joie que je m'étais faite de la revoir.

Elle m'écoutait et paraissait sous le charme de mes paroles; mais tout à coup, se dégageant brusquement, elle se rejeta en arrière, parcourut du regard ma figure, et, avec une sorte d'expression de regret, elle s'écria :

—Comme vous êtes jeune, comme votre front est pur : vous avez des yeux d'enfant !

Saisi par l'amertume de son intonation, je sentis un danger, et, au lieu de lui répondre, je me rapprochai d'elle et la pris dans mes bras.

Mais elle me repoussa doucement avec des caresses, et je vis rouler dans ses yeux de grosses larmes qui s'arrêtèrent dans les cils :

—Que vous êtes jeune ! reprit-elle. Regardez-moi, regardez mes cheveux gris, regardez mes rides, — elle retroussa ses bandeaux qu'elle portait collés sur les tempes, — que serai-je dans dix ans ? Dix ans ! Que serai-je dans cinq ?

Il m'était impossible de garder plus longtemps le silence. Je protestai contre ces plaintes : elle était dans toute sa beauté, et si l'éclat avait pu en être terni par le chagrin, il reparaîtrait plus éclatant et plus lumineux quand elle serait heureuse, sans soucis et sans remords.

Ce dernier mot s'arrêta un moment sur mes lèvres, mais il était trop en situation pour n'être pas prononcé; je le risquai.

Elle ne parut pas y prêter attention; mais, secouant la tête mélancoliquement, elle ajouta avec une certaine fermeté :

—Robert, je suis une femme fatiguée, usée, finie, et vous, mon ami, vous êtes jeune.

—Qu'importe, si je vous aime ?

Elle continua à pleurer silencieusement. Emu de cette tristesse, je cherchai à dissiper ses pensées noires. Mais elle ne paraissait pas m'écouter, et ses yeux, perdus dans le vague, semblaient regarder au delà, dans cet avenir, sans doute, qui l'effrayait.

Je me mis à genoux devant elle, et avec l'accent d'une douleur sincère, je murmurai son nom.

Elle releva la tête, me regarda longuement avec passion, puis, me jetant les deux bras autour du cou, elle m'embrassa. Je la pris dans mes bras, elle posa sa tête sur ma poitrine et continua de pleurer. Après une si longue et si cruelle séparation, je la tenais donc enfin dans mes bras.

A chacune de mes caresses, elle laissait échapper ces paroles :

— Pauvre ami, pauvre Robert, je vous rends malheureux, je suis indigne de vous, indigne de tant d'amour.

Qu'elle en fût digne, qu'elle en fût indigne, ce n'était pas à cela que je pensais en ce moment; je ne pensais qu'à la femme aimée, à la femme frémissante que je tenais serrée sur mon cœur.

Elle était éperdue, en proie à une émotion que je ne comprenais pas. Je lui poussai doucement la tête en arrière, et mes yeux lui jetèrent une prière passionnée. Elle se leva. Je la pris par la taille pour la retenir. Elle me résista, me repoussa avec une sorte de colère; mais aussitôt elle me ramena et m'embrassa avec emportement, puis, me repoussant encore, elle laissa échapper quelques mots que je ne compris pas.

La lutte qu'elle soutenait intérieurement se révélait par des mouvements désordonnés; enfin elle se cacha la tête entre ses mains en murmurant :

—Non, Robert, jamais, jamais.

Puis elle tomba sur son canapé en sanglotant.

Surpris, blessé, je me levai et j'allai m'asseoir sur le canapé qui faisait face à celui qu'elle occupait.

Que voulaient dire ces sentiments tumultueux et contradictoires ? M'avait-elle trompé ? Rozerotte ?... Sergines ? Et, dans un reste de loyauté, ne voulait-elle pas se donner à moi, m'aimant encore, après s'être donnée à un autre ?

Pendant longtemps nous restâmes en face l'un de l'autre sans échanger une seule parole. Je serais resté là toute la journée sans recommencer le premier notre entretien.

Enfin, elle releva la tête, et par un mouvement rapide, elle vint se jeter près de moi.

—Pardonnez-moi, dit-elle désespérément, je suis malheureuse et je vous rends malheureux, abandonnez-moi.

—Je ne vous abandonnerai point, Honorine, vous le savez bien. Et puisque vous parlez d'abandon, laissez-moi vous répondre non par des mots, mais par des preuves.

Alors je lui contai l'histoire de ma lingère, car si je ne suis plus l'homme de ma jeunesse, au moins m'est-il resté de ce temps-là la franchise : mon caprice pour madame Jacquet avait été un outrage à mon amour, et il me semblait que je devais l'aveu de ma faute à Honorine.

Elle ne sourcilla pas, et tout le temps que je parlai elle tint les yeux obstinément baissés.

—Un autre, à ma place, continuai-je, vous cacherait sans doute cette tentative de révolte, moi je vous la dis : de quelque façon que vous la jugiez,

elle doit vous convaincre cependant que jamais je
ne pourrai aimer une autre femme que vous, et qu'il
ne faut pas me parler d'abandon. Au moins ne faut-il
pas espérer que cet abandon viendra de moi; quant à
vous, je ne sais que penser. Tout à l'heure, pour la
première fois depuis que nous nous aimons, vous
m'avez repoussé. Pour moi, c'est une blessure à notre
amour; mais elle ne me fâche pas contre vous, car
rien, entendez-vous bien, Honorine, rien ne peut me
fâcher contre vous. Si vous avez agi ainsi, ce n'est
pas à la légère; vous avez vos intentions longuement
mûries, fermement arrêtées. Puisque nous ne sommes
plus que des amis, causons donc comme des amis,
séchez ces larmes qui me troubleraient.

Elle me considérait avec étonnement, car j'avais eu
la force de prendre un visage souriant, et je causais
presque librement.

Je pris ses mains dans les miennes et me mis à lui
parler de mon avenir, de mes déceptions, de mes
espérances, mais sans rattacher ces déceptions ou ces
espérances à notre mariage. Une heure s'écoula ainsi,
et la conversation commençait à languir, car j'étais
à bout de forces quand elle me dit:

— Vous m'avez parlé de votre avenir, de votre
avancement, tout n'est pas là pour vous; et moi, ne
suis-je donc plus rien dans votre vie? Voyons, racon-
tez-moi ce qui vous préoccupe à ce sujet.

Ce n'était plus moi qui provoquais cette explication,
c'était elle qui, dans son impatience, me la demandait;
alors sérieux, résolu, maître de moi, je lui dis:

— C'est vous qui m'interrogez, Honorine, voici ce
que j'ai à vous répondre: je veux vous épouser, qu'a-
vez-vous à m'objecter?

— Mon cœur n'a rien à vous opposer, mais ma raison me montre des difficultés insurmontables.

— Insurmontables?

— Vous êtes trop jeune pour moi. Aujourd'hui, sans
doute, cette union n'aurait rien de choquant; mais,

dans dix ans, je serai laide et tout à fait vieille, dans dix ans vous ne pourriez plus m'aimer, et je serais une cause de malheur pour vous.

—Dix ans de bonheur devant vous ne sont donc rien pour votre cœur?

—Dans l'intérêt de votre bonheur à vous, mon ami, ne pensez pas à ce mariage. Ce qu'il vous faut, à vous, c'est une jeune fille sans expérience, qui n'aura rien connu de la vie, que vous élèverez pour ainsi dire; elle vous complètera et vous donnera des joies honnêtes que moi je suis incapable de vous donner, car si je devenais votre femme, vous ne pourriez pas oublier que j'ai été votre maîtresse. Laissez-moi au triste avenir qui m'est fait, que je me suis fait, car je sens que je ne puis plus être heureuse, et je suis assez misérable pour comprendre que je ne peux pas faire votre bonheur. Oubliez-moi. Permettez-moi d'essayer d'achever ma vie sans trop de douleur. Je trouverai peut-être quelque vieillard qui administrera ma fortune, qui me fera respecter, et près duquel je trouverai le calme. Depuis longtemps j'ai beaucoup réfléchi à tout cela : je suis dans le vrai, croyez-moi. M'épouser est votre malheur, rester mon amant est un malheur plus grand encore peut-être, et, quant à moi, je ne puis de sang-froid penser à être votre maîtresse à jamais : ce serait là une existence dégradante que je ne puis accepter. Mariez-vous, mon ami; avant deux ans vous m'aurez oubliée, et vous apprécierez alors qui de nous deux aura fait le sacrifice de son amour.

Tout cela fut débité avec une fermeté qui me glaça.

Alors s'engagea entre nous une lutte de paroles qui s'échangèrent sans ordre, rapides ou lentes, vives ou solennelles. Je lui représentai son attitude comme celle d'une personne qui voulait rompre sans avoir le courage de prononcer le mot. Elle m'assura qu'elle ne voulait pas rompre et qu'elle n'avait pas fait le choix d'un mari. Je lui répondis que m'assurer qu'elle n'avait pas fait ce choix n'était pas de nature à me tranquilliser, du moment qu'elle me laissait entrevoir qu'elle en choisirait un.

Alors j'invoquai les titres de mon amour pour lui prouver combien une rupture était chose douloureuse : je rappelai sa naissance, son ancienneté, sa persistance, les dangers, les joies qui nous avaient liés l'un à l'autre, je mis à nu mes souffrances, mes chagrins, ma jalousie.

A chacun de ces souvenirs que j'évoquais, que je ravivais pour le besoin de ma cause, elle pleurait, elle se tordait les mains et elle disait :

—Oubliez-moi, laissez-moi mourir.

Indigné, mais toujours calme, je lui ordonnai de se lever. Elle obéit. Alors, la prenant par la main, je la conduisis dans les différentes parties de ce vaste salon, et je lui dis :

—Là, là, puis là encore, vous vous êtes donnée à moi. Toujours vous pleuriez sur vos désordres; aujourd'hui, je puis les réparer pour nous deux, et vous me repoussez. Vous, la maîtresse, vous repoussez l'amant rare, exceptionnel, qui daigne faire de vous sa femme !

A ce mot, elle s'affaissa, en proie à une crise nerveuse. Je m'assis en face d'elle et j'attendis qu'elle fût plus calme. Alors je lui dis :

—Il faut que vous preniez aujourd'hui un parti définitif. Il m'avait semblé que ma proposition de mariage devait éveiller en vous les délicatesses de la femme aimante, heureuse de faire oublier un passé douloureux. En m'épousant, vous me donniez le bonheur, et, par votre fortune, vous aidiez à m'élever à une haute position. Cela ne vous tente pas. N'en parlons plus. Moi, je ne tiens pas essentiellement à ce mariage que je n'ai pas le droit d'exiger, mais je tiens à votre affection, à votre amour, et je veux savoir si vous m'aimez toujours. Tout à l'heure, vous avez porté à ma tendresse un coup terrible dont elle ne se

relèvera jamais : ayez du courage jusqu'au bout. Vous
qui êtes calme, vous que n'égare pas l'exaltation de
la passion, vous qui avez beaucoup réfléchi à notre
situation, et qui, évidemment, savez en ce moment ce
que vous serez plus tard, avouez-le franchement :
votre désir est-il actuellement de rompre ? n'est-ce
pas par une sorte de pitié que vous hésitez à m'apprendre une résolution déjà arrêtée dans votre esprit ?
Votre réponse, quelque cruelle qu'elle soit, sera un
bonheur pour moi : l'indécision, l'incertitude me tuent.
Dites donc si vous voulez rompre. C'est vous qui avez
provoqué ces explications, allez jusqu'au bout. N'ayez
pas peur de me faire mal. Qui sait ? Vous êtes peut-
être dans le vrai; furieux, désillusionné, au bout d'un
an je me marierai peut-être, et, plus tard, je vous
remercierai d'avoir eu du courage pour nous deux.

Elle ne répondait rien et paraissait accablée. Je
repris :

— Tout à l'heure vous parliez de sacrifice, vous
vous immoliez. Voici une belle occasion de me montrer la noblesse de votre cœur. Si, intérieurement,
vous êtes décidée à une séparation, dites-le et je pars.
Je pars sans reproches, sans injures. Vous ne me verrez
plus. C'est un courage d'une minute. Demain je serai
à Paris et me ferai nommer dans le Midi, et si un
jour nous nous rencontrons, ce sera l'effet seul du
hasard. Je suis homme de cœur, et je me crois capable de cette abnégation.

Elle était pâle, elle tremblait, ses lèvres s'agitaient,
mais sans former aucun son distinct. Cette lutte en
elle, au lieu d'un mouvement d'élan, était pour moi
une nouvelle douleur.

Ma tête s'exaltait, je continuai :

— Honorine, aie le courage de me dire que tu sou-
haites une rupture.

Je pris mon chapeau qui était posé sur un fauteuil,
et revenant me placer en face d'elle :

— Tu le vois, dis-je en la brûlant de mon souffle;

je suis prêt à partir. Repousse-moi, et je vais m'en aller sans une plainte; l'homme que tu choisiras sera sacré pour moi. Ah ! Honorine, prononce le mot rupture, cela est bien facile, bien tentant, et tu as l'impunité.

Elle me regarda en face pour lire dans mes yeux et sur mon visage. Pendant quelques minutes, nous restâmes ainsi. Je vis ses lèvres s'agiter. Elle allait parler.

J'eus peur; il me sembla que j'allais mourir. Mais ce ne fut qu'un éclair. Le courage me revint d'aller jusqu'au bout, et, lui mettant la main sur la bouche, je lui dis :

—Réfléchissez bien, pas de pitié, pas de faiblesse; il ne s'agit plus de moi, de mon bonheur, de mon avenir, la question est plus haute, il s'agit de savoir si j'aurai de l'estime ou du mépris pour vous.

Deux minutes s'écoulèrent, et je vis ses lèvres s'ouvrir :

—Je suis pour toujours à vous, dit-elle.

XXXIII

A quoi tient la destinée !

Au moment où Honorine prononçait ces mots, son fils entrait dans le salon. En m'apercevant, il vint vivement à moi, et il m'embrassa tendrement.

—Puisque Robert est à Strasbourg, nous allons nous promener avec lui, dit-il en s'asseyant sur mes genoux, n'est-ce pas maman ?

Cet arrangement ne pouvait pas me convenir; je lançai à Honorine un coup d'œil, et de peur que la réponse ne fût pas telle que je désirais, je me hâtai de la faire moi-même.

—Ta maman et moi nous avons à causer, va te promener avec ta bonne, en rentrant, tu nous trouveras, et je sortirai avec toi.

Honorine n'osa pas me contredire; l'enfant sortit en faisant la moue, et nous restâmes seuls.

Dans les choses de l'amour comme dans celles de la guerre, il faut tirer profit des moindres incidents, même de ceux qui, au premier abord, semblent devoir nous perdre.

—Quel vieillard, dis-je en montrant l'enfant qui tirait la porte, pourrait avoir pour ton fils une amitié comme la mienne ?

—Oh ! ne parlons plus de cela, dit-elle.

Nous n'étions plus dans le même courant, comment y revenir pour qu'il nous portât au but d'où nous avions été détournés.

—Alors nous sommes bien pour toujours amis, dis-je à voix basse.

—Oui.

—Pour toujours amants ?

—Oui.

—Est-ce que tu ne me veux pas pour mari ?

C'était le mot décisif que la fatalité de la situation m'obligeait à répéter.

En l'entendant, elle redevint sérieuse et me supplia de ne pas recommencer une discussion sur cette question, qui avait déjà été si péniblement agitée entre nous.

Mais j'insistai. Fier de mon premier triomphe, obtenu au moment même où j'avais perdu tout espoir, je voulais en obtenir un second plus décisif et plus grand encore.

J'exigeai qu'à ma question elle répondît par oui ou par non. Pendant plus d'une heure, je la tourmentai de toutes les manières.

—Si tu ne veux pas te prononcer, c'est non, n'est-ce pas; aie le courage de te déclarer.

—Je ne dis pas cela : je suis épuisée, brisée, je n'ai

plus la tête à moi; ne me demandez pas un engagement dont je ne peux pas en ce moment sentir toute
la portée; j'ai besoin de repos, de réflexion.

—Alors, si tu refuses de dire non, c'est que tu
consens; pourquoi ne pas me donner cette joie; crois-
tu que, depuis un an, je n'aie pas assez souffert;
veux-tu donc me laisser éternellement dans le doute
et dans l'angoisse?

—Je voudrais que vous fussiez heureux, mais
vous, de votre côté, ne faites pas mon malheur.

—M'épouser serait-il ton malheur?

—Je ne dis pas cela.

—Donc, je puis prier M. de Cheylus de te faire une
visite et de te demander en mariage pour moi?

—Ne faites pas cela, je ne recevrai pas M. de
Cheylus.

C'était à se casser la tête contre la muraille. Mais
plus elle s'obstina dans des réponses évasives, plus je
m'entêtai de mon côté à obtenir une réponse formelle.
Je voulais quelque chose de précis, je continuai à
l'obséder.

Je n'avais encore pu lui arracher ni un oui ni un
non, quand retentit un violent coup de sonnette, et
presque aussitôt dans la cour une voix s'écria:

—Madame Obernin, ne vous dérangez pas, c'est
moi, je viens vous demander si vous pouvez me donner une place dans votre break pour retourner à
Soultz.

Celui qui parlait ainsi était un ami intime d'Honorine, et le mien, M. Edel, professeur à la Faculté. Il
passait la saison à Soultz-les-Bains avec sa femme
malade, et le matin il était venu avec Honorine, qui,
au lieu d'habiter Kirnec, était elle-même à Soultz,
chez sa belle-sœur.

Avant qu'Honorine eût pu répondre, je m'approchai d'elle et, à voix contenue, je lui dis:

—Un oui ou un non, ou bien j'appelle Edel et le
fais juge entre nous deux.

Elle recula comme une femme blessée, et, me regardant en face :

— Non, répondit-elle.

Puis, se mettant à la fenêtre, elle promit une place à Edel.

Étourdi de ce non brutal, je ne bougeai pas et j'attendis le départ d'Edel. Quand j'entendis la porte se refermer, je me levai sans prononcer un seul mot et descendis l'escalier.

Arrivé dans le vestibule, Honorine se plaça sur mon passage et me tendit la main, je ne la pris pas.

Machinalement, je m'en allais droit devant moi, quand, au coin de la rue de la Mésange, je me cognai contre Edel. Il passa son bras sous le mien et me força à me promener avec lui sur le Broglie. Ce que je compris à ses paroles, c'est qu'il me reprochait de ne l'être pas allé voir à Soultz, où il avait loué une maison. Je dus promettre d'y aller le lendemain.

Il se rendait chez Honorine, je le conduisis jusqu'à la porte : les chevaux étaient à la voiture. Honorine parut, et lorsqu'elle fut montée et qu'Edel fut installé auprès d'elle, elle put entendre celui-ci me dire :

— A demain, nous comptons sur vous.

Les chevaux partirent; il était six heures; j'étais arrivé à midi chez Honorine, notre lutte avait duré plus de cinq heures et demie; j'étais anéanti.

J'avais besoin de me recueillir, j'allai jusqu'à la Robertsau, et là, seul, assis sur un banc, j'évoquai une à une chacune des paroles de cette longue explication.

Il est certain qu'Honorine veut se marier. Les preuves de cette intention abondent pour moi. Deux fois, pendant notre entretien, elle m'a exposé d'une manière navrante la vie d'isolement à laquelle l'a vouée son veuvage; et cette femme sans imagination est positivement arrivée à l'éloquence, tant est vrai le sentiment de sa misère, quand elle s'est représentée privée de son mari, abandonnée de la société, forcée d'éloigner de sa maison les hommes jeunes, seule à table, seule dans les interminables soirées d'hiver, seule dans son immense hôtel, seule dans sa vaste maison de Kirneo, plus vaste encore et plus lugubre depuis que n'y retentit plus la voix du maître. Mais je n'avais pas besoin de ses plaintes pour comprendre son état moral, je n'avais qu'à me rappeler ce qu'elle est. Honorine, je ne me fais pas d'illusion sur son compte, a peu de ressources dans l'esprit, c'est une bonne et belle bourgeoise. Jamais rien de vivant, de spontané ne jaillira de son cœur trop calme. Depuis qu'elle est veuve, l'apathie, l'ennui, les chagrins, ont tué la vitalité de sa jeunesse : la lecture ne la distrait plus; habile dans les ouvrages d'aiguille, elle les a abandonnés; douée d'une riche organisation musicale, elle a délaissé orgues et pianos. Elle ne s'est pas défendue contre l'ennui qui l'a envahie, et maintenant à cet ennui elle ne voit qu'un remède : le monde et l'ambition. Briller, dominer, se servir de sa fortune sans la risquer, pour elle désormais tout est là.

Il était onze heures quand je rentrai en ville, et je m'allai mettre au lit sans penser que je n'avais pas dîné.

Le lendemain, je pris une voiture et j'arrivai chez mon ami Edel pour le déjeuner. Sa maison est à dix minutes environ de celle occupée par Honorine.

Je passai la journée avec lui et sa femme, ainsi qu'avec une autre jeune femme de Strasbourg qui est venue s'installer avec eux pour une semaine : tout ce monde de la connaissance et de l'intimité d'Honorine.

Vers quatre heures, nous allâmes faire une visite à Honorine, que nous trouvâmes seule. Elle m'observa à la dérobée. Je lui montrai une figure souriante et la mis à l'aise. Quelques regards me prouvèrent sa reconnaissance : nous causâmes avec enjouement.

Au bout d'une demi-heure, au moment du départ, je dis à Honorine :

— Puisque madame votre belle-sœur est ici, je serais heureux de la voir.

— Je ne sais si vous la trouverez, répliqua Honorine, mon cocher l'a conduite ce matin à Kirnec avec mon fils, peut-être n'est-elle pas de retour.

Ce départ du fils et de la belle-sœur me donna à réfléchir : Honorine avait-elle attendu ma visite dans la journée ?

Lorsque nous fûmes descendus dans le jardin, je laissai les dames sortir en leur disant que je les rejoindrais, et j'entrai dans la partie de la maison occupée par la belle-sœur. On me dit qu'elle n'était pas rentrée. Je déposai lentement ma carte; puis, je rentrai chez Honorine.

Elle parut en haut de l'escalier. Je montai. Son regard était plein de défiance. L'imprévu de cette rencontre m'avait fort ému. Je rentrai dans son salon. Je ne sais pas comment cela se fit, mais instantanément, nous nous trouvâmes dans les bras l'un de l'autre.

Elle fut charmante et me demanda pardon de ses dures paroles de la veille, mais en soutenant cependant qu'elle avait mûrement réfléchi à notre situation et que, quelque cruelle que pût me paraître son attitude, elle n'en était pas moins imposée par la raison.

Si heureux que je fusse, je ne perdis pas de vue le côté positif de cette reprise de possession, et lui dis nettement que si je ne l'épousais pas, un autre ne l'épouserait jamais.

— Vous plaidez trop bien votre cause pour que je sois jamais à un autre, dit-elle en m'embrassant.

Quand nous nous séparâmes, nous étions heureux et j'avais oublié notre terrible entretien de Strasbourg.

Le soir, rentré en ville, je racontai à Rozerotte tout ce qui s'était passé la veille et le jour même; il resta stupéfait.

— Il faut convenir, s'écria-t-il, que la femme est un étrange animal !

Il paraissait ne pas pouvoir comprendre qu'Honorine fût revenue à moi. Intérieurement, cela me faisait rire; c'est plus tard seulement que cela m'a donné à réfléchir.

Tout à coup, il releva la tête, et, continuant sa pensée :

— L'homme aussi, et plus bête assurément, car si j'avais continué à aller chez madame Obernin, si je ne m'étais pas fâché de ce que tu m'as dit, j'aurais empêché qu'elle ne tombât sous l'influence de sa mère, sous celle de Sergines, de Cornaton, de tous ceux qui ont intérêt à l'éloigner de toi. Mais j'y retournerai désormais : tu n'as pas peur que je l'épouse, n'est-ce pas ?

— Je n'ai pas peur, si tu me dis que tu n'as pas le désir de l'épouser.

— Ni elle ni personne, mais elle moins que personne; toi qui l'aimes, c'est bien, ton amour te rend aveugle : moi qui n'ai pas le même bandeau sur les yeux, je vois clair. J'irai chez elle. Vous avez franchement abordé la question du mariage, je suivrai le chemin que tu m'as ouvert; désormais, sans préliminaires, sans gêne, nous pourrons causer de cette matière délicate. Elle veut se remarier, cela est certain. Eh bien ! il faut que ce soit avec toi. Si tu combats en homme d'esprit, je serais bien surpris que tu ne devinsses pas son mari. Pendant que je veillerai sur elle et l'entretiendrai dans des idées favorables pour toi, tu devras me venir en aide : au lieu de rester plusieurs mois sans la voir, tu la visiteras tous les quinze jours, toutes les semaines. Il ne s'agit plus de droiture ni de délicatesse à cette heure.

— Hélas !

— Ah ! voilà ce qu'il en coûte d'avoir affaire à des gens moins honnêtes et moins élevés que nous : à la longue, nous finissons par nous abaisser à leur niveau. Jusqu'à ce jour tu as traité madame Obernin comme si elle était ton égale, elle ne l'est pas : tu as lutté contre tes rivaux avec des armes loyales, tandis que pour eux tous les moyens étaient bons. En somme, tu es son amant, cela te donne sur elle une immense influence : avec de l'intelligence, de la fermeté, et, lâchons le mot, avec de l'intrigue, tu dois l'emporter. Viens si souvent à Strasbourg que le monde parle de votre mariage et que ce soit un bruit universel. Ce n'est pas d'aujourd'hui que je vois nos actions se conformer trop souvent aux bruits du monde : on accuse une femme d'avoir des amants, elle était toujours restée honnête, elle fait ce dont on l'accusait, qu'importe, maintenant il n'en sera ni plus ni moins. Pour ton mariage la clameur publique peut forcer la main à Honorine et à sa mère; « il est donc nécessaire et naturel puisque tout le monde en parle. »

Je fus heureux d'entendre Rozerotte s'exprimer ainsi; j'avais besoin d'avoir une confirmation de mes espérances; partagées, elles me semblèrent plus solides.

Je passai encore deux journées à Strasbourg; je les employai à faire une enquête sur les intrigues de Sergines et de Cornaton.

Mais c'était là une recherche difficile : mes deux gredins ne marchent pas à découvert. S'ils triomphent l'un ou l'autre, j'aurai le dépit de ne pas savoir quels ont été leurs moyens d'action : il faudrait être dans leur peau, et je suis à Remiremont; il faudrait lire dans le cœur d'Honorine, et j'ai bien de la peine à reconnaître confusément ce qui m'est personnel.

De mon enquête, il résulta cependant pour moi la conviction que Cornaton était beaucoup plus dangereux que Sergines.

Quand je prononçai le nom de Sergines devant les gens qui pouvaient me renseigner, ils haussèrent les épaules : il a tant fait pour compromettre Honorine que tout le monde a vu clair dans son jeu et cela ne lui a rapporté que moqueries et mépris. Personne ne regarde son mariage comme possible, et même, malgré la malignité naturelle du monde, personne ne croit qu'il puisse être l'amant d'Honorine.

Pour Cornaton, c'est autre chose, et j'ai eu par madame Charles Hummel, qui me témoigne toujours une grande amitié, des renseignements inquiétants. Le général, qui n'est pas maladroit, se montre peu chez madame Obernin, mais il fait agir auprès d'elle. Son beau-frère et sa sœur sont devenus, depuis la mort de M. Obernin, les amis les plus assidus et les plus fidèles d'Honorine. Elle ne fait pas une visite à Strasbourg sans qu'ils accourent chez elle ; ils vont souvent à Kirnec. C'est un véritable état de siège autour de la veuve et de la mère ; ce qui m'effraye, c'est qu'Honorine ne m'a jamais parlé de cette sollicitation fraternelle.

Général à quarante-six ans, désigné dans un avenir certain pour un grand commandement militaire, quel mirage pour des femmes ambitieuses !

XXIV

Ce qui retarda ma nomination à Saverne, — nomination formellement promise, — ce fut l'approche des élections. Or, par ce temps de suffrage universel, les préfets et les sous-préfets sont des rouages trop utiles au bon fonctionnement de la machine gouvernementale, pour qu'on les change et remplace à la dernière heure. Après les élections, on s'occuperait de mon affaire ; jusque-là, mon collègue de Saverne et moi nous devions veiller sur nos maires et les tenir bien en main.

Pour voir Honorine, je fus donc obligé d'aller toutes les semaines de Remiremont à Strasbourg, et, après une visite d'une heure ou deux, de revenir à Remiremont; total, quatre cents kilomètres tous les huit jours.

Je ne me serais pas plaint de ces éternels voyages s'ils m'avaient conduit au but que je désirais; mais la vérité est qu'ils me firent plutôt reculer qu'avancer.

Lors de ma première visite, Honorine me reçut admirablement et je crois qu'elle fut heureuse de me voir; lors de la seconde, elle laissa paraître que j'aurais pu attendre; lors de la troisième, elle fit plus que laisser paraître son sentiment, elle le dit franchement; lors de la quatrième, elle ne se trouva pas chez elle.

Je chargeai Rozerotte de lui demander une explication : elle répondit que sa situation exigeait les plus grands ménagements, qu'il ne fallait pas s'exposer aux médisances du monde, bref elle me pria de venir moins souvent à Strasbourg.

Comme précisément je désirais ces médisances, je retournai chez elle la semaine suivante.

Je m'attendais à des reproches; elle ne me dit rien; seulement, huit jours après, quand je frappai à sa porte, le domestique me répondit que madame était partie à Paris avec sa mère, et qu'il ne savait pas quand elle reviendrait.

Cette absence se prolongea un mois, et, chose significative, je ne pus pas savoir, malgré mes recherches, où elle était descendue à Paris.

Ce mois fut pour mes espérances une horrible agonie. Enfin, je reçus deux lignes de Rozerotte, me disant : «Tout n'est pas encore perdu, mais hâte-toi d'accourir à Strasbourg; la dame de tes pensées est rentrée depuis hier. »

Au lieu de partir, j'écrivis à Rozerotte la lettre que voici, car j'étais à bout de patience et n'osais, par peur de moi-même, me trouver avec Honorine. J'ai gardé le brouillon de cette lettre, et malgré l'ennui de la copier, je la transcris ici comme pièce essentielle à l'intelligence de cette histoire :

« D'abord, sache bien ceci : j'aime Honorine. Cette déclaration te semble peut-être banale; elle n'est cependant pas inutile. Car ma passion insensée a traversé une épreuve qui aurait pu, qui aurait dû la tuer et qui l'a laissée intacte. On est heureux d'estimer la femme aimée; m'est-il possible d'estimer Honorine ? Non assurément, et pourtant je l'aime toujours. Mais cet amour me rend lâche; dix fois par jour, obsédé de pensées contradictoires, tiraillé par les sentiments les plus contraires, je veux rompre et ne peux pas.

» La vérité est que je n'ose pas. J'ai peur qu'elle ne se donne à un autre ou tout au moins que, si je lui offre la liberté, elle ne la saisisse. Elle n'est plus la femme mariée se jetant à mes pieds et me suppliant de rester toujours auprès d'elle. Forte de sa liberté, fière de sa fortune, bien qu'elle ne sache que faire des deux, elle s'estime haut et, d'un ton superbe, elle invoque une fierté qu'elle ne connaissait pas autrefois. En un mot, elle me fait sentir maintenant que, si je ne suis pas content, je puis m'en aller.

» Je te prie donc de la voir et de l'interroger. Vis-à-vis de moi elle a trois partis à prendre :

» Qu'elle me dise nettement si elle m'épousera. Moi, je désire le mariage pour vivre près d'elle. Si elle y consent, qu'elle fixe une époque aussi reculée qu'elle voudra; son engagement me rendra la tranquillité; si elle subordonne sa promesse à la condition que je donnerai ma démission, je la donnerai.

» Qu'elle dise nettement si, ne m'épousant pas, elle entend rester ma maîtresse; sans doute, elle m'a dit et répété qu'elle serait à moi pour toujours; mais depuis que ces paroles ont été prononcées, ses actes leur ont donné tant de démentis, que je ne sais plus que penser. Comme il est assez difficile de poser à

une femme une question du genre de celle-ci, tourne
la chose pour le mieux, de manière à conserver l'idée
et à obtenir une réponse précise. Si elle s'en tient à
dire : Robert m'est dévoué, je serai toujours heureuse
de le voir, — va droit au but, et explique-lui que je
ne peux pas me contenter d'une affection dont elle ne
me donne aucune preuve, et que m'imposer une existence telle que celle que je mène ici est impossible.

» Qu'elle dise nettement si, ne m'épousant pas, elle
désire interrompre toutes relations avec moi. Là-dessus, elle doit s'exprimer sans ambages, car il ne faut
pas que plus tard elle puisse invoquer un malentendu.
A ce jeu, je serais battu par elle, et un jour elle serait heureuse de pouvoir me dire : « Pourquoi vous
êtes-vous fâché ? Qu'avez-vous eu ? Pourquoi avez-
vous cessé de me voir ? Vous avez été capricieux,
fantasque, tant pis pour vous, mon cher; les torts
sont de votre côté. » C'est cela, surtout, que nous
devons éviter.

» A quelque parti qu'elle s'arrête, il faut qu'elle
assume la responsabilité de sa résolution. »

Cinq jours se passèrent sans réponse de Rozerotte :
enfin, la poste m'apporta un paquet renfermant quelques lignes de mon cousin et une lettre d'Honorine.

Rozerotte me disait qu'il avait posé mes questions
dans les termes mêmes que je voulais et que madame Obernin lui avait demandé deux jours de réflexion. Au bout des deux jours, il avait reçu la lettre
qu'il m'envoyait.

Voici cette lettre :

« J'ai vu M. Rozerotte, il y a deux jours, il m'a de
» votre part adressé une demande qui m'afflige pro-
» fondément en m'obligeant à formuler une réponse
» en opposition avec vos désirs.

» Je n'ai pas changé de résolution.

» Ma réponse aujourd'hui est celle que je vous ai
» déjà faite; je ne suis pas décidée à me remarier.

» Vous apprécierez, j'en suis sûre, le regret que

» j'éprouve à prendre une détermination contraire à
» votre espérance.

» Honorine OBERNIN. »

Malgré tout, j'avais conservé des illusions; il me
semblait impossible qu'Honorine, appelée solennelle-
ment à se prononcer, osât jamais dire non. Je lus
cette lettre dix fois avant de la comprendre.

Puis, quand je l'eus comprise, je fis demander le
roman le plus long qu'on eût jamais fait. On me
donna les *Mémoires d'un Médecin*, par Alexandre
Dumas, qui comprennent l'histoire de *Balsamo*, d'*Ange
Pitou*, du *Collier de la Reine* et de beaucoup d'autres.

Pendant quatre jours je restai enfermé dans ma
chambre sans voir personne, faisant effort pour
m'absorber et me perdre dans cette lecture qui, par
malheur, ne m'arrachait pas à mes pensées.

Au bout de ces quatre jours, reconnaissant l'inef-
ficacité de mon remède, j'étudiai dans mon dictionnaire de médecine les effets de l'opium, je vis qu'on
pouvait sans danger en administrer aux malades sous
forme d'extrait thébaïque jusqu'à cinq centigrammes;
j'en pris jusqu'à dix centigrammes et dormis deux
jours.

J'espérais me réveiller guéri, je me réveillai, au
contraire, plus lâche et plus malheureux: le temps
n'use pas la douleur; il faut qu'elle se calme, qu'elle
se fatigue et qu'elle s'épuise elle-même.

Je passai un mois épouvantable: des mots ne di-
raient pas ce que j'endurai. Un jour, je voulais aller
à Strasbourg m'expliquer avec Honorine; le lendemain, je trouvais la force de rester à Remiremont
et de jeter au feu les lettres écrites de la veille. Le
moment des élections approchait et j'étais accablé
de travail, mais je trouvais que je n'en avais pas
encore assez; jamais sous-préfet n'a montré zèle
pareil au mien; le député de mon arrondissement
était en admiration devant mon activité.

Un matin, en décachetant mon courrier, je trouvai sous enveloppe un morceau de journal sans lettre, sans note, sans rien m'indiquant ce que signifiait ce singulier envoi. Je regardai l'adresse, je ne connaissais pas l'écriture : intrigué, je me mis à lire ce morceau de journal qui avait été coupé dans le *Courrier du Bas-Rhin*. Il semblait choisi exprès pour n'être pas lu : des mercuriales, des prix de bourse, des décès; tout à coup, vis-à-vis l'article portant pour rubrique *Publication de mariage*, j'aperçus une petite marque au crayon, en même temps deux noms me sautèrent aux yeux: le général Cornaton et Honorine Ritter, veuve Obernin.

Cinq minutes après, j'étais en route pour Strasbourg : j'avais prévenu Honorine, tant pis pour elle; à elle seule la responsabilité de ce qui allait se passer.

Je n'avais qu'une idée : la tuer; je la voyais ensanglantée, mourante, percée de vingt coups de couteau, et cela me donnait une sensation de soulagement, presque de bonheur.

Cornaton, c'était Cornaton. Mais pourquoi n'avait-elle pas profité de la liberté lorsque je la lui offrais ? Pourquoi m'avait-elle trompé ?

Elle avait trompé son mari; elle me trompait. Mais alors, pourquoi ses plaintes, ses gémissements, ses accès de pudeur et de repentir ?

En arrivant à Strasbourg, j'allai chez un armurier de la rue des Grandes-Arcades que je connaissais et lui demandai un bon poignard : il m'en donna un travaillé et percé à jour, dans le genre de ceux qu'on fabriquait autrefois à Pistoia, mais comme il ne m'inspirait pas confiance, j'en pris un à manche de corne et à lame triangulaire, une arme d'assassin.

Ma résolution devait être écrite sur mon visage, car, en me voyant, Rozerotte poussa un cri de peur :

—Que viens-tu faire ?

—Savoir, dis-je sans parler de mes desseins.

Mais il ne savait rien : la nouvelle du mariage avait

éclaté tout à coup; depuis longtemps on parlait de dix autres, de moi, de Sergines; il avait fallu la publication dans les journaux pour convaincre les incrédules, et le nombre en était grand. Il n'avait pas vu madame Obernin, qui était absente depuis trois semaines sans que personne sût où elle était.

Cette absence me frappa plus douloureusement peut-être que le mariage lui-même : c'était ma vengeance qui m'échappait.

Je ne m'en tins pas à ce que me dit Rozerotte : j'allai aux informations et j'interrogeai tous ceux qui pouvaient me renseigner : on ne savait pas où elle était. Cornaton lui-même avait quitté Strasbourg, mais lui, au moins, ne se cachait pas, il devait revenir à la fin de la semaine ; c'était quelques jours à attendre.

J'envoyai ma démission et m'installai chez Rozerotte, sans oser sortir, car il me semblait que si je paraissais dans les rues, tout le monde se moquerait de moi.

Honorine eût été à Strasbourg lorsque j'arrivai, il est certain que je l'aurais tuée, mais son absence et celle de Cornaton donnèrent le temps à mes amis d'intervenir : Rozerotte, M. de Cheylus.

J'eus à subir leurs assauts : pendant cinq jours ils ne me laissèrent pas un moment de repos : Rozerotte m'attaqua par l'amitié, M. de Cheylus par la raison et l'ironie.

—Dans votre situation, disait-il, un galant homme souffre et se tait; hors le meurtre, il n'y a pas pour lui de vengeance possible : si madame Obernin était pauvre, vous pourriez la tuer; mais riche comme elle l'est, on ne verrait dans votre action que le désespoir d'un homme d'argent.

J'ai eu dans ma longue confession la force d'avouer toutes mes lâchetés; je n'ose entreprendre le récit de cette dernière.

Après cinq jours de lutte, M. de Cheylus m'emmena

à Paris. Il voulait me faire nommer en Bretagne;
mais j'étais résolu à quitter la France.

Le duc de Saint-Nabor unit ses démarches à celles
de son gendre : le vice-consul de Matanzas dans l'île
de Cuba venait de mourir de fièvre jaune; je fus
choisi pour le remplacer.

Et trois jours après mon arrivée à Paris, je partais pour les Antilles : c'est de ma cabine de l'*Atrato*,
le paquebot de la *Royal mail Steam packet Company*,
que je t'écris cette lettre.

XXXV

Il y a plus de trois ans que je ne t'ai écrit, et
depuis ce temps sans nouvelles, tu as dû me croire
mort quelque part dans les Antilles, de la fièvre jaune ou de quelque autre bonne maladie tropicale.

J'avoue qu'en quittant la France, je comptais sur
ce dénoûment, c'est une erreur de croire qu'il faut
du courage pour désirer la mort; il faut, au contraire,
une grande faiblesse et un découragement absolu : on
est malheureux, on souffre toutes les souffrances; la
mort apparaît comme la délivrance; tout sera fini.

Je ne mourus ni de maladie, ni de douleur, ni d'ennui.

Il faut dire pourtant que Matanzas n'est point le
pays le plus gai du monde; la ville est plus triste
que la plus chétive sous-préfecture de France : à
cause des bas-fonds, les navires ne viennent pas jusque dans le port, ils restent à l'ancre dans la baie,
et l'on est ainsi privé du mouvement maritime qui
est toujours une récréation pour l'étranger; il faut
ajouter encore que la ville est bâtie sur un terrain
plat et brûlant où, pendant la saison des pluies, il

fait habituellement 40 degrés de chaleur. Pendant la
traversée, je m'étais mis à l'étude de la langue espagnole; mais en arrivant à Matanzas, je n'en savais
pas vingt mots.

Il fallut vivre dans l'isolement : je ne m'en plaignis
pas, me complaisant dans mon chagrin et ne dési-
rant pas en sortir. Ma vie brisée, finie, je n'avais
qu'à attendre.

Mes nouvelles fonctions me laissaient de longs loi-
sirs, je les employai à étudier le pays, ses richesses,
ses besoins, et j'envoyai à mon ministre de volum
neux rapports qui doivent dormir, dans quelque coin,
sous des amas de poussière, peut-être non décache-
tés, car on ne m'en a jamais accusé réception.

Ces études et les courses qu'elles nécessitaient me
tirèrent peu à peu de mon isolement, je fus obligé
de me mêler aux gens qui pouvaient me renseigner,
et je me créai ainsi, malgré moi, quelques relations.

Parmi ceux qui m'avaient rendu le plus de services
se trouvait un Cubain, Français d'origine, nommé
M. de Cadigal, dont les ancêtres étaient venus s'établir aux environs de Matanzas en 1792, lors des révo-
lutions de Saint-Domingue. Mon seul titre à sa bienveillance avait été ma qualité de Français, car j'étais
à ce moment, il faut l'avouer, d'un commerce fort
peu agréable; constamment morose, je ne sortais de
mon abattement que pour me laisser aller à des accès de tristesse ou de raillerie.

Malgré ce gracieux caractère, M. de Cadigal s'était
pris de sympathie pour moi et il m'avait témoigné
bientôt un affectueux intérêt.

Il habitait, pendant la belle saison, aux environs
de Matanzas, et l'hiver à la Havane. La propriété
sur laquelle s'élevait sa maison était un *cafetal*, c'est-
à-dire une plantation de café, et c'était le plus beau
cafetal qui eût été conservé. Lorsque les réfugiés de
Saint-Domingue vinrent s'établir à Cuba, ils intro-
duisirent en grand, dans l'île, la culture du café qui,

pour donner de bons produits, doit pousser à l'ombre : si bien qu'un *cafetal* est une sorte de grand parc coupé par de larges avenues de hauts arbres sous l'ombrage desquels croît la plante à café. Rien n'est plus beau que ces jardins que les Cubains appellent justement des paradis.

Jusqu'en ces dernières années, une grande partie de l'île a été cultivée en *cafetals*, mais à la longue, l'expérience a démontré que la culture de la canne à sucre était beaucoup plus lucrative, et les *cafetals* ont été transformés en *ingenios*, c'est-à-dire en plantations de canne; or, comme la canne ne prospère qu'en plein soleil, on a dû abattre tous les arbres qui faisaient de Cuba le plus beau pays du monde.

M. de Cadigal n'avait pas pu se décider à ce massacre, et, au lieu d'imiter ses voisins, il avait conservé intactes ses avenues d'orangers, de bananiers, de mangos et de palmiers, — cet arbre étrange qui n'est pas beau, qui ne donne pas d'ombre, qui ne donne pas de fruits, qui ne donne pas de bois, qui cependant force l'esprit au souvenir et à la rêverie.

Pendant que M. de Cadigal habitait sa plantation, je montais assez souvent à cheval ou bien je prenais une *volante* et m'en allais à cinq ou six lieues de Matanzas lui faire ma visite. Veuf depuis dix ans, il avait avec lui sa fille qu'il adorait. Sans être belle, Athénaïs était charmante, une vraie créole, non de celles que la littérature dramatique nous a montrées en France depuis trente ans, mais simple, naïve, un peu nonchalante. C'était une enfant de seize ans à laquelle je ne faisais guère attention, car, dans ma rage contre Honorine, je haïssais toutes les femmes jeunes ou vieilles.

Pendant trois mois, ces visites furent ma seule distraction, et elles me devinrent une douce habitude : une journée passée au cafetal me remettait dans le courant de la vie, et quand mon cheval soulevait sous ses sabots la poussière de la grande avenue qui conduit à la haute maison de mon vieil ami, cette poussière rouge, qui ressemble à de la brique pilée et qui annonce la fertilité du sol, j'oubliais la France et mes chagrins.

L'hiver interrompit ces visites en renvoyant M. de Cadigal à la Havane; mais elles reprirent avec la belle saison et elles devinrent plus fréquentes. Il n'était pas rare que je vinsse m'établir au *Cafetal* pour deux ou trois journées : la vie de la plantation, au milieu des esclaves noirs, des coolis chinois et des majordomes, me plaisait. Je me promenais, je jouais au billard avec M. de Cadigal, qui n'avait personne pour faire sa partie, et je chantais quelques morceaux avec Athénaïs. J'avais oublié qu'elle était femme, et je la traitais comme un camarade, comme un bon petit garçon.

Un jour ou plus justement un soir que nous étions seuls dans le salon attendant M. de Cadigal, je fus surpris de la tendresse de sa voix et des regards qu'elle fixait sur moi; cela me mit mal à l'aise, et, après un moment d'embarras, je me levais pour sortir, sous le prétexte d'aller au-devant de son père, lorsqu'elle fondit en larmes.

Je lui demandai si elle était malade, elle me répondit qu'elle était malheureuse, et tout de suite, dans des termes très peu clairs, très entortillés, elle me raconta que, depuis plusieurs mois, elle subissait à son insu l'influence d'un jeune homme; que quand elle avait connu ce sentiment, il l'avait inquiétée, mais qu'alors heureusement elle était partie pour le Havane et qu'elle avait pu se soustraire à son ascendant. Elle avait cru qu'il était oublié, mais en le revoyant elle avait senti que cette influence était plus puissante que sa volonté, et depuis ce temps, malheureuse, désespérée, elle passait ses nuits à pleurer.

L'allusion n'était que trop transparente. Emu de cette franchise, je cherchai à consoler Athénaïs en l'engageant à oublier cet inconnu, qui ne pouvait pas sans doute répondre à un sentiment qu'elle se définissait mal d'ailleurs et qui, dans une âme honnête comme la sienne, ne pouvait être que de la sympathie.

Heureusement, le père rentra au milieu de mon sermon, et le lendemain, je partis pour Matanzas, en jurant de ne plus revenir au *cafetal*.

Surpris de ne pas me voir, M. de Cadigal vint à Matanzas; je prétextai une indisposition et promis d'aller à la plantation lorsque je serais mieux. Quinze jours s'écoulèrent et je n'y allai pas. M. de Cadigal revint à la charge : c'est un homme franc, de premier mouvement, il fallut répondre à ses questions, à ses demandes d'explication. Je tâchai de m'en tirer par d'honnêtes prétextes; mais, pris dans mes propres mensonges, je fus à la fin obligé de confesser la vérité.

—Ma fille vous déplaît-elle? me dit-il.

—Je la trouve charmante.

—Hé bien, mon cher d'Autrey, vous êtes un honnête garçon; peu d'hommes, à votre place, eussent résisté à l'envie de s'emparer ainsi de la fortune, de la grosse fortune du bonhomme Cadigal.

Il ne me convenait pas de laisser prendre pour un acte de délicatesse ce qui n'était qu'un acte de désespoir. Je lui contai alors l'histoire de ma vie et mis à nu devant lui mes blessures et mes plaies.

—Je vais emmener ma fille aux Etats-Unis, dit-il en terminant; un voyage de trois mois la distraira et la forcera à vous oublier; mais, quoi qu'il arrive, vous aurez toujours en moi un ami reconnaissant et dévoué.

Le voyage dura six mois, et, un soir de février, je vis M. de Cadigal arriver chez moi.

—Le voyage n'a produit aucun effet, dit-il; ma fille vous aime; j'ai eu une explication avec elle; le sentiment qui s'est glissé dans son cœur n'est point un caprice : voulez-vous être mon gendre?

A cette proposition, il ajouta toutes sortes de bonnes paroles : il m'aimait et, comme ami, il me priait de ne point m'ensevelir tout vivant dans une douleur qui n'avait plus sa raison d'être : en épousant sa fille, c'était une vie nouvelle qui commençait pour moi; pas plus que le sol, le cœur n'était épuisé lorsqu'on coupait une moisson, sous une douce influence, il devait reverdir et refleurir.

Faut-il dire toute la vérité ? Ce ne fut point une considération de ce genre qui me décida, mais la grosse fortune de mademoiselle de Cadigal. Honorine m'avait repoussé parce que j'étais pauvre, et, cependant, j'épousais plus riche qu'elle.

J'envoyai une nouvelle fois ma démission, et mon mariage avec Athénaïs fut décidé.

Ma femme est-elle supérieure aux autres femmes ou bien moi suis-je inférieur aux autres hommes. Je ne sais. Mais ce qu'il y a de certain, c'est qu'après deux ans de mariage, j'ai pour elle l'affection la plus tendre et la plus profonde.

J'ai modelé ma vie sur celle de mon beau-père : pendant la belle saison, nous habitons le cafetal, pendant l'hiver la Havane. Je suis devenu un vrai planteur et je suis en train de devenir un homme politique : la plaie de Cuba est l'esclavage; mes sentiments français se sont soulevés contre cette institution; je ne suis plus contraint à l'hypocrisie, j'ai le droit de penser et d'agir librement; je me suis affilié à un mouvement contre l'esclavage, duquel, je l'espère, sortira quelque chose, à moins que je ne sois arrêté dans mon œuvre, comme l'a été le pauvre Placido, le poète et le patriote cubain fusillé à Matanzas. Mais cette mort ne me fait pas peur : je crois, décidément, que je redeviens un homme.

Serai-je cet homme, si j'étais resté en France et si j'avais épousé madame Obernin ?

Mais je ne veux pas penser à cela ni écrire ce nom. Cependant il faut que je l'écrive et je te parle d'elle une dernière fois, car j'ai à te charger d'une étrange commission, qui va compléter tout ce que je t'ai raconté de cette femme incompréhensible.

La guerre du Mexique t'a mis, sans doute, bien des fois sous les yeux le nom de Cornaton : pour nous, qui ne sommes qu'à trois jours du théâtre de la guerre, nous en avons été assourdis ; il s'est fait, là-bas, par son intrépidité et sa cruauté, une réputation qui égale celle du colonel Du Pin.

Chaque fois que je lisais ce nom ou l'entendais prononcer, j'éprouvais un sentiment étrange : j'étais presque heureux des mauvaises actions qu'on inscrivait à son compte et j'attendais avec impatience qu'il le déshonorât tout à fait.

Il y a une quinzaine j'étais à la Havane et je me promenais sous la longue et haute galerie construite sur les quais du port, lorsque je vis entrer un aviso français portant, déployé à la corne, le drapeau tricolore. Comme le vapeur ne vint pas à quai, je n'y fis pas autrement attention, car depuis la guerre nous avons très souvent des visites ou des relâches de bâtiments français.

Le lendemain, j'étais tranquillement à déjeuner, lorsqu'on m'annonça la visite de mon ancien supérieur, le consul général de France à la Havane.

—Mon cher, dit-il, je viens vous chercher. On m'a amené hier le général Cornaton, qui se meurt et qui veut vous voir.

Mon premier mouvement fut de répondre que je n'avais rien à démêler avec le Cornaton. Mais le consul insista. Cornaton était mourant ; il s'était embarqué à la Vera-Cruz pour rentrer en France, mais sa maladie d'entrailles, qu'on supposait causée par le poison, avait été exaspérée par le mal de mer, et il avait fallu entrer en relâche à la Havane sous peine de le voir expirer. Il avait demandé si j'étais toujours consul à Matanzas, et sur la réponse que j'habitais la Havane, il avait prié qu'on m'amenât près de lui.

Je me décidai à suivre le consul : la curiosité l'emportant sur la répulsion.

Je trouvai Cornaton dans un lit et bien réellement mourant. Lorsque je fus entré, il fit un signe pour qu'on nous laissât seuls.

— M. d'Autrey, dit-il d'une voix affaiblie, si j'ai pensé à vous, c'est parce qu'il me semble que vous devez désirer vous venger de la drôlesse qui est devenue ma femme; pour la vengeance, les ennemis se font amis. Si la mort ne m'avait pas surpris en chemin, je me serais acquitté moi-même de ma vengeance, mais je sens bien que je vais laisser ma carcasse ici. Voici de quoi il s'agit : quand j'ai épousé ma femme, je n'avais aucune confiance en elle; elle était votre maîtresse, elle vous trompait pour moi, elle me tromperait bien pour un autre. En partant pour le Mexique, je laissai près d'elle un surveillant; mon gardien, qui n'est pas bête, s'est adroitement acquitté de sa tâche, et il a découvert que ma femme avait un faible pour son médecin, le docteur Sergines. Voilà une lettre de ce Sergines qui ne laisse aucun doute là-dessus, la lettre est fort entortillée, elle ne serait peut-être pas une preuve pour quelqu'un qui ne connaîtrait pas ma femme, mais pour vous, mais pour moi, elle n'est que trop claire. Mon surveillant l'a interceptée et me l'a envoyée. Je ne pourrai pas en faire usage; je vous la remets; au moins je mourrai content, en pensant qu'elle est en de bonnes mains. A votre tour maintenant.

Cornaton mourut deux jours après cet entretien.

J'ai résisté à l'horrible envie de lire cette lettre, car je ne veux pas me replonger dans le passé; cependant je ne peux pas, d'un autre côté, résister à la tentation de faire savoir à madame Cornaton que je la connais maintenant. Ce sera ma seule vengeance : ce n'est pas celle que son mari eût voulue, mais toute autre serait indigne de moi.

Voici donc ce que j'attends de ton amitié : tu iras

rue du Cirque, 80; c'est là que demeure, pendant le printemps, madame Cornaton; tu lui remettras cette lettre de Sergines, en disant qu'elle vient de moi et qu'elle m'a été donnée par son mari à son lit de mort.

Quand nous nous reverrons, tu me raconteras quelle a été sa mine.

J'espère que j'aurai bientôt le plaisir de te serrer la main et de te faire connaître ma femme : elle est en ce moment enceinte pour la seconde fois; aussitôt que l'enfant sera assez fort pour supporter le voyage, nous partirons tous ensemble, beau-père, femme et enfants, pour aller passer quelques mois en France.

Si tu vois Rozerotte, tu feras bien de lui raconter l'histoire de la lettre de Sergines. Quant à lui, Rozerotte, a-t-il ou n'a-t-il pas été l'amant d'Honorine ? La question reste posée, pour moi bien entendu, car je crois qu'une femme saurait bien la résoudre.

Par là mon histoire n'a donc pas de conclusion, mais par un autre côté elle en a une.

Les voyageurs, quand ils ont visité un pays et qu'ils reviennent chez eux, ne rapportent pas souvent des dispositions à la franchise et à la sincérité; lorsqu'ils se sont ennuyés ou bien lorsqu'ils ont souffert, ils ne l'avouent pas volontiers, et, par une sorte de vengeance, ils semblent vouloir par leurs récits se créer des imitateurs.

Je n'agirai pas ainsi.

Je suis revenu d'un pays que j'ai longtemps parcouru et que je crois connaître : c'est le pays de l'adultère, que tant de poètes ont chanté. Eh bien, il faut dire que les poètes ressemblent à ces voyageurs peu sincères. Je ne sais pas s'ils ont fait le voyage dont ils parlent et je ne sais pas s'ils ont trouvé les belles choses dont ils nous entretiennent, c'est possible après tout, car ce qui est joie pour les uns est douleur pour les autres. Mais quant à moi qui ne suis pas poète, je déclare que le pays où j'ai si tristement voyagé est un pays de ronces, d'épines, de broussailles, de marais bourbeux où l'on ne trouve rien de frais à se mettre sous la dent et où la fièvre vous attrape dès l'entrée pour ne vous lâcher qu'à la sortie, si vous sortez.

N'y allez pas : c'est mon conseil.

FIN

Original en couleur

NF Z 43-120-B

www.ingramcontent.com/pod-product-compliance
Lightning Source LLC
Chambersburg PA
CBHW071809020726
47502CB00004B/1047